ハヤカワ文庫 NV
〈NV87〉

海の男／ホーンブロワー・シリーズ〈6〉

燃える戦列艦

セシル・スコット・フォレスター
菊池　光訳

273

A SHIP OF THE LINE

by

Cecil Scott Forester

1938

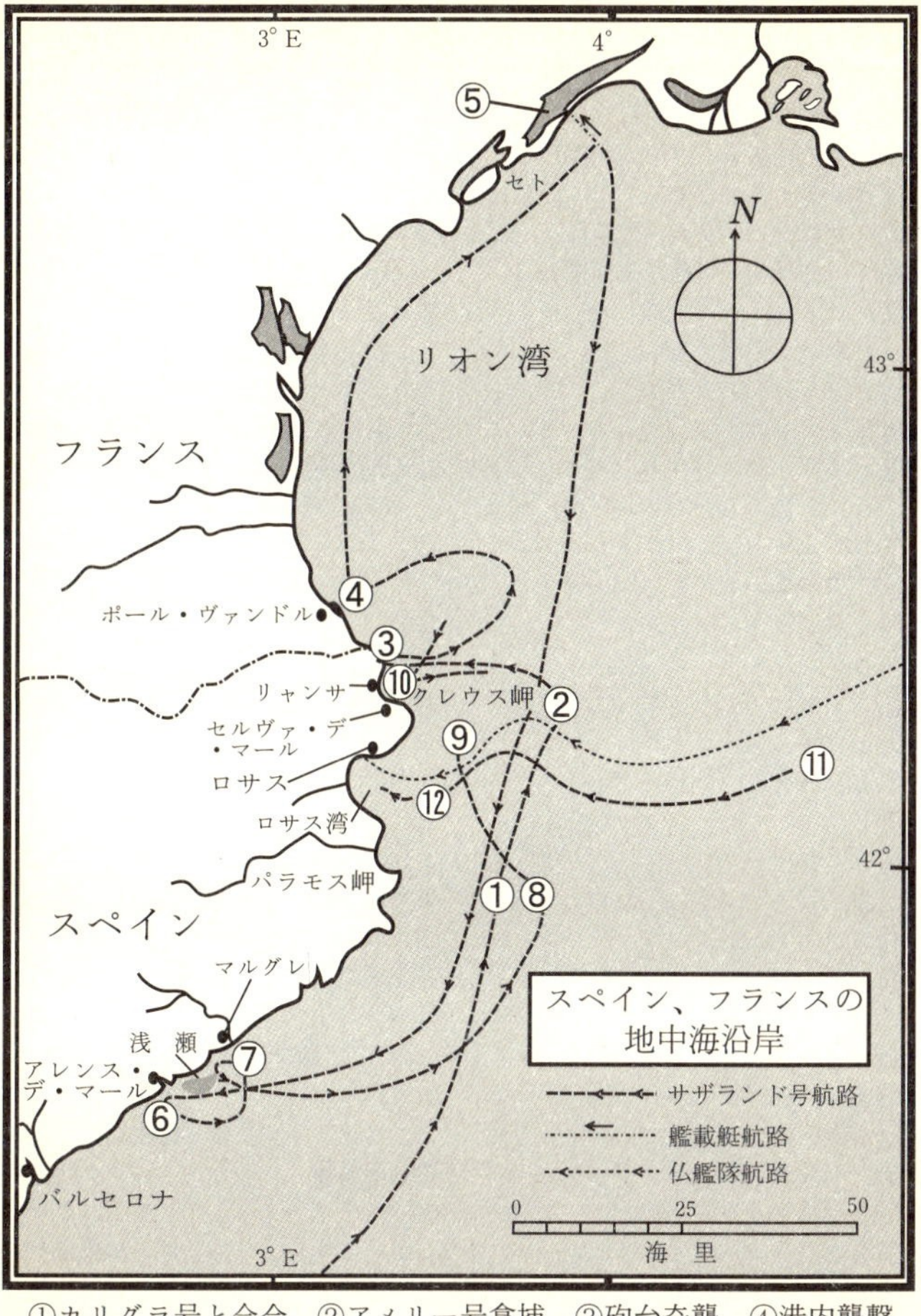

①カリグラ号と会合　②アメリー号拿捕　③砲台奇襲　④港内襲撃　⑤沿岸航行船焼打　⑥ヴィリェナ大佐乗艦　⑦海岸道路砲撃　⑧旗艦と会合　⑨暴風雨に遭遇　⑩上陸地点　⑪仏戦隊視認　⑫交戦

①ジブ（フライング・ジブ、他は省略）
②ジブ・ブーム
③バウスプリット（第一斜檣）
④スプリトスルとヤード
⑤フィギュアヘッド（艦首像）
⑥ビークヘッド（艦首突出部）
⑦バウアンカー（主錨）とシートアンカー（中錨・省略）
⑧a フォアマスト
⑧b メンマスト
⑧c ミズンマスト
⑨a フォア・トゲンスル・ヤード
⑨b メン・トゲンスル・ヤード
⑨c ミズン・トゲンスル・ヤード
⑩a フォア・トゲンスル
⑩b メン・トゲンスル
⑩c ミズン・トゲンスル
⑪a フォア・トプスル・ヤード
⑪b メン・トプスル・ヤード
⑪c ミズン・トプスル・ヤード
⑫a,b 各ヤードのブレース（転桁索）
⑬a フォア・トプスル
⑬b メン・トプスルとリーフポイント（縮帆索）
⑬c ミズン・トプスル
⑭a,c フォア・トップ（檣楼）、ミズン・トップ
⑮フトック・シュラウド
⑯a フォア・ヤード
⑯b メン・ヤード
⑯c ミズン・ヤード
⑰a フォア・コース（大横帆）
⑰b メン・コース
⑰c ミズン・コース
⑱a フォア・シュラウド（横静索）
⑱b メン・シュラウド
⑱c ミズン・シュラウド
⑲フォクスル・デッキ（艦首楼甲板）
⑳a フォア・チェーン（シュラウド固定部と投鉛台）
⑳b メン・チェーン
⑳c ミズン・チェーン
㉑砲門（開・閉）とローワー・ガンデッキ（下層砲列甲板）
㉒アッパー・ガンデッキ（上層砲列甲板・メンデッキ）
㉓舷門
㉔ギャングウェー（舷側通路）
㉕艦載艇各種
㉖コーターデッキ（艦尾甲板）と前端手摺り。キャプスタン（省略）
㉗二重舵輪とコンパス・ボックス（羅針儀箱）
㉘プープデッキ（艦尾楼甲板）
㉙カロネード砲
㉚艦尾灯
㉛コーターギャラリー（内部に司令官室、艦長室、士官集会室など）
㉜舵
㉝a ペナント（長旗・就役旗）
㉝b 提督旗
㉞ハンモック・ネッティング（プープ、ギャングウェー等のは省略）
㉟軍艦旗

74門(2層甲板)艦 概念図

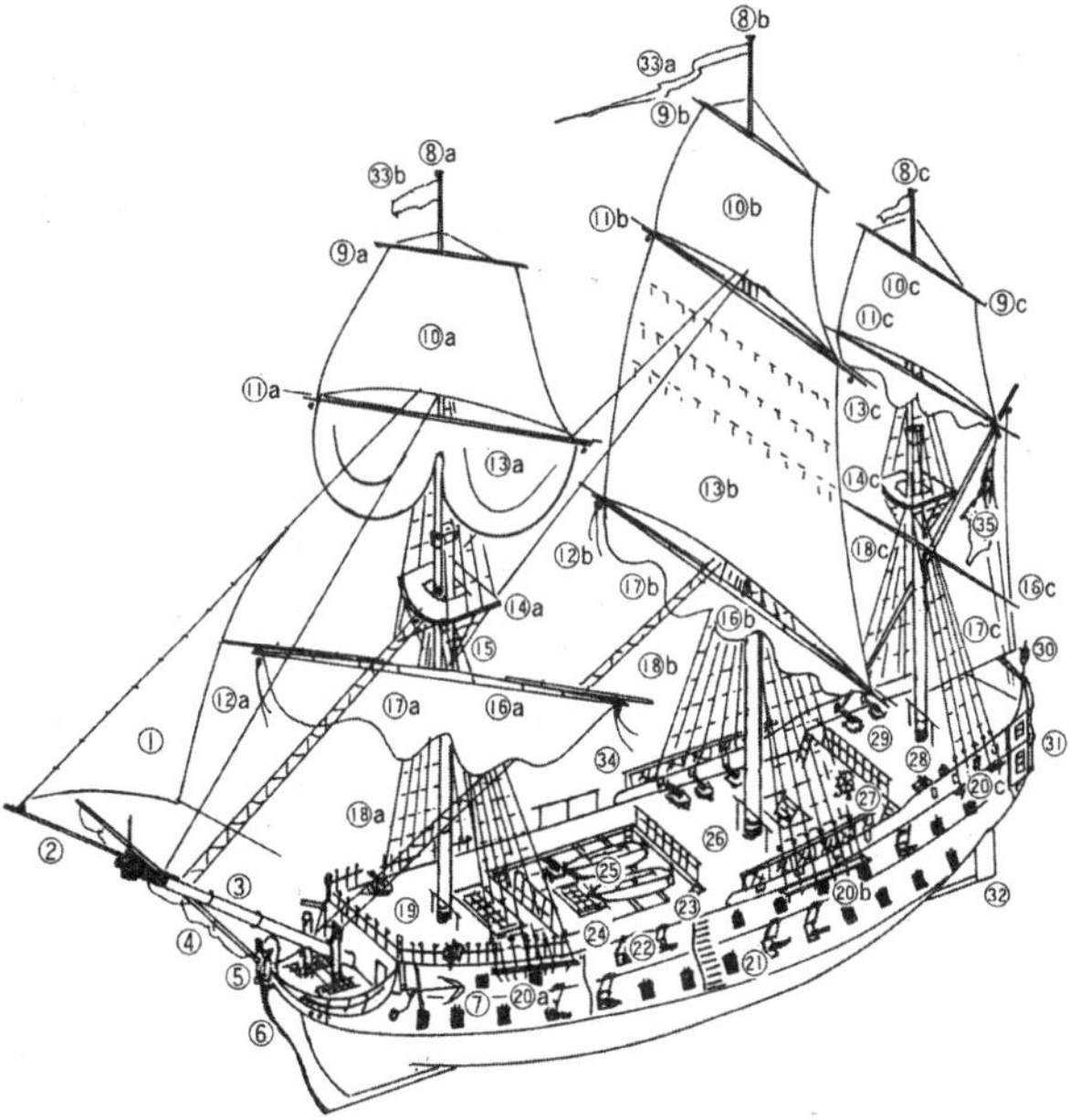

〔作成／高橋泰邦〕

燃える戦列艦

登場人物

ホレイショ・ホーンブロワー…………英国艦サザランド号艦長
ブッシュ………………………………同副長
ジェラード……………………………同二等海尉
レイナー
フッカー ｝……………………………同海尉
サベッジ
ロングリー ｝…………………………同士官候補生
クリスタル……………………………同航海長
ハリソン………………………………同掌帆長
グレイ…………………………………同航海士
ウォルシュ……………………………同軍医
モリス…………………………………同海兵隊大尉
ブラウン………………………………同艦長付き艇長
ポルウィール…………………………同艦長付き給仕係
エリオット……………………………英国艦プルートウ号艦長
ボルトン………………………………英国艦カリグラ号艦長
パーシー・レイトン卿………………英国海軍提督
ヴィリェナ
クラロス ｝……………………………スペイン軍大佐
レアード………………………………同少佐
レディ・バーバラ……………………レイトンの妻
マリア…………………………………ホーンブロワーの妻

1

ホレイショ・ホーンブロワー艦長は、ついさきほど印刷屋が下宿へ届けてきたしみだらけのゲラ刷りを見ていた。

「勇気と活力に溢れる若者に告ぐ」彼は書いていた。「コルシカ島生まれの暴君に大陸解放の一撃を加え、おこがましくも大ブリテン島全住民の怒りをかきたてたことを後悔させてやりたいと願う海上生活経験者、あるいは未経験者や少年諸君。イギリス海軍の砲七十四門搭載二層艦サザランド号は、目下プリマス軍港において就役準備中であるが、乗組員定員を満たすまでにまだ若干の欠員がある。艦長ホレイショ・ホーンブロワーは最近南の海の航海から帰還したが、その南の海において、砲三十六門搭載フリゲート艦リディア号を指揮し、優に倍以上の戦力を有するスペインの二層艦ナティビダッド号と交戦してこれを撃沈した。そのリディア号の士官、下士官、水兵全員が彼とともにサザランド号に乗り移ったのである。剛勇の士にして、この勇敢なるつわものどもの一員となり、新たなる栄光を分かち合うのにまたとないこの機会を無視できる者がいるであろうか？　七つの海は大英帝国のものであり、蛙をくらうフランス人ごときが顔を出すべき場所でないことを、ムッシュウ・ジャン・クラポー（フランス人の俗称。クラポーはフランス語でヒキガエル）に思い知らせるのを願わぬ者がいるであろうか？　賞金として帽子に入りきらぬほどのフランス金貨を得ることを望まぬ者がいるであろうか？　バイオリンの名手の音楽で毎夕踊りが行なわれ、食糧はかけ値なしの一人一ポンドに相応、最高のビーフと最高のパンに、グロッグ（水割りラム酒）が平日の昼間だけでなく日曜日にも支給されるが、これらすべては、お恵み深きジョージ国王の保証により支払われる給料とはべつである。この告知を掲示してある場所にはサザランド号の士官がいて、栄光を求める進取的快男児の志願手続きを整えてくれるはずである」

ホーンブロワー艦長は、そのゲラ刷りを見ながら、ともすれば絶望的な気持ちになるのを懸命に抑えていた。このような募集文は、市場のある町ならどこへ行っても、何十枚も掲示されている。彼よりはるかに名声の高い立派なフリゲート艦の艦長連中が、現実にこの前の航海でかちとった賞金の額を誇示しながら国じゅうを募集してまわっている時に、こんな掲示文で、おんぼろ戦列艦に志願者を引きつけることなど、とうていできないように思えた。志願兵を募集するために、この掲示文をもたせて、それぞれ六人の水兵を伴った海尉四人に国の南部をまわらせると、彼がこの前の現役勤務で貯えた給料全額が文字どおり消えてしまうことになり、彼は、それがまったく無益の出費になるのを恐れた。

しかし、なんらかの手段を講じなければならない。リディア号から一人前の甲板員を二百名引き継いだ（彼らが、二年間の海上勤務の後、イギリス本土に上陸する機会をまったく与えられないまま強制的に移籍されたことは、掲示文には一語も記してない）が、所要兵員数を満たすためには、そのほかに五十人の一人前の水兵と、新米《おかもの》水兵と少年兵あわせて二百人が必要である。補充兵収容艦は一人も見つけることができなかった。兵員を揃えることができないと艦長の職を失うやもしれず、そうなれば、失業して、一日八シリングの半給で余生を過ごさなければならないことになる。自分が海軍本部からどの程度に好意的な評価をうけているか、まったく見当がつかず、それがわからない以上、自分の現役勤務がきわめて不安定な状態にあると思い込むのは、いかにも当然のことといえよう。

鉛筆でゲラ刷りを軽く叩いているうちに、不安と緊張から思わず呪いの言葉が口に上った——口にしながらも、およそくだらない無意味な悪態であることは充分に承知していた。注意して低い声で吐いた。マリアが背後の二重扉の向こうの寝室で眠っていて、起こさないよう気をつかった。マリアは（まだ時期が早すぎて確信はもてないが）妊娠したと思っているし、ホーンブロワーは彼女の愛情過剰にうんざりしていた。それを考えると、いらだちがたかまった——陸地住まいを、兵員募集を、息づまるようなその居間を、この前の海上勤務中に何カ月も大いに楽しんだ独居生活ができないことを、大いに恨んだ。腹だたしげに帽子を取りあげると、足音を忍ばせて部屋を出た。印刷屋の使いの者が、帽子を手にして廊下で待っていた。その男に突き返すようにゲラ刷りを渡して、一グロス（十二ダース 百五十枚弱）刷ってくれ、とそっけない口調で命じると、騒々しい通りに出て行った。

ヘイペニー・ゲート・ブリッジの料金徴収人が彼の制服を見て無料で通してくれた。渡船場にいた十人あまりの船頭たちが、彼をサザランド号の艦長と知っていて、彼の視線を捉えるべく競っていた——艦長を、彼の艦までの長い距離をオールを引いて送り届ければ、多額の料金が期待できる。ホーンブロワーは、二人漕ぎの渡船に乗り込んだ——小舟を押し出して、船の往来の激しい中を縫うように二人が漕ぎ始めた時、彼は一言も発しないでいることにある程度の満足感を味わった。ともに近い方の漕ぎ手が、口中の噛み煙草の位置を変えて、なにかありふれたことを乗客に話しかけようとしたが、相手の不機嫌そうなこわい顔を見て思い直し、出かかった言葉を咳払いにかえた——船頭の顔を一度として直視しなかったが、ホーンブロワーは、その所作には完全に気がついていて、多少機嫌が直った。男が力をこめてオールを引いているその日焼けした前膊部のたくましい筋肉の動きを見ていた——手首に入れ墨をしていて、左耳の細い金の環がきらめいている。渡船の船頭になるまでは水兵であったにちがいない。サザランド号に着いた時、彼を艦上にむりやり引っぱり上げることができたら、と表情を殺して考えていた。優秀な水兵をあと四、五十人手に入れることができたら、もはや心配をする必要はなくなる。しかし、その男は徴兵免除証明書をもっているにちがいなく、さもなければ、イギリス海軍の大勢の艦長たちが水兵要員を探しにくるこの港で渡船業などやっていられるはずがない。

途中で小舟が通り過ぎた補給廠と工廠は作業員が溢れており、その全員が身体強健な男たちで、その半数は水兵であるのを、鉢の中の金魚を見る猫のような、諦めと渇望のまなざしで見つめていた。ホーンブロワーは、製綱所、マスト製作所、起重機、堅パン工場の煙を吐いている煙突などが、ゆっくりと後方へ去って行った。間もなく、ブル岬沖に係留しているサザランド号が見えてきた。波立っている海面を越えて艦を見つめていたホーンブロワーは、自分の新しい艦に対して、当然の誇らしさと保守的な嫌悪の情が奇妙に入りまじっているのに気がついた。イギリスで建造された戦列艦はすべて、彼が長年見慣れてきたくちばしのようにとがった艦首をしているのに、サザランド号の艦首が丸みをおびているのが、いかにも奇妙に目に映る。艦体の不格好な線（それを見るたびに彼は気づく）が、吃水を浅くするためにほかのもっと望ましい要素が犠牲にされていることを物語っている。艦のどの部分を見ても――イギリス式になっているマストの低い点を除いて――オランダ沿岸の泥干潟や浅い入江が通れるよう設計されたオランダの船であることが明白である。事実、サザランド号は、かつてはオランダの七十四門鑑エインドラクト号で、テセル島沖で拿捕され装備を改良された、イギリス海軍の二層艦の中でもっとも不格好な、誰もが敬遠したくなるような軍艦である。

定員を満たす人員が得られないことによっていっそう強まった嫌気もあらわな目つきで艦を見まわしていて、ホーンブロワーは、万が一にもあの艦で風下の岸を避けて風上に詰め開きで進まねばならなくなったら、神の助けを祈るほかはないな、と思った。あの艦は、三角帽のような帆を張った紙の船のように、風下へ押し流される。そして、その後の軍法会議では、あの艦の風上に詰めて走る性能が劣っている点をいくら説明しても、誰一人信じてくれないにちがいない。

「漕ぎ方やめ！」彼が鋭い口調で船頭たちに命じると、男たちが手を休めてオール受けのきしむ音がやんだ。とつぜん、渡船の船縁《べり》を打つ波の音がそれまでよりはっきりと聞こえてきた。

波立つ海面を漂いながら、ホーンブロワーは、不満を振り払いきれない気持ちのまま、艦の点検を続けた。新たに塗装されてはいるが、海軍工廠当局に許されるかぎりの安上がりの塗り方がしてある――さえない黄と黒で、変化をつける白や赤はまったく使っていない。金持ちの艦長と副長であれば、自分の金を出してもっとはなやかな色に仕上げさせ、あちこちに金箔を使うであろうが、ホーンブロワーは金箔などに費すような金はなく、自分の給料で四人の妹と母親を養っているブッシュもそんな余分な金がないことを知っていた——海軍軍人としての自分の将来がサザランド号の外観にある程度左右される面があるのだが、しかもなお、そんな余裕はなかった。艦長の中には、あらゆる手段、甘言を弄《ろう》してもっと塗料を——場合によっては金箔をも——工廠から引き出す者もいるのだ、とホーンブロワーは惨めな気持ちで自分に言い聞かせた。しかし、自分は甘言を弄するのは得意ではない、たとえ世界じゅうの金箔を手に入れる可能性があるにしても、工廠の書記の背中を叩き、世辞たらたらの親しみを装って相手の好意をかちとる気にはとうていなれない——良心が許さない、というのではなく、恥ずかしくてとてもそんな真似はできない。

ようやく、甲板上の誰かが彼に気づいた。彼を迎える用意をしているけたたましい号笛の音が聞こえる。もう少し待たしておけばいい、今日は何事にもせきたてられるつもりはない。サザランド号は食糧、弾薬その他を積んでいないので吃水が浅く、艦底の銅板がかなり幅広に水面上に出ている。銅板が新品であることは、なんとしてもありがたい。順風をうければ、この不格好な老艦もかなりの船脚を見せてくれるかもしれない。風で艦の向きが変わり、艦尾楼が見える角度になった。艦体の曲線を見まわしながら、ホーンブロワーは、概算で、最高の操艦性能を引き出すのにどうしたらいいか、あれこれと頭の中で計算してみた。二十二年間の海上生活の経験が役にたった。海上で艦に影響を及ぼすあらゆる力の構成図表が頭にうかんだ——帆に対する風圧、艦首帆《ヘッドスル》と均衡を保つ舵の圧力、竜骨の横軸抵抗、艦の外殻の摩擦抵抗、艦首に対する波の衝撃力。予備的な試走準備を頭に描いて、マストの傾斜度、艦首尾吃水の釣合いをどの程度にするかを（実際に航《はし》ってもっとデータが得られるまでの臨時措置として）決めた。しかし、次の瞬間、今は定員を満たすだけの人員が揃っておらず、必要な人数が集められなければいくら計画をたてても無駄であるのに気づき、苦々しい思いを味わった。

「漕ぎ方始め」不機嫌な口調で船頭たちに命ずると、二人がまた体重をかけてオールを引き始めた。

「オールをとめろ、ジェイク」肩越しに進行方向を見ながら、舳先《へさき》の男が相棒にいった。渡船がグーッと艦尾をまわり——さすがに船頭たちは小艇を軍艦に横付けにする方法を心得ている——ホーンブロワーは、彼にとって艦の魅力の一つである艦尾回廊《スターンギャラリー》を見ることができた。他の戦列艦の大部分が回廊を取り払われている中で、自分の艦には残されているのがありがたかった。あの回廊で、ただ一人、風と海と太陽を心ゆくまで楽しむことができるが、甲板ではそんなことはとうていできない。あそこにハンモック椅子を吊るさせよう。あそこなら、誰にも見られることなく運動をすることすらできる——

回廊は長さが十八フィートあって、頭上の折り上げ部分の下でわずかに体をかがめるだけですむ。ホーンブロワーは、この頃はただ一人にならないと寛ぐことができなくなっており、海に出て陸上の心配事いっさいから解放され、あの艦尾回廊を誰にも煩《わずら》わされることなく歩ける日が無性に待ち遠しくてならなかった。しかし、乗組員が揃わなければ、そのような無上の楽しみが永久に遠のいてしまう。なんとしても、どこから人を手に入れなければならない。

船頭たちに払う銀貨を取り出すべく、ポケットに手を入れた。情けないくらい金に困っているのだが、内気な見栄から、仲間の艦長たちが作り出した相場を恨みつつ、心ならずも必要以上の心づけを二人に与えた。

「ありがとうごぜえます、ありがとうごぜえます」ともに近い方の船頭が拳をひたいに当てて礼をいった。

ホーンブロワーは、舷梯を上って、かつてオランダ海軍の所属艦であった頃は金箔がまぶしいほどに輝いていたのが、今はくすんだ色のペンキが塗ってある舷門を通った。甲板下士たちの号笛がけたたましく鳴り渡り、海兵隊員の衛兵が捧《ささ》げ銃《つつ》をし、出迎えの水兵たちが直立不動の姿勢で並んでいた。航海士のグレイ――港内停泊中は海尉たちは当直勤務がない――が当直士官で、ホーンブロワーが制帽に手を当てると敬礼した。グレイは気に入りの一人ではあったが、ホーンブロワーはあえて言葉をかけなかった。無用の多弁を恐れてつねづね自ら厳しく注意しているためである。言葉をかけるかわりに、無言であたりを見まわした。

艦の艤装中なので甲板に器材が散乱しているが、ホーンブロワーが注意して見ると、その混乱した外見の裏で、秩序正しい枠組の中で作業が行なわれているのがわかった。点在するロープの輪、甲板上で作業中の一団、艦首楼《フォクスル》上でトプスルを縫っている縫帆手たち、すべてが混乱している印象を与えるが、それはあくまで統制された混乱であった。彼が士官たちに下した厳しい命令が実を結んだのだ。一日の上陸も許されずにそのままサザランド号に移されると聞いた時、リディア号の乗組員はもう少しで叛乱を起こしそうになった。しかし、今は落ち着きを取り戻している。

「先任衛兵伍長が報告したい、といっております」グレイがいった。

「くるように伝えたまえ」ホーンブロワーが答えた。

先任衛兵伍長は、艦上の秩序維持の責任を有する准士官で、プライスというホーンブロワーにとっては新顔であった。ホーンブロワーは、規律違反に対する処罰の申し入れであろう、と考え、きびしい表情を装いながら、溜息をもらした。たぶん、鞭打ち刑であろう、と思い、流血と苦痛を考えるとうんざりした。しかし、このようにとかく御《ぎょ》し難い乗組員を集めて新たに就役する艦の場合、初めのうちは、必要があれば鞭打ち刑をためらうべきではない――違反者の背中の皮や肉が裂けてもいたし方ない。

今、プライスが、この上なく奇妙な行列の先頭に立って舷側通路《ギャングウエー》を進んできている。彼の後に、二列縦隊をなした三十人の男が続いているが、並んでいる二人はそれぞれ手錠でつながれていて、最後の二人だけは、足枷《かせ》が陰鬱な音をたてている。ほとんど全員がぼろをまとっているが、いずれも海とはまったく無関係なしろものである。大部分の者のぼろは粗麻地で、コール天の者が何人かおり、ホーンブロワーが目をこらして見ると、一人は厚地の作業ズボンをはいている。しかし、もう一人の男は、かつては上等の黒ラシャ地であったことがわかるぼろぼろの服を着ていて、肩のほころびの間から青白い肌がのぞいている。いずれも、黒、茶、金、ごま塩と、とりどりの色の無精ひげをはやしており、頭が禿げていない者は、もじゃもじゃの髪をのばし放題にしている。艦の衛兵伍長が二人、しんがりについていた。

「全体、止まれ」プライスが号令をかけた。

行列が不揃いに止まり、男たちがむっつりした表情で艦尾甲板《コーターデッキ》に立っていた。ある者は目を伏せて甲板を見つめており、ある者はぽかんと口をあけて、おどおどとまわりを見ていた。

「いったい、なんだ、これは？」ホーンブロワーが語気鋭くきいた。

「新入りの連中です」プライスがいった。「彼らを連れてきた兵隊たちに、受領証を渡しておきました」

「その兵隊たちは、この連中をどこから連れてきたのだ？」いらだたしげに、ホーンブロワーがきいた。

「エクセターの巡回裁判法廷からです」一覧表を取り出しながら、プライスがいった。

「四人は密猟者です。ウェイツ、あの作業ズボンをはいている男です、彼は羊泥棒で有罪になったのです。黒い服を着ているあの男の罪は重婚です——こうなる前は、醸造所の支配人でした。あとは、ほとんどが窃盗罪ですが、いちばん前の二人は乾草の山に放火した罪で、足枷《かせ》の二人は、強盗罪です」

「アー、フム」一瞬、言葉が出なくて、ホーンブロワーはごまかした。新入りの連中は、目に希望や憎悪をうかべたり、あるいは無関心な表情で、彼を見ていた。彼らは、絞首台、流刑、刑務所のかわりに海上勤務を選んだのである。身なりが見苦しいのは、裁判を待つ間、何ヵ月も獄舎生活をしていたからである。艦の乗組員に、これは立派な一団が加わったものだな、とホーンブロワーは苦々しい思いがした——上官に反抗しそうな連中、根性曲がりの怠け者ども、間抜けな田舎者たち。しかし、人間であることに変わりはないし、それなりに活用するほかはない。彼らは、怯え、すね、反感を抱いている。彼らの愛情をかちとる努力をしてみる価値がありそうだ。素早く考えた結果、彼本来の博愛的な性格が方針を決してくれた。

「彼らは、なぜ手錠をかけられたままでいるのだ？」全員に聞こえるような声で、詰問した。「ただちにはずしてやれ」

「申し訳ありません」プライスが謝った。「こういう連中だし、きた理由を考えて、命令をうけずにはずすのを控えたのです」

「そんなことは理由にならん」ホーンブロワーがそっけなくいった。「彼らは、今は、国王の兵役に服することを志願しているのだ。また、そのような命令を下す理由が生じないかぎり、わたしの艦では、何びとも足枷をかけるようなことは許さん」

ホーンブロワーは、とかく視線が新兵の方へ流れそうになるのを抑えて、プライスを見つめたまま宣言した――そのような人聞きのいい言葉をもてあそぶ自分に嫌悪感を抱いたが、その方がはるかに効果的であるのを承知していた。

「わたしは、志願者が二度と先任衛兵伍長の監視をうける必要が生じないことを願っている」熱した口調で続けた。「彼らは、名誉ある海軍の、栄誉ある将来を有する新兵だ。きみには、べつの機会にその点をみんなに強調してもらう。今は、主計助手のだれかを見つけて、わたしの命令に従った正規の服装をさせるよう、伝えてくれ」

ふつうであれば、水兵たちの前で部下の士官にきびしいことをいうのは、軍規維持上有害であるかもしれないが、先任衛兵伍長の場合にはなんら害がないことを、ホーンブロワーは承知していた。いずれ遠からず、彼らは必ずや先任衛兵伍長を憎むようになるはずである――彼が階級や給料の点で特典を与えられているのは、乗組員の不満の対象たる敵役になることが考慮されているからである。これでホーンブロワーは、言葉を和らげて、直接新兵に話すことができる。

「この艦では」彼が優しい口調でいった。「自分の任務に最善を尽くす者は、なにも恐れることはなく、すべてに明るい希望をもつことができる。さて、新たな衣類をまとい、これまでいたところの汚れを洗い落としたお前たちがどんなに立派な姿になるか、見せてもらいたい。解散」

少なくとも、この哀れな愚か者たちの何人かの気持ちはつかんだようだ、と彼は思った。たとえ生まれて初めてではないにしても、ここ何ヵ月かの間に初めて、けだものとしてではなく人間として扱われる経験をへた今では、それまでの絶望的な暗い顔のいくつかが希望に輝いていた。彼は、新兵たちが舷側通路を引き返して行くのを見守っていた。哀れな男たちだ——ホーンブロワーの考えでは、刑務所と引き換えに海軍を選んだのは、彼らにとってたいへん割に合わない取り引きである。しかし、少なくとも彼らは、サザランド号を海に出すために、ロープを引っぱり、索巻き棒《キャプスタン・バー》を押すのに彼が必要としているあと二百五十人の人手のうちの三十人であることはたしかだ。

副長のブッシュが、急ぎ足で艦尾甲板に現われて、艦長に敬礼をした。その日焼けしたいかめしさに似合わない青い目をした顔に、これまた似つかわしくない微笑がうかんだ。自分の姿を見てブッシュが明らかに喜びを感じているのを見て取ると、ホーンブロワーは、かすかな胸の痛みを、良心のとがめともいえる疼きを味わった。この非常に有能な海軍士官、この厳格な規律励行者、彼が自身に欠けていると感じている数多くの優れた資質をそなえたこの恐れを知らぬ戦士に、自分が尊敬されている――愛されているとすらいえるかもしれない――のが、不思議に思えてならなかった。

「おはよう、ブッシュ」彼はいった。「新兵を見たかね？」

「いいえ、夜半直で漕艇警備（ボートで艦周囲警戒）に当たっていましたので、たった今、起きたばかりです。彼らはどこからきたのですか？」

ホーンブロワーが告げると、ブッシュがいかにも嬉しそうに両手をすり合わせた。

「三十人！　それは珍しいことです。わたしは、エクセター巡回裁判法廷からは、十人以上は絶対に望めない、と思っておりました。しかも、きょう、ボドミンが開廷になります。あそこからも三十人得られたら申し分ないのですが」

「ボドミンからは、質のいいのはこないよ」四人がサザランド号の乗組員に編入されるのを平然と受けとめているブッシュの態度に、言葉に尽くせないほどの安らぎを覚えながら、ホーンブロワーがいった。

「たしかに。しかし、西インドからの船団が今週入港する予定になっています。補充兵収容艦は、その船団から二百人はとっつかまえるはずです。公平に割当てが行なわれれば、われわれの方に二十人はくるでしょう」

「フム」ホーンブロワーがいい、落ち着かないようすで目をそらせた。彼は、基地司令官の好意的配慮が期待できるような――高名な、あるいは取り入ることが巧みな――艦長ではない。「下の方を見回ってこなければならない」

その言葉で、うまく話題を変えることができた。

「女たちがいらだっています」ブッシュがいった。「ご異存なければ、わたしもお供をする方がいいと思います」

下層砲列甲板《ローワー・ガンデッキ》は、五つ、六つの砲門から光がさしこんでいるだけで薄暗く、一種異様な光景を呈していた。そこに、女が五十人ほどいる。三、四人はいまだにハンモックにのっていて、横向きに寝そべったまま、ほかの女たちを眺めていた。あちこちで、何人かがかたまって甲板に坐り、大声で喋っている。砲門からのりだして、すぐ外に浮いている渡船や物売船の連中に食べ物をねだっている女もいる。逃亡阻止用の網の編み目が、手が通るくらいに広げてある。その他に、それぞれ味方の一団に支援された女が二人、激しい口調で言い争っている。二人はいかにも奇妙な組み合わせで、一人は色が浅黒くて、高さ五フィートの甲板梁の下で肩を丸めてかがまねばならないほど背が高いのに反し、片方は背が低くて横幅があり、色白で、恐ろしい見幕でつめよる相手の前に臆するようすもなく立ちはだかっている。

「いったよ」彼女がひるまずに言い張った。「なんなら、もう一度いってやるよ。あたしゃね、あんたなんかこわくはないんだよ、ミセズ・ドースン、それが本名だかどうだか知らないけどさ」

「なにーっ」そのからかうような侮辱に対して、浅黒い方が金切り声を発した。上体を前に倒して相手の髪をつかみ、ひきちぎろうとしているかのように首を右に左に振りまわした。その間に、勇敢な相手が彼女の顔をひっかき、向こうずねを蹴とばした。二人がスカートをひらめかして取っ組み合っていると、ハンモックに横たわっている女の一人がかんだかい声で警告した。

「やめな、あんたたち！　艦長だよ」

二人がさっと離れ、髪を乱したまま息を切らしていた。みんなの目が、低い天井の下で首を前に倒し、まだらな光の中を歩いてくるホーンブロワーに注がれていた。

「今度喧嘩をした女は、直ちに陸《おか》へ帰す」うなるように、ホーンブロワーがいった。

色の浅黒い女が、前に垂れ下がった髪を払い上げて、ばかばかしいとばかり、鼻を鳴らした。

「あたしを陸へ送り返す必要はないよ、艦長さん、あたしの方で帰るよ。ろくに食うものもないようなこの艦《ふね》じゃ、一文にもならないよ」

彼女は、明らかに女たちの大多数の気持ちを代弁しているらしく、同感を表するざわめきが起こった。

「ここの男たちゃ、いつになったら給料をもらうんだね？」ハンモックの女の一人が黄色い声でわめいた。

「いい加減にしろ」とつぜん、ブッシュが大声でどなった。入港して一カ月もたつのにいまだに乗組員に給料を支払わない政府のおかげで女どものあざけりをうけている艦長を救うべく、前に押し出た。「そこの女、八点鐘が鳴ったのに、いまだにハンモックに入っているとは何事だ？」

しかし、その逆襲の試みは災厄をもたらしただけであった。

「出ろというんなら、出るわよ、副長さん」女がいい、毛布を払いのけて甲板に滑り下りた。「あたしゃね、可愛いトムにソーセージを買うためにガウンを手放したし、ビールを飲ませるためにスカートを売ってしまったんだよ。シュミーズのままで甲板に出て行っていいかね、副長さん？」

まわりじゅうで笑い声が起きた。

「もとへ戻って、体を隠してろ」きまり悪そうに顔を真っ赤にして、ブッシュが慌てていった。

ホーンブロワーも声をたてて笑っていた——副長と違って、半裸の女の姿に彼がさして驚かなかったのは、結婚しているためであろう。

「こうなったら、いくら体を隠してたって、間に合わないわよ」脚を振り上げてハンモックに乗り、毛布で体をおおいながら、女がいった。「あたしのトムが給料支払証書をもらわないかぎり」

「たとえもらったところでさ」色白の女が皮肉な口調でいった。「上陸許可がもらえないんじゃ、なんの役にもたたないよ。物売船の高利貸に、四分の一の値段で売り渡すしかないいんだよ！」

「二十三ヵ月の給料が、わずか五ポンドだよ！」べつの女が口を出した。「それに、あたしゃ、一ヵ月もきてて一文にもならないんだよ！」

「やめろ」ブッシュがいった。

ホーンブロワーは、下甲板に下りてきた目的を放棄して――というよりは、忘れて――急いで退却した。またしても給料の問題が持ち出された場合、彼としては女どもに答えるすべがなかった。乗組員たちは、陸を目前にしながら艦内に閉じ込められたまま、まったく不当な取り扱いをうけており、彼らの妻たち（何人かはたしかに妻であるが、海軍省の規則により、たんに口頭で妻であると告げるだけで、女たちは乗艦を許される）の苦情はしごく当然である。乗組員たちの間で分配された数ポンドの金が、ホーンブロワーがためていた給料の大部分をはたいたものであることは、誰一人、ブッシュですら、知らない――事実、部下の士官たちが募兵旅行に出かける時に経費として渡さねばならない金をのぞくと、彼の手もとに残る金はそれだけしかなかったのである。

彼は、想像力がたくましく、ばかばかしいまでに感受性が強いところから、水兵たちの苦労を誇大にうけとっている点がなくもない。ハンモックを吊る幅を、夫が十八インチ、妻がその隣に十八インチ割り当てられ、夫、妻、独身者が入りまじって長い列をなしている下甲板のみだらな光景を想像しただけで、彼はぞっとした。女たちが、吐き気を催すような下甲板の食事で飢えをしのがなければならない点も、同様であった。彼がそのように考えるのは、長年の習慣による慣れを充分に考慮に入れていないのかもしれない。

彼は、乗組員たちの予想に反して、前部昇降口《ハッチ》から艦首楼甲板《フォクスル》に出た。砲手長の一人であるトンプスンが、新兵連中をどなりつけていた。

「おれたちの手で、きさまたちを一人前の水兵に仕立てることができるかもしれん」彼はいっていた。「あるいはできんかもしれん。きさまらは、ウェッサン島が見えるまでに、砲弾を足に縛りつけられて、海に放り込まれることになるかもしれんのだ。砲弾がもったいないくらいのものだ。さっ、あそこのポンプのそばへ行くんだ。四人ども、垢をおとした肌の色を見せてもらおう。鞭で打たれたら、きさまらは背骨の色まで見せることになるんだ——」

「やめろ、トンプスン」激怒したホーンブロワーがどなった。

彼の内務命令によって、新兵たちは蚤《のみ》や虱《しらみ》などの防除措置をうけていた。彼らは、真っ裸になってブルブル震えながら、甲板上に集められていた。二人は、髪を剃られている最中で、すでにつるつるに剃られた十人あまりの者が（刑務所生活による青白さで、軍艦にはおよそ場違いな、病人のような肌をさらして）、水兵二人が笑いながら水を汲み上げている甲板洗浄用のポンプの方へ、トンプスンに引きつれられて行くところであった。彼らは、寒さに震えているだけでなく、恐怖におののいていた——これまでに体を洗ったことのある者はほとんどいないにちがいなく、これから体を洗われるということのほかに、トンプスンの身がすくむようなおどし文句や、艦上という生まれて初めて見るまわりのようすも手伝って、見るも哀れな姿であった。

それを見て、どういうわけか自分の海軍生活の初期の頃の惨めな気持ちを一度として忘れたことのないホーンブロワーは、無性に腹がたった。彼にとって、弱い者いじめは、他のあらゆる無意味な残虐行為同様に、嫌悪すべきものであり、彼は、同僚士官の多くの、従順たらしめるために部下を苛酷に扱うというやり方には、心底から反対していた。そのうちにいつか、海軍士官としての自分の名声と将来が、彼らが喜んで命を危険にさらしてくれるか——必要とあらば、犠牲にしてくれるか——どうかに左右される場合があるやもしれず、その場合に、恐怖にひしがれて気魄《はく》を失った連中が命を投げ出してくれるとは、とうてい考えられなかった。乗組員全員の生活を惨めなものにする蚤や虱その他の虫を艦から締め出すのに、髪を剃り身体を洗うことは必要であるが、貴重な部下を必要以上に怯えおじけさせることは、絶対に許せなかった。自分は指導者たるべき資質をそなえていないと思い込んでいるホーンブロワーが、つねに、権限による強制でなく指導する考え方をとるのが、なんとも不思議であった。

「お前たち、ポンプの水の下に入れ」彼が優しい口調でいい、それでも新兵たちがためらっていると――「艦が出港したら、毎朝、七点鐘に、このわたしがそのポンプの放水口の下に立つのを、お前たちは見るはずだ。そうだろう、みんな？」

「アイ・アイ、サー」ポンプにとりついている連中が声を揃えていった――毎朝、ポンプで冷たい海水を頭からかけさせる艦長の奇妙な習慣は、リディア号上で大いに論議の的になったものである。

「だから、安心して水の下に入れ、それに、いつの日か、お前たちみんな、艦長になるかもしれないのだ。そこにいるウェイツ、お前はこわがっていないことを、みんなに見せてやれ」

ホーンブロワーが、名前を覚えていたばかりでなく、毛皮ズボンをはいていた羊泥棒のウェイツのまったく変わった姿を見分けることができたのは、まさに幸運というべきであった。新兵たちは、威厳をたたえながらも毎日水を浴びることを自認した、陽気な口調の、金モールをつけたきらびやかな艦長の姿を、わが目を疑うような表情で見ていた。ウェイツは意を決して放水しているホースの下にとびこみ、あえぎながら、冷たい水の下で雄々しくも体をくるくる回していた。誰かが、体をこするよう甲板用の磨き石を投げ渡すと、ほかの連中が順番を待ちきれぬようすでひしめいていた――その哀れな連中は、羊とそっくりであった。一人になにか始めさせさえすれば、あとの者は進んでその範に従う。

ホーンブロワーは、彼らの一人の青白い肩に真っ赤なみみずばれができているのに気がついた。手招きをして、みなに聞こえないあたりへ、トンプスンを呼び寄せた。

「お前は気合綱をやたらに使っているらしいな、トンプスン」彼がいった。

トンプスンは、下士官の一人残らずが部下に気合いを入れるのに使っている先端にこぶ結びをつけた長さ二フィートのロープを、落ち着かない笑みをうかべていじっていた。

「わたしは自分の艦に」ホーンブロワーがいった。「気合綱を使うべき時とそうでない時の区別がつかないような下士官は、絶対に乗せておかない。あの連中は、まだ茫然としていてなにもわかっていないのだし、殴ったからといってわかるわけではない。もう一度そのような過ちを犯したら、トンプスン、わたしはお前を降等処分に付する。そして、今回の艦の就役期間中、毎日お前に便所掃除をさせる。それだけだ、行け」

トンプスンは、ホーンブロワーが示した心底からの怒りにぎょっとした面持で、おずおずと引きさがった。

「彼のやり方を監視してくれたまえ、ミスタ・ブッシュ」ホーンブロワーが言い添えた。

「ときおり、譴責された下士官が、部下に対してうっぷん晴らしをやることがある。わたしはそういうことは絶対に許さない」

「アイ・アイ、サー」諦めに似た気持ちで、ブッシュが答えた。

彼がこれまでに見聞きした中で、気合綱の使い方に気を遣う艦長は、ホーンブロワーただ一人であった。気合綱は、食べ物のまずさ、ハンモック用の十八インチ幅の空間や海の危険と同じように、海軍生活の一部である。ブッシュは、懲罰に関するホーンブロワーの考え方がどうしても理解できなかった。それに、甲板洗浄用のポンプで水浴することを艦長がみんなの前で自認するのを聞いた時、彼は文字どおり仰天した——艦長も自分たちと変わりのない生身の人間である、と部下に思わせることは、狂気の沙汰であるように思えた。しかし、ホーンブロワーの下で二年間勤めたその経験から、ホーンブロワーの奇妙なやり方が時折驚くべき結果を生み出すのを知っていた。彼は、いかなる時でも忠実に艦長の命に従う心構えでいた——なにも考えずに、諦めを伴ってはいるが尊敬の念をこめて。

2

「〈エンジェル旅館《イン》〉から、少年が手紙を届けてまいりました」居間のドアのノックにホーンブロワーが応えると、下宿屋の女主人が入ってきて、いった。「ご返事を待っております」

その宛名書を見て、ホーンブロワーはハッとした――女性の手になるそのすっきりとした筆跡は、最後に見た時からすでに何カ月もたってはいるが、彼にとって非常に深い意味を有するものであるのがすぐにわかった。彼は、自分の感情を押し隠しながら、妻にいった。

「わたしたち二人宛てになっているよ。あけていいかね？」

「どうぞ」マリアがいった。

ホーンブロワーが封を切って、手紙を広げた。

一八一〇年五月四日

プリマス港　エンジェル旅館《イン》

海軍少将パーシー卿およびレディ・バーバラ・レイトンは、ホレイショ・ホーンブロワー艦長御夫妻が、明五日、四時に、頭書の旅館において夕食を共にして下されば、たいへん光栄に存じます。

「提督がエンジェル・インに泊まっておられる。明日、わたしたち二人を夕食に招待したい、とのことだ」ホーンブロワーが、胸のときめきを抑えて、できるだけさりげない口調でいった。「レディ・バーバラもいっしょに泊まっておられる。お受けするべきだと思う」

彼は手紙を妻に渡した。

「わたし、紺のサック・ガウンしかもってきていないわ」手紙を読み終えると、マリアがいった。

招待を受諾するにさいして、女が真っ先に考えるのは、着るもののことである。ホーンブロワーは、その紺のサック・ガウンのことに注意を向けるよう、懸命に努めたが、その間じゅう、レディ・バーバラがわずか二百ヤードしか離れていないところにいるのを知って、胸をときめかせていた。

「あれは、とても似合うよ、マリア」彼がいった。「わたしが前まえから、あのガウンがとても好きなことは、きみも知っているはずだよ」

マリアのずんぐりした体つきをよく見せるのには、もっと立派なガウンが必要である。しかし、ホーンブロワーは、その招待を受諾しなければならない――なんとしても受けなければならない――のを知っていたし、マリアを安心させることは優しい心遣いにほかならない。自分が美しく見えると思い込んでいるかぎり、マリアがなにを着ようと問題ではない。ほめられて彼女が嬉しそうにほほえみ、ホーンブロワーはかすかに良心のとがめを感じた。自分がユダであるかのように思えた。レディ・バーバラと並んだら、マリアが作法を知らず、身なりが粗末で、間が抜けて見えることはわかっていたが、同時に、自分が深く愛しているふりをしているかぎり彼女は仕合わせで、自身のことに気づかないでいることもわかっていた。

彼は、慎重に受諾の手紙を書き、使いの者に渡してもらうべくベルを鳴らした。そして、制服のコートを着て身支度を整えた。

「艦《ふね》へ行かねばならない」彼がいった。

マリアのとがめるようなまなざしに、彼は胸が痛んだ。彼女が午後を自分と過ごすのを楽しみにしていたことを知っていたし、事実、今日は艦へ行かないつもりでいた。艦へ行くというのは、一人きりになるための口実にすぎなかった。マリアの退屈なお喋りの相手をしながら彼女と居間に閉じこもっていることは、考えるだけで耐え難かった。一人になって、レディ・バーバラが自分と同じ町にいて、明日は彼女と会うという喜びに浸っていたかった。そのことが頭をみたしていては、じっと坐っていることができなかった。大声で歓喜の歌をうたいたいような気持ちで足どりも軽く渡船場に向かい、マリアがしおらしくも黙って送り出してくれたことを念頭から振り払った――とにかく、就役準備をしている戦列艦の艦長がいかに多忙であるか、彼女は充分に心得ている。

一人になるのが待ちきれない思いで、渡船の船頭たちが汗びっしょりになるほどボートの速度を上げさせた。甲板に上がると、艦尾甲板《コーターデッキ》の当直士官その他の敬礼にしごくかんたんに応えただけで、待ちかねていた誰にも邪魔されるおそれのない一人だけの静けさを楽しむべく、艦長室にとび込んだ。艦の仕事で注意を向けるべき事柄が無数にあったが、そんなことにかかわり合うつもりは毛頭なかった。出港にさいして彼が乗り込む時の準備で散らかっている艦長室を大またで通り抜け、後ろの窓から、艦尾に設けてある回廊に出た。そこでは、何事にも邪魔されることなく、手摺りによりかかって海を見渡すことができる。

引き潮である上に北東から微風が吹いているために、サザランド号の艦尾回廊《スターン・ギャラリー》はテーマ川河口に面している。右舷側に大勢の人間が働き蜂のように動きまわっている海軍工廠がある。前面のキラキラ輝いている海面を埋めるように物資輸送船が浮かんでいて、その間を艀舟《はしけ》が走りまわっている。彼方の補給廠の屋根のはるか向こうにエッジカム山が見える——プリマスの町はデヴィルズ・ポイントの向こう側にあって見えない。レディ・バーバラが泊まっている宿の屋根を眺めて心を楽しませることはできない。

しかし、彼女はあそこにいるのだし、明日は会えるのだ。彼は、歓喜のあまり、指が痛くなるほど力をこめて手摺りを握りしめていた。上方の弓形の張り出しを避けてかがまねばならないので、体のバランスをとるために両手を後ろで組み、回廊を右へ左へと歩き始めた。三週間前に、レディ・バーバラがレイトン提督と結婚したことを知った時の胸の痛みは、今は消えていた。彼女がいまだに自分を覚えていてくれたことに対する喜びだけが胸を満たしていた。ホーンブロワーは、彼女が夫とともに遠路はるばるプリマスまできたのは、自分に会うのを期待してのことであったのかもしれない、と考えてみたりした。その可能性はある——彼は、彼女が結婚したばかりの夫との別れを惜しんで、さらに数日をともに過ごしたくてきたのかもしれない、ということは、はなから考えなかった。彼女は、甘い言葉で巧みに夫パーシー卿をそそのかして、到着と同時にあの招待状を届けさせたのにちがいない。ホーンブロワーは、提督なら誰でも、自分の指揮下に配属された未知の艦長の人柄を知る機会を、できるだけ早くえたがるはずであることは、まったく考慮に入れなかった。彼女は、パーシー卿を説いて、自分の配属を海軍省に要求させたのにちがいない——そう考えると、海軍省が一ヵ月の半給（休職）期間もおかずに自分を新たな艦の艦長に任命したことの説明がつく。戦列艦の艦長として給料が一日当たり十シリングもふえたというありがたい出来事も、すべてレディ・バーバラのおかげである。

自分は、今では艦長名簿上、下から四分の一あたりの序列になっている。このような調子で艦長名簿をのぼり続けるならば、二十年もたたないうちに——六十歳になるはるか以前に——将官旗を掲げるはずである。少将になると同時に予備役に編入されるかもしれない——しかし、自分は少将で満足するはずだ。少将の半給ならロンドンに居を構えることができるし、自分を議員に推薦してくれる後援者が見つかるであろう。そうすれば、権力と高位と身分保証が得られることになる。それらはすべて、実現する可能性があるのだ——しかも、レディ・バーバラが、いまだに自分を覚えていて、自分に好意を抱いており、かつて自分があのようなばかげた態度で接したにもかかわらず、もう一度自分に会いたがっている。またもや気分が高揚し、胸のときめきを覚えた。

羽を広げたまま風にのって旋回していたかもめが、とつぜんはばたいて宙に静止した格好になり、彼の顔の前でしわがれた鳴き声を発した。はばたき、鳴いて、気まぐれに回廊に沿って飛んだかと思うと、これまた気まぐれな感じでサッと向きを変えて離れて行った。ホーンブロワーは、その動きを目で追っていたが、ふたたび歩き始めた時は、それまでの思考の糸がぷっつりと切れていた。すぐさま、苦労の種である人員不足の問題が、意識の中に大きくうかび上がってきた。明日は、サザランド号がいまだに定員に対して百五十人不足しているという惨めな告白を、提督にしなければならない。艦長として真っ先に果たすべき任務を自分がまだ果たしていないことを、相手に知られてしまうことになる。海軍士官が、たとえ比類なき能力をそなえた艦長であり、恐れを知らぬ勇猛な戦士であるにしても（ホーンブロワーは、自分はそのいずれでもないと信じている）、自分の艦の定員を満たすことができなければ、その優れた能力は無用の長物にすぎない。

たぶん、レイトンは自分の配属を要求などしておらず、自分が彼の戦隊に配属されたのは、あくまで偶然の所産なのであろう。彼は、自分がかつては彼の妻の愛人であったのではないかと疑って嫉妬にさいなまれ、破滅させる機会を狙っているのかもしれない。自分の日常を惨めなものにし、自分をいじめ抜いて狂気に追い込み、やがて自分を廃人同様にして海軍から追放するつもりなのであろう——提督がいったんそのように考えを決すれば、相手がいかなる艦長といえども、破滅に陥れることは易々たるものである。たぶん、レディ・バーバラは、レイトンの意のままになる立場に自分をおくよう計画し、かつての自分の無礼な扱い方に対する報復として、自分の破滅を策しているのであろう。初めの奔放な想像より、その方がはるかに筋が通っているように思えて、ホーンブロワーは、しだいに正反対の想像をたくましくしていった。

彼女は、マリアがどんな女であるかを正確に察知して、自分の妻がいたらぬ女であるのを眺めて楽しむつもりで、あの招待状をよこしたのにちがいない。明日の夕食会は、自分にとって長時間の屈辱の場となるはずである。少なくともあと十日は、次の四半期分の給料からの前借りを申し入れるわけにはいかない。さもなければ、マリアを連れて町に行き、プリマスで最上のガウンを買ってやるのだが――かといって、衣類をすべてパリから取り寄せているにちがいない伯爵の娘の前では、プリマスの町で買ったガウンなど、なんら見映《ばえ》はしないはずだ。ブッシュ、ジェラード、レイナー、フッカーの四人の海尉を募兵に派遣した今は、有り金をはたいても二十ポンドにみたない。部下の海尉たちは、下士官と水兵を三十人連れて行った――全艦で信頼できる連中はそれだけしかいない。その結果、たぶん、下層甲板《ローワーデツキ》で規律の乱れによる騒ぎが起きるにちがいない――それも、明日、自分が提督の夕食会に出席している頃に極点に達するであろう。

暗い想像も、その辺で行き止まりになった。いらだってサッと顔を上げたとたんに、上部の張り出しの梁に、激しい勢いで頭をぶっつけた。拳を握りしめて、これまでに何百回となくくり返してきたように、海軍に対する呪いの言葉を吐いた。今度は、呪いの文句を口にしている自分がおかしくなって笑った――自分自身を笑うことのできない人間であったら、ホーンブロワーはとっくの昔に、精神に異常を来した艦長の名簿に名を連ねていたにちがいない。彼は、感情を制御して、これから先のことについて真剣に考え始めた。

レイトン提督の戦隊への配属を命じた命令書に、西部地中海に派遣される予定であることがかんたんに記してあったが、その程度の予告を与えたことすら、海軍本部委員としては例外的な思いやりである。これまでにも、西インド諸島へ派遣されることを予期して個人用食糧等を用意した艦長が、いざふたをあけてみると、バルチック海の護送艦隊配属になっていた、といった例は数限りなくある。西部地中海ということは、ツーロン湾の封鎖、シシリー島防衛、ジェノア沿岸部攪乱作戦と、たぶんスペインにおける戦争に加担することを、意味している。少なくとも、ブレスト軍港封鎖よりは変化に富んだ任務になるにちがいないが、今はスペインがイギリスの同盟国であるので、賞金を手に入れる可能性ははるかに少なくなる。

自分がスペイン語を話せるところから、スペイン陸軍との共同作戦のためにカタロニア沿岸に配置されることは、まず確実であろう。コックリン卿はあそこで名を成したが、そのコックリンも今は落ち目になっている。バスク・ローズの戦闘の後で開かれた一連の軍法会議は、いまだに全海軍の話の種となっており、コックリンは、今後たんなる艦長職を与えられるだけでも、幸運といわなければならない——彼は、現役の海軍士官が政治に手を出すことの愚かさの見本のような存在である。あるいは、とホーンブロワーは、楽観と悲観の双方に通じる答えを見いだそうとして、海軍本部委員は自分をコックリンの後釜にすえるつもりなのかもしれない、と考えた。かりにそういうことであるのなら、それは、海軍士官としての自分に対する評価が、自分自身が考えているよりはるかに高いことを意味する。ホーンブロワーは、そのようなことを考えてしだいに感情がたかぶってくるのを、きびしい気持ちで抑えこんだ。感情がたかぶればまた梁に頭をぶっつけるのがおちだ、と自戒しながら、いつの間にか自分がニヤニヤ笑っているのに気がついた。

それでようやく気分が落ち着くと、今度は、諦めに似た気持ちで、いろいろと先のことを考えるのは労力の浪費にすぎない、と自分に言い聞かせた。遅かれ早かれ、いずれはわかることであるし、いくら考えてみたところで、自分の運命が一分一厘も変わるわけではない。就役しているイギリスの戦列艦が百二十隻、そのほかにフリゲート艦が二百隻近くもあって、それら三百二十隻の艦にそれぞれ勅任艦長《ポスト・キャプテン》が一人乗っており、その一人ひとりが、乗組員にとっては神に近い存在であり、海軍本部にとってはいずれも操り人形である。良識ある人間らしく、そのような想像をいっさい頭から振り払って、家に帰り、将来のことに頭を悩ますことなく、妻とともに静かな一夕を過ごすべきだ。

しかもなお、回廊を離れて甲板に戻り、自分を送り返す艦長艇《ギグ》の用意を命じている間ですらも、明日レディ・バーバラに会うことを考えると、またもや我を忘れんばかりの期待感が大波のように胸中にもりあがってきた。

3

「わたし、これでいいかしら?」化粧を終えたマリアがきいた。

ホーンブロワーは、正装のコートのボタンをかけながら彼女を見て、むりやり、めでるような笑みをうかべた。

「すばらしい」彼はいった。「そのガウンはこれまでのどれよりもきみの姿を引き立てるよ」

その世辞に、彼女が嬉しそうな笑みで応えた。本当のことを、とくにそのブルーの色調が頬の濃い紅色と不調和であることをマリアに告げても無益である。ずんどうの体つき、ごわごわした黒い髪に、色つやの悪い顔では、なにを着ても立派には見えない。うまくいって商店主の女房、へたをすれば、女主人が捨てた上品な衣類をまとった小間使いに見えかねない。彼女のずんぐりした赤い指を見ながら、小間使いの指のようだな、とホーンブロワーは思った。

「パリ製の手袋があるわ」彼の視線の方向に気づいて、マリアがいった。彼の願望を予見しようと努める彼女の気の配り方は、ある意味では気分的な負担になった。自分がそのつもりになれば、彼女の気持ちを無惨に傷つけることができるのだ、と彼は思い、なにか落ち着かない気持ちになった。

「ますます、けっこう」彼が愛想よくいった。鏡の前に立って、自分のコートの着つけを直した。

「あなたは正装がとてもよく似合うわ」ほれぼれとした表情で、マリアがいった。

リディア号でイギリスに帰り着いた時、ホーンブロワーが真っ先にしたのは、新しい制服を買うことであった——この前の海上勤務中に、制服を充分にもっていなかったために屈辱的な思いをしたことがあった。鏡の自分の姿を見て、まずは満足がいく、と思った。コートは、最高級の紺ラシャでできている。ずっしりと重い肩章は正真正銘の金モール製で、幅広い縁どりの金レースも、ボタン穴のかがり糸も、すべて本物の金糸が使ってある。体を動かすと、ボタンやカフスがきらめいた。三年以上勅任艦長《ポスト・キャプテン》の階級にあることを示す袖口の太い金筋は、見ているだけでも楽しい。首にまいた飾り布《クラヴァット》は、中国産の分厚い絹である。白いカシミアの半ズボンの仕立ても満足のいくものであった。分厚い白絹の長靴下は、入手しうる最高の品物である——自分の姿を見て満足しているうちに、マリアのスカートの下に隠れているのは、一足四シリングの安物の綿靴下であるのを思い起こし、良心のとがめを感じた。頭から足首まで、自分は紳士にふさわしい身なりをしている——気がかりなのは靴だけであった。バックルは模造金で、他のすべての個所の本物の金と対照的に、そのけばけばしさが目立つのではあるまいか、と心配した——その靴を買った時には、手持ちの金が底をつき始めていて、金のバックルに二十ギニーもかける気にはとてもなれなかった。今夕は、自分の足もとに人の注意を引くようなことはいっさいしないよう、注意しなければならない。愛国者基金の委員たちの票決によって、ナティビダッド号との海戦をたたえるべく自分に贈られることになった百ギニーの軍刀がまだ届いていないのは、いかにも残念だ。四年前に、カスティラ号を拿捕した功により贈られた五十ギニーの軍刀をつけなければならない。

彼は、正装用の三角帽を取り上げ——帽子の飾りボタンもレースも本物の金である——さらに手袋も手にとった。

「支度はいいかね？」彼がきいた。

「いいわよ、ホレイショ」マリアがいった。彼女は、結婚後間もなく、時間を守らないことを彼が非常に嫌うのを知り、以来、その点で彼を怒らせないよう細心の注意を払っている。

通りに出ると、午後の陽光をうけて、彼の金飾りがきらめいた。向こうからやってきた国民軍の少尉が、敬意をこめて彼に敬礼をした。ホーンブロワーは、その少尉の腕にぶらさがっていた女が、自分よりマリアの方に目を注いでいるのに気づき、その女の目から、自分が予期していたとおりに、憐れみと興の入りまじった気持ちが読みとれたような気がした。マリアが、威風堂々たる士官にふさわしい妻に見えないことはたしかである。しかし、彼女が自分の妻であることに変わりはなく、彼女と結婚する気にならせた自分の一人よがりな気の弱さの代償を、今になって払っているわけである。小ホレイショと小マリアは、サウスシーの下宿屋で天然痘で死んでしまった——ほかになにはなくてもそのことだけで、自分は彼女に献身的な愛を注がなければならない。それに、彼女はまた身ごもったと思っている。もちろん、それは狂気の沙汰ともいえるほどの不注意ではあったが、レディ・バーバラが結婚したことを聞いて、狂わんばかりに嫉妬心にさいなまれていた男としては無理からぬ狂気といえる。とはいうものの、そのためにますますマリアに愛情を注がねばならないという代償を払うことになった。彼は、その人柄のよさ、気の弱さ、優柔不断さのゆえに、他の女をかえりみることなく、彼女に喜びを与えること、真に情愛の深い夫であるかのように振る舞うことに、意を尽くしている。

それだけではない。自分が誤りを犯したこと、愚かな若者のような失敗を犯したことを他人に対して認めるのは、彼の自尊心が絶対に許さない。その点だけでも、彼は、たとえ心を鬼にしてマリアの心を傷つけるようなことをしても、結婚を公に解消することは絶対にできないはずである。ホーンブロワーは、ネルソンの結婚生活に関する海軍将兵の下品な噂話を覚えているし、その後に、ボウインやサムスンの事件があった。妻に対して誠実であるかぎり、自分が人々のそのような噂の種になることは絶対にない。人は自分の献身的な夫ぶりを不思議がるかもしれないが、それだけのことだ。マリアがこの世でただ一人の女性であるかのように自分が振る舞っていれば、他人は、彼女には見かけ以上の長所があるのだろう、と考えざるをえなくなる。

「わたしたちが行くのは、〈エンジェル〉ではなかったかしら？」彼の思考を遮って、マリアがきいた。

「そうだよ」

「わたしたち、通り過ぎたわ。わたしがそういったけど、あなたは聞こえなかったのね」

二人が引き返すと、地元デヴォン出身の陽気なメイドが、暗く冷えびえとした中を、旅館の奥へ案内してくれた。二人が送り込まれたオークの鏡板を張りめぐらしたその部屋には、すでに何人かの人間がいたが、ホーンブロワーにとっては、一人しかいないも同然であった。目の色そのままの青灰色のドレスを着たレディ・バーバラがそこにいた。首にかけた金鎖の先にサファイアのペンダントがさがっていたが、そのサファイアも彼女の目の美しさに比べれば、死物同然であった。ホーンブロワーは、一礼して、呟くような口調でマリアを紹介した。部屋の四面が濃い霧に包まれているようであった。はっきりと見えるのは、レディ・バーバラだけであった。最後に見た時の、頬の金色の日焼けは今は完全に消えていて、高貴な淑女にふさわしい白くなめらかな肌になっている。ホーンブロワーは、誰かが自分に話しかけているのに気がついた――かなり前からであった。

「お会いする機会を得て、たいへん喜んでいる」その男がいっている。「紹介させていただいてよろしいかな？　ホーンブロワー艦長です、こちらはミセズ・エリオット。ホーンブロワー艦長です、こちらはミセズ・ボルトン。わたしの旗艦、プルートゥ号のエリオット艦長。そして、カリグラ号のボルトン艦長、インディファティガブル号できみといっしょだったそうだな」

ホーンブロワーの目にかかっていた霧が多少晴れかけていた。彼は、つかえながら、やっとの思いで一言、二言いっただけであったが、幸いに宿の主人が入ってきて夕食を告げ、彼はその機会を利して落ち着きを取り戻すことができた。みんなが円形のテイブルについた。彼の向かいに、開放的で正直そうな血色のいい顔をしたボルトンが坐った。ホーンブロワーは、ボルトンと握手した時のその手の皮の固さをまだたなごころに感じていた。ボルトンは、優雅さなどとはおよそ無縁な男である。ホーンブロワーの右側で彼と提督の間に坐っているボルトン夫人も同様であった。マリアに劣らず平凡なやぼったい女なので、ホーンブロワーは大いに気がらくになった。

「サザランド号への任命を、お祝い申しあげます」左側に坐っているレディ・バーバラがいった。彼女がそういっている間にほのかな香水のかおりが漂ってきて、ホーンブロワーは頭がクラクラッとなった。再び彼女の香水のかおりをかぎ、彼女の声を聞くことが、麻薬のような影響を彼に与えた。自分がどう答えたのか、彼は覚えがなかった。

「この宿の主人が」前におかれたスープ用の銀の鉢に玉杓子《しゃくし》を入れながら、提督がテイブルのまわりの人々にいった。「タートル・スープの作り方を心得ているとわたしに断言したので、彼に食用がめを一匹預けたのだ。彼の言が真実であることを神に祈ろう。シェリーをどうぞ――さっ、シェリーを、ジョージ――そうまずくはないはずだ」

ホーンブロワーは、まだ熱すぎるスープをうっかり一口ふくみ、それをのみ下す時の苦痛で、ようやく我に返った。提督の方に顔を向けて、今後二年か三年、服従しなければならない相手のようすを見た。わずか三週間たらずの交際で、レディ・バーバラから結婚の承諾をかちとった男である。長身のがっしりした体つきで、色の浅黒い端整な容貌をしている。バス勲章と赤いリボンが、きらびやかな制服をいっそう引き立てている。年齢は四十を越えているとは思えない――ホーンブロワーより一つか二つ年上にすぎない――ので、家柄の影響で可能なかぎりの若さで勅任艦長《ポスト・キャプテン》の階級に達したのにちがいない。しかし、あごのあたりのやや太り気味なのが、気ままさか愚かさを示しているように、ホーンブロワーには思えた――たぶん、その双方であろう。

ホーンブロワーは、数秒の間に、それだけ見て取った。その後は、行儀に意を配るよう努めたが、レディ・バーバラと提督がそばにいては、物事をはっきりと考えるのが容易ではなかった。

「最高のご健康を享受しておられることと存じますが、レディ・バーバラ?」彼がいった。その場の複雑な状況にふさわしい口調で物をいうべく努めているうちに、艦上での妙に堅苦しい口のきき方が入りまじってしまった。彼は、レディ・バーバラの向こうのエリオット艦長の隣にいるマリアがかすかに眉を上げたのを見た——マリアは、いつも、彼が示す反応に非常に敏感である。

「ええ、とても」レディ・バーバラが軽い口調で答えた。「それで、あなたは?」

「ホレイショがこんなに元気なのは、初めてなくらいですわ」マリアが口を出した。

「それは、いいことですわね」マリアの方に向き直りながら、レディ・バーバラがいった。「こちらのエリオット艦長は、お気の毒に、フラッシングでとりつかれたマラリア熱で、いまだに震えが出るのです」

きわめて巧みな応対であった——マリアとレディ・バーバラ、それにエリオットが、たちまちそれを話題に話しはじめ、ホーンブロワーが口を出す余地がなくなった。彼は、しばらく聞いていたが、そのうちに気が進まないのをおして、ボルトン夫人に話しかけた。彼女は、なにも話題がなかった。「イエス」とか「ノー」とか答えるしかすべがないようであった。彼女の向こう側にいる提督は、エリオット夫人と話し込んでいた。そのうちに、ホーンブロワーは暗い気持ちで黙ってしまった。マリアとレディ・バーバラは、エリオットが話に加わらなくなった後も話し続け、次の料理が出ても中断することなく、エリオットを間にはさんで喋り続けていた。

「このビーフをおとりしようか、ミセズ・エリオット?」提督がきいた。「ホーンブロワー、すまないが、きみの前のカモを切り分けてくれないか。それは、牛の舌《タン》だ、ボルトン、この地方の珍味だ——もちろん、きみは知っているはずだな。味わってみたまえ、こちらのビーフの方がいい、というのであればべつだが。エリオット、そのシチューを御婦人方におすすめしてみてくれ。外国の凝った料理はおきらいかもしれん——わたしは、手のこんだ料理は好みに合わないのだ。そこのサイドボードに、この宿の主人が自慢してやまないビーフステーキ・パイと、デヴォンシャーでなければ味わえないマトン・ハムがのっている。いかがですか、ミセズ・ホーンブロワー? どうだね、バーバラ」

カモを切り分けていたホーンブロワーは、自分にとって神聖この上ない名が、そのようにさりげなく呼び捨てにされるのを聞いて、胸を刺されるような苦痛を感じた。一瞬、きれいにカモの胸肉を切り取っていた手が思うように動かなくなった。苦労をしてようやく役目を果たしたが、誰もカモの肉を欲しがるようすがないので、切り分けた肉を自分の皿に盛り上げた。そうすることによって、誰とも目を合わせないですんだ。レディ

・バーバラとマリアは相変わらず語り合っている。彼は、想像力が過熱して、レディ・バーバラが突きつけるような感じで自分に肩を向けていることに、なにか特別な意味があるような気がした。あるいは彼女は、妻の選び方から自分の好みの粗野なことを知った今、かつて自分が愛の意志表示をしたことを、侮辱と受け取っているのかもしれない。彼は、マリアが気のきかないばかげた話し方をしていないことを祈った——二人の会話はほとんど聞き取れなかった。彼は、テイブルを埋めている料理に手をつける気がしなかった——ただでさえ敏感に変化する食欲が、今は完全に消えていた。注いであったワインを大きく呷ったが、自分がしていることにハッと気づいて、飲むのを止めた——彼は、食べ過ぎることもきらいであったが、飲み過ぎて酔うことの方がいっそうきらいであった。仕方がないので、皿の食べ物をつついて、食べているふりをした。幸いにも、隣に坐っているボルトン夫人は食欲が旺盛らしく、黙って食べることに専念しているので助かった。さもなければ、二人は、話下手の退屈な組合わせと見られたであろう。

そのうちに、テイブルの上がきれいに片付けられて、チーズとデザートが出た。

「パイナップルは、わたしたちがパナマで味わったものほどおいしくないわ、ホーンブロワー艦長」不意にこちらを向いて、レディ・バーバラがいった。「でも、味を試してみてくださらない？」

彼は、完全に虚をつかれてすっかり取り乱し、銀のナイフでパイナップルを切るのに苦労をした。やっとの思いで、彼女の皿に取り分けた。再び彼女が自分に注意を向けた今、話しかけたくてならなかったが、適当な言葉が思いうかばなかった――というよりは、自分が彼女にききたがっているのは、結婚生活に満足しているかどうか、ということであるのに気がつき、そのような質問をうっかり口にしないだけの常識はあったが、そのかわりになる話題が思いあたらなかった。

「エリオット艦長とボルトン艦長が」彼女がいった。「リディア号とナティビダッド号の戦いの模様を、わたしにひっきりなしにきいてくるのです。質問の大部分があまりにも専門的なことなので、わたしには答えられないし、おまけに、お二人に話したようにあなたがわたしを、戦いのようすがまったく見えない最下層甲板《オーロップ》に閉じ込めていたので、答えようがありません。でも、誰も彼も、わたしがその程度の経験をしたことすら、羨しがっています」

「レディ・バーバラのおっしゃるとおりだ」テイブルの向こう側から、ボルトンが大声でいった――彼は、若い海尉であった頃よりいっそう声が大きくなっている。「聞かせてくれ、ホーンブロワー」

ホーンブロワーは、一座の目が自分に注がれているのを意識して顔を赤らめ、落ち着かないようすで襟の飾り布をいじっていた。

「さっ、話したまえ」ボルトンが言い張った――彼は社交的な男ではなく、その場の雰囲気を重苦しく感じていて、これまでほとんど口をきかなかったが、海戦の模様を聞く楽しみで口が軽くなっていた。

「スペイン人は、いつもより手強《ごわ》かったのか？」エリオットがきいた。

「そう――」誘い込まれて、ホーンブロワーは、自分が戦った時の状況を話し始めた。みんなが熱心に聞き入っていた――時折、当を得た質問が男たちから発せられた。しだいに話が進むにつれて、ホーンブロワーがいつも警戒して避けていた多弁が雄弁と化していった。彼は、あの太平洋上での長い決闘、その労苦、死傷者の惨状、苦悩から、力尽き果てた思いで艦尾甲板《コーターデッキ》の手摺りによりかかっている時、自分が打ち負かした敵艦が暗い波間に沈んでゆくのを見て初めて勝利の実感を味わった瞬間までのようすを語った。

彼は、きまりわるそうに、そこで話を切った。自分の功績を誇るという許すべからざる過ちを犯したのに気づき、恥ずかしさに全身が熱くなった。そこに、当惑、あるいは明白な非難、憐れみ、軽蔑の表情を予期しながら、テイブルのまわりの顔を見まわしていった。しかし、深い尊敬の念を示しているとしか考えようのない表情を見て、心底から驚いた。艦長としての序列では少なくとも彼より五年先任で、年齢では十も年長のボルトンが、英雄崇拝に近い表情で、彼を見ていた。ネルソンのもとで戦列艦の艦長を勤めたエリオットは、深い称賛の意をこめて、さかんにうなずいていた。提督は、ホーンブロワーが勇を鼓してその顔を盗み見ると、いまだに身動きもせずに坐っていた。その浅黒い整った顔に、これまでの海軍生活でそのような栄光の機会にめぐり合っていない不運を悔んでいるような表情がかすかにうかんでいた。しかし、彼もまた、ホーンブロワーの英雄的行為に深い感銘をうけていた——ようやく体を動かすと、尊敬のまなざしでホーンブロワーを見た。

「われわれ一同のために乾盃しよう」グラスをもち上げて、彼がいった。「サザランド号の艦長が、リディア号の艦長に匹敵する武功を挙げられんことを祈る」

称賛の呟きとともに、乾盃が行なわれ、ホーンブロワーは顔を赤らめて、つかえながらなにか答えた。尊敬する先輩たちの賛辞に、彼は計り知れない重圧を感じた。とくに、それを自分が、偽りの装いのもとにかちとったことに気がついた今は、耐え難いほどに心苦しかった。今になって初めて、ナティビダッド号の片舷斉射を待ちうけていた時の吐き気を催すような恐怖感、戦いの間じゅう、頭について離れることのなかった手足を失うことに対する怯えを、思い起こした。自分は、いまだかつて恐怖感を抱いたことのないレイトンや、エリオット、ボルトンと違って、ごく少数の見下げ果てた人間の一人なのだ。もし自分がありのままの事実を、あの戦いの技術的な面や断片的事実だけでなく、その時の自分の感情の動きをも話していたら、彼らは手足を失った者に対するような憐れみを抱き、リディア号の勝利の栄光はたちまちにして消え去ったにちがいない。レディ・バーバラが席から立ち、ほかの女客も彼女にならったので、彼はその重苦しい気持ちから解放された。

「あまりいつまでもワインを飲んでいないでね」女性が出て行く間、礼儀正しく椅子から立った男たちに向かって、レディ・バーバラがいった。「ホーンブロワー艦長は、名だたるホイスト（ブリッジの原形）の名手だし、あちらにカードの用意がしてありますからね」

4

真っ暗闇の中を〈エンジェル旅館《イン》〉から帰ってくる途中、マリアは嬉しそうにホーンブロワーの腕にしがみついていた。

「とても楽しい一夕だったわ」彼女がいった。「レディ・バーバラは、たいへんに育ちのいい上品なお方のようね」

「きみが楽しむことができて、嬉しいよ」ホーンブロワーがいった。二人でパーティに出席した後、マリアがいつも好んで同席者の品定めをするのを、彼は充分に承知していた。間もなく、不可避的に、レディ・バーバラの分析が始まるはずであるのを思い、気が重くなった。

「彼女は、とても優雅な人だわ」彼の気持ちにかかわりなく、マリアが切り出した。

「あなたの話から想像していたより、はるかに上品な人だわ」

記憶をたどってさかのぼり、ホーンブロワーは、自分が彼女のすばらしい勇気と、恥ずかしがることなく男たちの中で立ち働くことができる点だけを強調したのを思い出した。その時は、マリアは、伯爵の令嬢が男まさりのおてんばであることを面白がっていたが、今は、伝統的な考え方に立ち返って、彼女の育ちのよさに尊敬の念を抱き、身分の違いを越えた親切さに感謝して喜んでいた。

「彼女は、たいへん魅力のある女性だ」慎重にマリアの気分に調子を合わせて、彼がいった。

「あなたの今度の航海に同行するつもりか、と彼女がきいたので、わたしたちの将来の楽しみが実現する可能性があるので、行かない方がいいと考えている、と説明したの」

「彼女にそんなことをいったのか？」語気鋭く、ホーンブロワーがきいた。悲痛な口調になりかけたのを、やっとの思いで抑えた。

「彼女は、幸運を祈る、といってくれたわ。そして、あなたにお祝いの言葉を伝えてくれって」

マリアが妊娠のことをレディ・バーバラと話し合ったことに、ホーンブロワーは名状しがたい腹だちを覚えた。彼は、その理由を考えてみるような気持ちは毛頭なかった。しかし、レディ・バーバラがそのことを知ったことがわかると、彼の心の中で入り乱れているもろもろの考えにまた一つ複雑な要素が加わり、下宿屋までの短い道のりを歩いている間に考えをまとめることは、とうていできなかった。

「あーあ」寝室に入ると、マリアがいった。「この靴がきつくて、つらかったわ」

——

低い椅子に腰を下ろして、白い綿靴下をはいたままの足をさすっていた。化粧台にのっているろうそくの明かりで、彼女の影が反対側の壁で踊っている。天井に、ベッドの天蓋の黒い長方形の影がはりついている。

「あなたのいちばんいいコートだから、慎重に洋服掛けにかけてね」マリアがいい、髪からピンを抜き取りはじめた。

「まだ眠くない」世をはかなむ思いで、ホーンブロワーがいった。

今のこの瞬間、ここを抜け出して、艦で一人で静寂を楽しむことができたら、どんな代償を払っても惜しくはない、と思った。しかし、そんなことはとうていできない――こんなおそい時間では不審に思われるし、今のように正装していては、非常識もはなはだしい。

「まだ眠くない！」彼の言葉をそっくりそのままくり返すのは、いかにもマリアらしい。

「あんなに気疲れのする一夕を過ごしたのに、不思議だわ！　カモを食べ過ぎたの？」

「いや」ホーンブロワーがいった。頭が非常な速度で回転していることをマリアに理解させようとしても無駄だし、逃げ出すことは考えるのも無意味である。そのようなことを試みたら、彼女の気持ちを傷つけるだけであり、これまでの経験で、自分にはそんなことが絶対にできないのを知っていた。彼は、溜め息をつくと、剣をはずし始めた。

「ベッドに入って気持ちを落ち着けていれば、必ず眠れるわよ」日頃の経験から、マリアがいった。「わたしたち、もうあと幾晩もいっしょにいられないのよ、あなた」

それはたしかであった。プルートウ号、カリグラ号、サザランド号の三隻は、現在すでに集合中の東インド行きの輸送船団をタホ川河口まで護衛することになっている、とレイトン提督がいった。となると、すぐさま、人員不足という呪わしい事柄が問題になってくる――どうすれば、出港までに定員をそろえることができるのだ？　ボドミン刑務所からさらに何人か囚人が得られるかもしれない。明日にも帰ってくるはずの部下の海尉たちが、何人かの志願兵を連れてくるかもしれない。しかし、自分は、あと五十人の檣楼手《トップマン》が必要であり、檣楼手は刑務所や市場からは得られない。

「きびしいお勤めだわ」しだいに迫ってくる別離を思って、マリアがいった。

「週八ペンスで算術を教えるのよりはいいだろう？」努めて軽い口調でホーンブロワーがいった。

結婚する前は、マリアは、課目で報酬に段階がついている学校で教えていた――読み方は四ペンス、書き方六ペンス、算術八ペンスであった。

「ほんとにそうね。あなたに感謝しなければならないわ、ホレイショ。はい、お寝巻。両親が四ペンスしか払っていないのにアリス・ストーンに九九を教えたのを、ミス・ウエントワースに知られた時は、とてもいやな思いをしたわ。ところが、あの恩知らずのおてんば娘は、ホッパー少年をけしかけて、教室の中へねずみを何匹も放させたの。でも、あなたといっしょにいられるのなら、あのような苦労は喜んで我慢するわ」

「軍務についている間はだめだ」ホーンブロワーが急いで寝巻を着た。「しかし、二年たたないうちに、賞金をいっぱい獲得して帰ってくる。信じていていい」

「二年も！」マリアが哀れな声を発した。

ホーンブロワーが大げさにあくびをすると、彼が確信していたとおりに、マリアは騙された。

「それでいて、まだ眠くないですって！」

「急に眠くなったのだ。提督のワインが効きはじめたのかもしれん。目をあけていることができないくらいだ。では、おやすみ」

化粧台に坐っている彼女に接吻すると、急いで離れて、ベッドに上がった。ベッドのいちばん端に横たわって、マリアがろうそくの火を吹き消して自分の横に入り、やがて彼女の息遣いが静かな寝息になるまで、身動きもせずに体をこわばらせていた。彼女が寝入ると、やっとこわばりをほぐして体の向きを変え、それまでもろもろの考えが頭の中を駆けめぐっていたのを整理した。

その夕方、たまたま部屋の一隅で二人だけになって誰にも聞かれるおそれがなくなった時、ボルトンがウィンクをして自分にいったことを思い出した。

「政府にとって、彼は六票を意味するのだ」提督の方へ首を倒して、ボルトンがいった。

ボルトンは、気のいい船乗りにありがちな頭の悪い男なのだが、先頃ロンドンにいて宮中の朝見の式に出席し、いろいろな噂を聞いていた。お気の毒な老国王がまた気の病の度が進んで摂政の必要が目前に迫っており、その摂政のもとでホイッグ党がトーリー党に代わって権力の座につくやもしれず、そのような状況のもとでは、レイトンが握っている六票が非常な重みをもつことになる。ウェルズリー侯爵が外務大臣、ヘンリー・ウェルズリーが駐スペイン大使、そして、アーサー・ウェルズリー卿——彼の新しい称号はなんだったかな？　そうだ、ウェリントン卿——がイベリア半島の最高司令官であってみれば、レディ・バーバラ・ウェルズリーがパーシー・レイトン卿と結婚したことは驚くにたらず、そのレイトン卿が地中海域での司令官職を与えられたのは当然といえる。野党の政府攻撃が日毎にきびしさを加えており、いまや、世界の歴史が変わるか変わらないかの分かれ目である。

そう考えると、ホーンブロワーは、思わずベッドの中でそわそわと体を動かしたが、それに応えてマリアがかすかに体を動かしたので、またもや体をこわばらせた。あのコルシカ人の支配に対する抗争継続の決意をいまだに持ち続けているのは、わずか一握りの人間にすぎず、その指導的立場にあるのがウェルズリー一族である。陸上か海上、あるいは議会で、ごくわずかの抑止力が働くだけで、彼ら一族は権力の座から引きずり下ろされ、断頭台に首をのせることになるやもしれず、そうなればヨーロッパ全土が破滅してしまう。

その夕方、レディ・バーバラがお茶を注いでいて、たまたまホーンブロワーは、自分のカップに注がれるのを待って、ただ一人、彼女のそばに立っていた。

「わたし、とても嬉しかったわ」彼女が小声でいった。「あなたがサザランド号の艦長に任命されたことを、夫から聞いて。いまは、イギリスが、もっとも優秀な艦長を総動員する必要に迫られている時ですもの」

あの時、彼女は、その言葉にもっと深い意味を含めていたのにちがいない。たぶん、レイトンに司令官の任務を無事に果たさせることの必要性を、言外ににおわせていたのであろう。それはともかく、ホーンブロワーの艦長任命に彼女が陰で力を尽くしたことを、それとなく告げるような言葉は一言も聞かれなかった。しかし、彼女が愛以外の理由でパーシー卿と結婚したことが察せられて、嬉しかった。レディ・バーバラが誰かに愛情を抱いていることなど、考えるだけでも耐え難かった。彼は、彼女が夫にいったことと、夫に向けた表情を、すべて思い起こしてみた。夫を熱愛している新妻という感じがまったくなかったことは、まずまちがいない。しかし、彼女がレイトンの妻であるという事実に変わりはない――いまのこの瞬間に、彼とともにベッドに横たわっているはずである。そう考えると、ホーンブロワーは苦悩に身もだえた。

彼は、すぐさま思い直した。そんなことを頭にうかぶがままに放っておいたら、先々、惨めな気持ちがこうじて発狂するのがおちだ。意を決して、その時頭にうかんだ事柄に考えを集中し、夕方行なったホイストのゲームを分析し始めた。エリオットのリード《ラドー》に対して、あの不成功に終わったフィネスを用いなかったら、あの勝負は自分のものになったはずだ。自分のやり方は正しかった――成功の可能性は三分の二であった――が、真の賭博師ならそんなことは考えなかったはずだ。がむしゃらに勝を狙っていったにちがいなく、今の場合はその目的を達成したはずである。キングを一枚だけ手中に残しておくような危険を冒すのは、賭博師でなければできないことだ。ホーンブロワーは、自分の科学的で精密な計算の仕方を誇りにしてきた。しかもなお、今夕はそのためにかえって二ギニー負ける結果になり、今の場合、その二ギニーの損失はきわめて重大な事柄であった。

彼は、豚の子一腹、鶏を二ダース――できれば羊二頭――を、サザランド号の出港までに買うつもりでいた。そのほかにワインも必要であった。ワインは、もう少し先へいってその一部を地中海で安く買うことができるが、出港時に五、六ダースは用意しておく必要がある。艦長にふさわしくいろいろとぜいたくな物を準備しておかないと、部下の士官以下にばかにされて、規律維持に悪影響をもたらすかもしれない。しかも、今回の航海が、長期間に及ぶのんびりしたものであった場合、同僚の艦長たち――それに、当然、提督――を招待しなければならないであろうし、そのさいに、自分自身は充分に満足できる乗組員用の艦内食を供したら、彼らに軽蔑されることはまずまちがいない。頭の中で、必要品のリストがしだいに長くなっていった。ポート・ワイン、シェリー、マデイラ。リンゴに葉巻。干しぶどうにチーズ。シャツを少なくとも一ダース。上陸して公式行事に参加する機会が多いようであれば（その可能性が大いにありそうだ）、絹靴下をさらに四足。茶を大箱に一杯。コショウ、チョウジ、それにオールスパイス。干したスモモにイチジク。ろうそく。それらすべてが、艦長としての体面を保つのに――そして、彼自身の自尊心を保つのに、必要であった。彼は、他人から貧乏と思われることを極度に嫌った。

次の四半期分の給料を全部使っても、まだ足りないものがあるはずだ。今後の三ヵ月間、マリアは大いに不自由するであろうが、幸いなことに、彼女は貧乏に慣れていて、借金取りに対する言い逃れが上手である。マリアはつらい思いをすることになるが、万一自分が提督になったら、ぜいたくな生活をさせて彼女の労苦に報いてやる。そのほかに、買いたい本があった。娯楽読物ではない――寝ながら読む本は、ギボンの『ローマ帝国衰亡史』を含む長年の愛読書が一箱ある。そのようなものではなくて、今度の新任務に備えるための本である。昨日の〈モーニング・クロニクル〉紙の広告の中に、『今次スペイン戦争の現況』など、彼が欲しいと思った本が五、六冊あった。自分がその沿岸部に派遣されようとしているイベリア半島や、自分が援助することになっている国の指導者たちについて、詳しい知識をもっていればいるほど、役にたつ。しかし、本は金がかかるし、その金をどこから手に入れるべきか、目当てがまったくなかった。寝返りをうって、賞金獲得という点に関してはつねに不運につきまとわれてきたのを思い起こした。海軍本部委員は、撃沈したナティビダッド号に対して一文といえども賞金を払うことを拒否した。若手の海尉であった時にカスティラ号を拿捕して以来、自分は一度として幸運に恵まれていないのに、知り合いのフリゲート艦艦長たちはその間に何千ポンドもの賞金を得ている。腹だたしいきわみである——とくに、このように困窮している時に、サザランド号の定員を充足するためになけなしの金をはたかねばならないことは。あらゆる心配事の中でも、兵員不足がいちばん頭が痛い——それと、レディ・バーバラがレイトンの腕に抱かれているのを想像することが。ホーンブロワーの考えが一巡してまた出発点に戻った。いろいろな考え事に眠りを妨げられて、夜明けの光がカーテンの隙間から忍び込んでくるまで、長い一夜を悶々と過ごした。レディ・バーバラの気持ちについて荒唐無稽な憶測をしたり、サザランド号の出港準備を完了するための現実的な計画をたてたりしていた。

5

ホーンブロワー艦長は、出港準備の騒ぎの中で、艦尾甲板《コーターデッキ》を行ったり来たりしていた。遅滞にはそれ相応の理由があることを充分に承知していたが、それでも最終的な準備の仕上げが遅れているのに胸中で憤怒をたぎらせていた。掌帆長《ボースン》のハリソンの籐杖や下士官たちの気合綱に追い立てられて甲板を走りまわっている男たちの三分の二は、生まれてこのかた海を見たことがなく、ましてや船などには乗ったことのない陸上者《おかもの》である。この上なく単純な命令すら理解できなくてぼんやり突っ立っており、作業の場まで連れて行って、現実にロープを握るところまで教えてやらなければならない。それでも、全員同時にロープに全体重をかけて歩き始めるこつを身につけていないので、一人前の水兵よりはるかに能率が悪い。しかも、いったんロープを引き始めると、「待て《アヴァスト》」や「やめ《ビレイ》!」といった号令が彼らには全く通じないのを、下士官はとかく忘れてしまう。現に、彼らにまじって作業をしていた数人の古参水兵が、号令で直ちに足を止めたために、まだ引き続けている新兵たちに引き倒され踏みつけられたことが一再ならずあった。

メン帆桁《ヤード》の桁端につけた滑車装置で水桶を揚げている最中にもそれに似たような事態が起きて、急に水桶が下がり始め、舷側にあった長艇《ロング・ボート》の底を突き抜けないで止まったのは、まさに神の恵みというほかはなかった。

水がかくも出港まぎわに積み込まれているのは、ホーンブロワー自身の命令によるものであった。水が桶に何カ月も入っていると、非常な悪臭を放ち、いろんな虫がわくので、彼は、可能なかぎり最後のぎりぎりまで積み込みを遅らせた。一日でも二日でも遅い方がいい。乾パン十二トンの積み込みが遅れたのは、例によって補給廠の不手際によるもので、あそこの連中は、読み書き計算ができないようである。艦長の個人貯蔵品を積んだ艀《はしけ》の荷が、他の補給品と同時に艦に引き上げられ、後部ハッチから慎重に艦内に下ろされていることも混乱の一因となっているが、それは、ナティビダッド号撃沈の功に対する褒賞の例の価格百ギニーの剣が愛国基金から届くのが遅れたためである。新たな任務で出港を目前に控えた艦長に掛けで品物を売ってくれる商店主や船舶用品商は、一人もいない。例の剣は、昨日、それも、船舶用食糧雑貨商のダディングストーンに担保として渡すのにやっと間に合うような時間に届き、ダディングストーンは、できるだけ早い機会に請け出すことを確約させたあげく、いかにも気の進まぬようすで掛け売りを承知した。

「わしにいわせりゃ、だいたい文字が多すぎるよ」愛国基金が大金をかけて青く澄んだ刃に彫刻させた題銘を、ずんぐりした人さし指でさしながら、ダディングストーンがいった。

わずかに、剣の柄《つか》と鞘の金細工と、柄頭《つかがしら》の小粒の真珠に換金価値があるだけである。ダディングストーンの立場からすれば、剣が請け出されるものとし、儲けを考慮に入れても、店としては四十ギニー貸すのが精一杯だ、というのは、当然である。しかし、彼は、約束通り、今朝、夜明け早々に品物を届けてきた——その結果、出港準備の作業がますます混乱をきたすことになったわけである。

舷側通路《ギャングウエー》で、主計長のウッドが、怒りと心配で、踊るような身振りをしていた。

「この無器用な間抜けどもめ！」彼がどなっている。「それに、そこの男、お前だ。ニヤニヤ笑ってないでもっと慎重に仕事をしなかったら、ハッチの下に閉じ込めておいて、いっしょに連れて行くぞ。ソーッと、ソーッと、気をつけろ！　ばか野郎、一アンカーが七ギニーもするラムの樽を、鉄のかたまりみたいに落とすんじゃない！」

ウッドは、ラム酒の積み込みの監督をしていた。古参水兵たちは、無器用な新兵たちが樽を落として、一樽か二樽、ふたがへこむよう、一生懸命に仕向けており、舷側の艀の船頭がニヤニヤ笑いながら、それに協力している。ホーンブロワーは、水兵たちの赤い顔と抑えのきかない笑い声から、ウッドが鷹のように目を光らせ、海兵隊員が番をしているにもかかわらず、すでに何人かが酒を手に入れるのに成功したのを見てとっていたが、口を出すつもりは毛頭なかった。わずかなりとも機会がありさえすれば水兵たちが酒を盗もうとするのを、阻止しようとしても、それは彼の威厳を傷つけるだけである――阻止するのに成功した者はいまだかつていない。彼は、上甲板《メンデッキ》で艦上を見渡すのに都合のいい艦尾甲板の手摺りのそばに立っていて、行なわれている奇妙な寸劇を眺めていた。

うろたえた一人の若い大男――腕の力こぶから、錫鉱夫と思える男――が、ひっきりなしに号令や罵言を浴びせられてカッとなったらしく、掌帆長のハリソンに殴りかかった。しかし、四十五歳とはいえ、ハリソンは、そのようなことを何百回となく経験しながら掌帆長の階級に達した男で、若い頃はリングの王者になれそうな拳闘の名手であった。彼は、そのコーンウォール出身の男がぶざまに突き出した拳を軽くかわすと、あごに一撃を加えてかんたんに打ち倒した。そして、驚いたようすもなく、大男の首筋をつかんで引き立てると、その男がついていた荷揚装置の方へ蹴とばした。あっけにとられたその大男が、ロープを握ってほかの連中といっしょに引き始めたのを見て、ホーンブロワーは満足げにうなずいた。

大男は、上官に腕を振り上げたことによって、陸海軍条例に定められた〈死あるいは一等を減じた罰〉に値する罪を犯したわけである。たとえ、あの大男たちがゆうべ強制徴募された後、陸海軍条例を読み聞かされているにしても、今は条例の規定を適用すべき場合ではない。ジェラードが、長艇でまわってレドラス、カンボーンとセント・アイヴズを襲い、各所の住民の不意をついて五十人の屈強なコーンウォール男を連れて戻ってきた。その男たちが海軍の組織や規則を理解したと考えるのは、およそ無理な話である。あと一カ月もたって、そのような罪に対する罰の恐ろしさを乗組員全員が理解している場合には、軍法会議、鞭打ち刑――そして、たぶん、死――が必要になるかもしれないが、現在のところは、さきほどハリソンがやったように、あごに一発くらわせて仕事を続けさせるのが最良の策である。ホーンブロワーは、自分が艦長として、あのような暴力沙汰に直接関係がないのを、神に感謝した。自分が人のあごに一撃を加えようとしても惨めな失敗に終わるはずであるのを、承知していた。

体重を、片方の脚からもう一方の脚に移したとたんに、自分が極度に疲労しているのを意識した。今では、毎夜、眠ることができず、昼間は、戦列艦の就役準備に関連した数限りない仕事に追いまわされている。レディ・バーバラやマリアに関する心配、金不足、人員不足による心労から病的なまでに神経質になって、ブッシュやジェラードがすべてを手落ちなく遂行する能力を完全にそなえていることを充分に承知していながらも、瑣末な仕事を彼らに任すことができないでいる。不安、心配で休む気になれず、追い立てられるような気持ちで体を酷使している。気力、体力ともに失せて、自分がばからしくなった。くる日もくる日も、海に出て、艦長の特権である一人だけの気楽な静けさに浸り、陸の心配事をすべて、レディ・バーバラをすら、後にする日を待ちこがれていた。彼は、彼女との再会によって自分が完全に平静を失っているのに気がつくだけの分別を維持していた。自分のサザランド号艦長任命が彼女の尽力によるものかどうか、という問題は、解決不能として諦めていた。彼女の夫に対する身を焼くような嫉妬心を抑えるべく、懸命の努力をした。最後には、現在自分がなによりも望んでいるのは、マリアの飽きあきするような愛情過多と愛すべき愚かさと同時に、レディ・バーバラから逃れること、陸上の複雑にして惨めな生活いっさいから逃れることである、と自身に言い聞かせた。彼は、漂流者が水を渇望するように、海に出ることを渇望していた。二日前までは、出港の最終的な準備の騒ぎの中でこのように甲板に立っているのが、なににもまして望ましいことのように思えていた。いまは、そうであることにさほど確信がもてないのに気がつき、思わずゴクッとつばをのみこんだ。このようにしてレディ・バーバラを後にすることに、身を切られるようなつらさを感じた。また、奇妙なことに、マリアを後に残して出港するのが悲しかった。この次帰ってくるまでに子供が生まれ、その子が一歳以上にもなって、場合によっては、片言をすら喋りながら走りまわっているはずである。マリアは、力づけられるすべもなく、妊娠と出産の期間を過ごさなければならない。しかも、彼女が雄々しくも、そんなことは心配無用、と一笑に付し、元気よく別れの言葉を交わしたにもかかわらず、自分がいないことをどのように淋しがっているか、彼にはよくわかっていた。彼女を後に残すことがかくもつらいのは、そのためであった。

あれだけ雄々しく振る舞いながらも、下宿の居間で自分の方に顔を上げてきた時、彼女は唇が震え目が濡れていた。ずっと以前から、二人は、彼女が艦上まで同行して別れのつらさを長引かせるのは無意味である、と認め合っていた。それでいてさえ、その時はまだ、海へ一刻も早く出たいという気持ちが強くて、なんら悲しみを味わうことなく彼女と離れることができたが、いまは事情が違っていた。ホーンブロワーは感傷的な愚か者、と胸の中で自分を嘲り、いらだたしげにマストの先の風見を見上げた。風は疑いもなく北寄りに変わりつつある。北あるいは北東の風になったら、提督は一刻も早く出港したがるはずである。輸送船団とプルートウ号、カリグラ号の両艦は、いま、コーザンド湾に集結しているか、集結を完了しようとしている。かりに提督が遅れた船を待たないことに決めた場合、不可避とはとうていいえないサザランド号の準備の遅れに腹をたてるにちがいない。

「みんなをなまけさせるな、ミスタ・ブッシュ」ホーンブロワーがどなった。

「アイ・アイ、サー」辛抱強く、ブッシュが答えた。

その辛抱を含んだ口調に、ホーンブロワーはますますいらだった。その口調は、かすかな非難を、ブッシュとホーンブロワーにしかわからない非難を、言外ににおわせている。ブッシュが懸命な努力をしていること、その彼が部下を力のかぎり働かせていることを、ホーンブロワーは知っていた。ホーンブロワーの命令はたんに焦燥の表明にすぎず、そのことをブッシュは承知している。ホーンブロワーは、部下の士官に不必要なことは一言たりともいわない、というかねてからの主義にそむいてうっかり口を出した自分に、憤りを覚えていた。口出ししたことを正当化するために、そのつもりはなかったにもかかわらず、艦長室へ下りて行った。

彼が半甲板《ハーフ・デッキ》にある寝室の入り口を通る時、衛兵がわきへ寄った。広々とした部屋であった。十二ポンド砲が据えてあるが、それでも吊り寝台《コット》、机、たんすのための余地が充分にある。ポルウィールがすべてを整頓してくれている。ホーンブロワーは、寝室を通り抜けて主室に入って行った。そこも広々としている。サザランド号を設計したオランダ人は、艦長の住み心地に非常に意を配っている。その部屋は、艦尾の幅いっぱいに横に広がっていて、艦尾の大きな窓から充分に光が入ってくる。薄灰色に塗ってあるので、室内は明るく快適で、両側にある二門の十二ポンド砲の黒い色がうまく調和している。腹這いになってワインの箱をロッカーにしまっているポルウィールのそばに、水兵が二人立っていた。艦尾の窓から彼らに見えるので、外の回廊に一人だけでいる楽しみはまだ味わえないのに気づき、彼は不機嫌な表情で水兵たちをにらんでいた。

寝室へ戻って溜め息をつき、吊り寝台に体をなげ出したが、じっとしていられなくてすぐさま立ち上がり、机の方へ行った。紙質が固くてパリパリと音を発する書類を取り出し、腰を下ろしてもう一度目を通した。

司令官、赤色艦隊少将、バス勲爵士、パーシー・ギルバート・レイトン卿からの、西地中海沿岸封鎖戦隊あての命令書である。

とくに変わったことは何一つ記してない――イギリス、スペイン、ポルトガルの各国用夜間信号、秘密信号。分散した場合の集合地点。船団護衛中、敵戦隊と遭遇した場合、相手戦力のいかんをとわず、とるべき戦術。旗艦は、リスボン行きの輸送船団とともにタホ川河口を上って行く――たぶん、命令受領のためであろう。カリグラ号は、補給船ハリエット号とナンシー号の二隻を伴ってポート・マオンへ行く。サザランド号は、東インド船団を北緯三十五度まで護送した後、ジブラルタル海峡経由、最終集結地であるパラモス岬（バルセロナの北東）沖に向かう。各艦長に告ぐ、アンダルシアの沿岸部は、カディスとタルファを除いて、フランス軍の手中にあり、国境からタラゴナに及ぶカタロニア沿岸部も同様である。また、いずこをとわずスペインの港に入る場合、その地がフランス軍に占領されている可能性を考えて、絶対に油断をしてはならない。命令書に添付してある輸送船団の各船長あての指令書の内容も、大体同じようなものであった。

しかし、その内容について黙考していたホーンブロワーにとって、命令書は、複雑多岐な情勢を物語っていた。トラファルガルの海戦以来すでに五年たっており、イギリスは史上最大の海上兵力を擁してはいるが、しかもなお、この戦いには限度いっぱいの努力と緊張を強いられている。ナポレオンは、ヨーロッパのほとんどすべての港、ハンブルク、アントワープ、ブレスト、ツーロン、ヴェニス、トリエステのほか、その間にある無数の港で相変わらず艦船の建造を進めていて、嵐との戦いに疲れ果てたイギリス海軍の戦隊は、それぞれの港の外で不断の監視を維持しなければならない――百二十隻の戦列艦は、沿岸封鎖だけでも手いっぱいのところへ、他にもろもろの任務を与えられている。また、ヨーロッパ大陸の海岸線の半ば近い沿岸部にあるすべての入江や漁港に、人間を満載した大型手漕ぎ船にすぎないものも含めた私掠船がひそんでいて、航行中の無防備なイギリス商船を拿捕せんものと、絶えず機をうかがっている。そのような略奪行為に対抗するために、イギリスのフリゲート艦は、つねに哨戒航行を行なっておらねばならず、軍艦はすべて、任務に派遣される場合にはその機会を利して、たとえその航程の一部といえども、輸送船団の護衛を命じられる。全世界を相手にしたこの戦争では、生き抜くためには、戦力をきわめて慎重かつ科学的に配分するほかはないのであるが、今やイギリスは、総力を結集して攻勢に転じている。陸軍はスペインで進撃を開始しており、わずかに余裕のある他の任務からはずしてかき集めた三隻の戦列艦が、スペイン進攻にさいしてボナパルトがうかつにも弱点を露呈した側面を攻撃すべく、派遣されようとしているのだ。サザランド号は、ヨーロッパ全土を支配している暴君に対する一撃の鋒先《ほこさき》になることになっている。

望むところだ、とホーンブロワーは独りごちた。無意識のうちに、彼はまた立ち上がって、部屋の中を行ったり来たりしていた。甲板梁《デッキ・ビーム》にぶっつけないよう首を前に倒していなければならず、歩くのは、十二ポンド砲とドアの間の四歩の距離に限られている。たいへん名誉な責任ある任務だが、自分はまだ定員を充足することができないでいる。イギリス海軍の軍艦にふさわしいやり方で――というよりは、敗北と勝利の差をもたらすよどみのない迅速さで――帆を操作するためには、熟練した水兵が二百五十人必要である。熟練者全員を一度に掌帆作業につけると、砲手が皆無となる。両舷の砲を同時に操作するのには、四百五十人を要し――そのうちの二百人は未熟練者でもいたし方ないが――弾薬運搬その他の任務に、さらに百人近い人員が必要である。

現在、リディア号から移された熟練者が百九十人と完全な非熟練者が百九十人いる。サザランド号の就役準備中に、リディア号の乗組員で二年分の給料をなげうち、千回の鞭打ち刑に処せられる危険を冒して逃亡した者は、わずかに二十人にすぎず、その点では幸運であった。母港にかくも長期間滞在していたら、乗組員の三分の二に逃亡される艦長がいるはずだ。しかし、逃亡したその二十人が今いたら、大いに助かったにちがいない。現在、定員に対して、百七十人――熟練者が百七十人――不足している。六週間あれば、当然まじっているはずの病人、怪我人などを除いた、海にまったく不慣れな新兵たちを訓練して、なんとか間に合う掌帆手や砲手に仕上げることができるかもしれない。しかし、艦は、六週間はおろか、場合によっては三週間以内に、スペイン沿岸で戦闘配置につくはずである。それどころか、あすの夜にも敵と交戦することになるかもしれないのだ――風が東よりに変わりつつあるので、兵員を満載したフランス海軍の戦列艦の戦隊が封鎖戦隊の監視の目をくぐってブレスト軍港から抜け出し、東インド輸送船団というすばらしい獲物に襲いかかってくるかもしれない。フランスの一級艦と舷舷相《あい》摩《ま》す戦闘となった場合、定員の三分の二の兵員しかなく、その半数が船酔いに苦しんでいるサザランド号に、いかほどの勝算があろうか？

そこまで考えると、いらだちが沸騰点に達して、ホーンブロワーはまたしても両手を握りしめた。いかなる災厄も、すべて責任を問われるのはこの自分であり、同僚の艦長連中の侮蔑と憐憫――いずれにしろ考えただけで身の毛がよだつ――に耐えなければならないのは、この自分である。彼は、強欲者が黄金を渇望し、男が愛人を渇望するよりはるかに激しい気持ちで、兵員を渇望した。しかし、これ以上兵員を入手する望みはない。ジェラードがセント・アイヴズとレドラスを襲ったのが、最後の手段であった。あれで五十人も得られたのは、たしかに幸運であった。輸送船団から人員を手に入れる見込みはまったくない。リスボン行きの政府輸送船、ポート・マオン行きの政府補給船、東インド会社所属の船――そのような船から乗組員を強制徴募することはできない。艦に閉じ込められたような気持ちになった。

彼は、また机へ引き返して、当直表の彼専用の写しを取り出した。ブッシュとともに、前夜ほとんど寝ないで作成したものである。人員不足状態のもとで艦の能率が維持できるかどうかは、一にかかってその当直表の作り方にある――熟練者をすべての要所に平均に配分しなければならず、その熟練者に、訓練が円滑に行なわれつつ艦の運営に支障をきたさないよう、もっとも当を得た人数の非熟練者をつけなければならない。フォア檣楼《トップ》、メン檣楼《トップ》、ミズン檣楼《トップ》の責任者。艦首楼甲板《フオクスル》と後甲板の掌帆手。各人に任務が与えられ、彼らは、いかなる不測の事態が発生しても、好天、悪天、昼間、夜間をとわず、混乱や時間の浪費をきたすことなく受持ちの場につき、なすべきことを正確に承知していなければならない。各人が、所属分隊の指揮官の下で、それぞれ、大砲を受け持たなければならない。

ホーンブロワーは、もう一度、当直表に目を通した。まずは満足のいくものであった。表は、トランプで作った城のような、一種微妙な安定感をそなえている――一見したところでは当を得ているようだが、無理や変更がきかない。負傷者や病人が出たら、すべてが一気に崩れてしまう。その点を思い起こしながら、当直表を放り出した。らくに健康が維持できる航海である場合、戦闘行為はべつにして、事故や病気による死者が十日に一人は出るものと考えなければならない。ありがたいことに、死ぬのは、たいがいの場合、非熟練者である。

ホーンブロワーは上甲板《メンデッキ》の騒音に注意を向けた。荒々しい号令、掌帆手の号笛、大勢の足が止まっては進む音に、長艇《ロング・ボート》が引き上げられているのを知った。滑車装置の心車の軋みと違った奇妙な音が先程から耳に達していたが、なんの音か思いつかないでいた。今とつぜん、それが各種の豚の鳴き声であるのに気がついた——ようやく、艦長と士官たちが個人的に購入した食糧が積み込まれているのだ。羊の鳴き声に続いて雄鶏が鳴くと、爆笑が起きた。彼は、雌鶏だけで、雄鶏は買っていない——士官か士官候補生の誰かのものにちがいない。

ドアを叩く音が聞こえたので、ホーンブロワーは、サッと書類を手に取って椅子に腰を落とした。突っ立ったまま、いかにも不安そうに出港の時間がくるのを待っているところなど、絶対に人目にさらすわけにいかない。

「入れ！」彼がどなった。

怯えた若い士官候補生が、入り口から顔をのぞかせた——ジェラードの甥で、今度初めて艦に乗るロングリーであった。

「ミスタ・ブッシュからの伝言で、目下、最後の補給品が積み込まれております」かんだかい声でいった。

怯えきっている子供を見て笑うわけにはいかないので、ホーンブロワーは、石のように無表情な顔で相手を見た。

「よろしい」唸るようにいい、書類に目を落とした。

「イエス、サー」一瞬、間をおいて、少年がいい、引きさがろうとした。

「ミスタ・ロングリー！」ホーンブロワーが大声でいった。

ますます怯えた子供の顔が、また入り口に現われた。

「中に入りたまえ」ホーンブロワーがそっけない口調でいった。「入って、じっと立っていろ。お前は、最後になんといった？」

「えー――あの――――ミスタ・ブッシュが――――」

「ちがう、そんなことではない。最後にいったのは、なんだ？」

なんとも理解しかねるようすで、ひたいにしわをよせていたが、質問の意味がわかると、パッと顔が明るくなった。

「〈イエス、サー〉といいました」きーきー声でいった。

「それで、なんというべきだったのだ？」

「アイ・アイ、サー」

「そうだ。よし」

「アイ・アイ、サー」

あの少年は、頭の回転がかなりはやいし、怯えるあまり考える力を失うようなことはなかった。早々と水兵たちの扱い方を覚えたら、物の役にたつ准士官になるにちがいない。ホーンブロワーは、書類をしまって引き出しに錠をかけた。部屋の中を行き来して、威厳が維持できる程度に間をおくと、艦尾甲板に上がって行った。

「用意ができたら、出帆準備だ、ミスタ・ブッシュ」

「アイ・アイ、サー。こらっ、その張り索をもっと慎重に扱うんだ、この——」

ブッシュでさえ、罵言に味わいを付する余裕すらない状態になっていた。艦上は混乱をきわめ、甲板は汚れ放題になっていて、乗組員は疲労の極にあった。展帆用意の号令が発せられ、下士官たちが、疲れで頭の働きが鈍っている水兵たちを部署へ追い立てている間、ホーンブロワーは、両手を後ろに組んで、慎重に超然とした態度を装っていた。少年から大人に成長するのをずっと彼が見守ってきた先任士官候補生のサベッジが、後《アフ》檣担当班《ターガード》に、揚げ索《ハリヤード》に人員をつかせろとどなりながら、やってきた。サベッジは、青ざめていて、目が血走っている。プリマスのどこかの魔窟で酒色にふけって一夜を過ごしたために、最良の状態にはないようであった。どなるたびにこめかみを押さえているところを見ると、自分の大声が頭に響くのであろう。それを見ると、ホーンブロワーは胸の内で微笑した——二、三日の中に、酒色の残滓は洗い流されるはずだ。

「後檣担当班《アフターガード》!」サベッジがしまりのない声でどなった。「後檣担当班《アフターガード》がきておらんぞ！ みんな、もっと機敏に動け！ メン・トプスル・ハリヤードにつけ！ そこの先任衛兵伍長！ のろのろしてるやつらを後ろへ追い立てろ。はやくしろ！」

掌帆手の一人が先頭に立って、ホーンブロワーの肘の横のミズン索具にとびついた。ホーンブロワーが見ていると、若いロングリーが、一瞬ためらって、自分の前を上って行く男たちを見上げていたが、やがて、顔をしかめて意を決すると、段索《ラットライン》にとびついてみんなの後を追った。ホーンブロワーは、少年の胸の内が理解でき、満足した——頭上の非常な高さに恐れをなしたが、他の人間が上って行けるところなら自分も行けるはずだ、と男らしく決意したのだ。あの少年は見込みがありそうだ。

ブッシュが、時計を見ながら、航海長にかみついていた。

「すでに九分たったぞ！　なんということだ、あれを見ろ！　海兵隊員の方がはるかに水兵らしいではないか！」

海兵隊員は、さらに後方で、ミズン・トプスル・ハリヤードにとりついている。長靴をはいた彼らは、足が甲板の上でカタッ、カタッと音をたてている。彼らは、訓練をしている兵士のような堅苦しい態度で作業をしている。水兵たちはそれを見ていつも笑うのだが、現在のところは海兵隊員の方が効率よく作業を進めているのは明らかであった。

掌帆手たちが、揚げ索《ハリヤード》から転桁索《ブレース》に駆けよった。艦首方向から聞こえてくるハリソンの大声で繋索が放たれたことを知り、ホーンブロワーがもう一度風見を見上げると、風がはるか東よりに変わっていた。これではデヴィルズ・ポイントをまわるのは容易ではない。帆桁《ヤード》が引きまわされてサザランド号は向きを変え、ゆっくりと走り始めた。何艘もの通船から女たちの金切声が聞こえ、ハンカチが振られているのを見て、ホーンブロワーは、二十四時間前に艦から追い出した妻たちの何人かが、男に別れを告げるために小舟でやってきていたのを初めて知った。舷側のすぐそばで、小舟の後尾の座席《スターン・シート》に坐っている女が、恥も外聞もなく大口をあけて泣き、涙が滝のように頬を流れ落ちているのが見えた。自分の男に二度と会えない公算の方が大きいのだ。

「艦外に注意を向けるな！」乗組員の何人かが手を振って別れを告げているのを見つけたハリソンが、どなった。今は、全員の注意が当面の任務に集中されていなければならない時である。

ホーンブロワーは、ブッシュの命令でできるだけ風上よりに針路をとるにつれて、艦がグーッと傾くのを感じた。前方にデヴィルズ・ポイントを控え、なじみのない艦を操っている場合、できるかぎり風上に詰めるのが最上の策である。艦が横に傾いたことで、無数の記憶がよみがえってきた。人は、船が帆を張り甲板の揺れを足に感じ、耳慣れた滑車の軋みや索具《リギン》のかんだかい唸りを聞くと、初めて、海上生活のありとあらゆる記憶が生々しくよみがえってくるものである。ホーンブロワーは、興奮がしだいにたかまって、思わずゴクッとつばをのみこんだ。

艦は、海軍工廠のある岬をかすめるように針路をとっている。工廠の作業員の大半が手を休めぼんやりとこちらを見ていたが、歓声をあげる者は一人もいなかった。十七年間の戦争で軍艦が出港するのを数限りなく見ているので、サザランド号を見て興奮するはずはなかった。ホーンブロワーは、楽隊を乗せておいて、〈いざ敵を殲滅《せんめつ》せん〉とか、〈歓呼せよ、ものどもよ、わが行く手に栄光あり〉といった曲を演奏させるべきであるのを承知していたが、楽隊は乗っていない――楽隊を雇うだけの金がなかったし、今のこの瞬間に、海兵隊の横笛奏者やバイオリン弾きの水兵に命じて、なさけない音をたてさせるつもりは毛頭なかった。今や前方にストウンハウス瀞《プール》が開け始めており、その向こうにプリマスの町並みがある。マリアがあそこのどこかにいる――あるいは、詰め開きの白いトプスルが彼女の目に映るかもしれない。レディ・バーバラがあそこにいて、サザランド号の方を見ているかもしれない。ホーンブロワーはまたもやつばをのみこんだ。

ストーンハウス・プールを吹き渡ってくる風がとつぜん向きを変えて、艦がもう少しで裏帆を打ちかけた。操舵手が風下に艦首を落とすまでの間、艦がよろめいた。ホーンブロワーは右舷《スターボード》方向を見た。艦が危険なまでに岸に近づきつつある――サザランド号は風下へ押し流されやすい、と見た彼の推測は当たっていた。彼は、風向と岬沖の潮流を確かめた。艦首右舷方向のデヴィルズ・ポイントを見た。これ以上潮流に逆らって進む前に、上手回しでもう一度北に艦首を向け、間切って進む必要があるかもしれない。まさに岬の風上側を通過せんとした瞬間に、上手回しの命令を発するべくブッシュが顔を上げたのが目に入った。

「針路をこのまま保持してくれ、ミスタ・ブッシュ」静かな口調で伝えたその命令は、彼が直接操艦の任に当たることを宣言したものであり、ブッシュは命令すべく開いた口を閉じた。

艦は危険を示すブイから五十ヤードたらずしか離れていないあたりを通過した。疾風をうけて傾いた艦の風下側を奔流のように潮が流れていった。ホーンブロワーは、自分の操艦術と判断が卓越しているのを誇示するために介入したのではない。たんに、もう少し柔軟に無理なく行なえるはずである事柄を、そばに立って黙視していられなかったからにすぎない。確率を冷厳に計算する点においては、ホイストの腕前が実証しているように、彼はブッシュよりはるかにすぐれている。ホーンブロワーは、自分の動機をまったく意識することなく、その場に立っていた。事実、自分が介入したことにすら気づいていなかった――彼は、自分の操艦技術が卓越していることなど、考えてみたことすらなかった。

今や艦は、まっすぐデヴィルズ・ポイントに向かっている。ホーンブロワーは、艦がプリマス湾の広い海面に入って行く間、じっと岬を見つめていた。

「これで、取舵でよし」彼がいった。「そして、トゲンスルを張らせてくれ、ミスタ・ブッシュ」

艦は、真横から風をうけながら河口湾に入って行った。左舷にスタドン丘、右舷にエジカム山が見える。外海を目ざして進むにつれて、刻一刻と風が強さをまし、索具の唸りがますますかんだかくなった。サザランド号は、今や海の影響を感じ始めていて、艦首の波による上下動が目に見えるようになった。その動きにつれて、木造の艦体の軋みが耳につき始めた——甲板ではようやく聞こえる程度だが、下方では大きく響く。しかし、それも音に耳が慣れるまでの話である。

「なんというざまだ、あのやろうどもめ！」トゲンスルの展帆作業を見ていたブッシュが、呻いた。

ドレイク島が風上側へ去って行った。サザランド号は、その島の方に艦尾を向け、左舷後方から風をうけながら湾を南へ下って行った。トゲンスルの展帆が完了しないうちに、艦はピクルコム岬と並び、前方にコーサンド湾が開けてきた。そこに、輸送船団がいた——軍艦と同じようにペンキで砲門の縁取りをした東インド会社の船六隻、いずれも会社の縞模様の旗を掲げ、一隻は、イギリス海軍の准将旗と見まがうような長旗をなびかせている。さらに、海軍の補給船二隻とリスボン行きの輸送船四隻。三層艦のプルートウ号とカリグラ号は、船団の外海寄りに錨を投じて波に揺れている。

「旗艦が信号を送っております」望遠鏡を目に当てたまま、ブッシュがいった。「ミスタ・ヴィンセント、きみが一分前に報告すべきことだ」

旗艦プルートウ号が視界に入ってから三十秒もたっていないが、先方の信号、とくに提督からの最初の信号を一刻も早く受信確認しておかなければならなかったのだ。

「サザランド号の旗《ペナント》です」望遠鏡をのぞきながら、不運な信号係士官候補生がいった。

「いいえ、七番です。七番は〈投錨せよ〉です」

「受信確認」ホーンブロワーが命じた。「ミスタ・ブッシュ、トゲンスルをたたませ、メン・トプスルを裏帆にさせてくれ」

望遠鏡を通して、他の艦の索具《リギン》を水兵がましらのように上って行くのが見えた。五分後には、プルートウ号もカリグラ号も、展帆を終えていた。

「ちくしょう、彼らはノア砂洲で人員を補充したな」ブッシュが呻いた。

世界じゅうでもっとも船の出入りの多いロンドン港の入り口に位置するその砂洲は、そこから川を上るのに十人足らずの人間を残しておけば事がすむというところから、イギリス海軍の軍艦が、入港する商船から熟練水夫を強制徴集するのにもっとも都合のいい場所である。加えて、プルートウ号とカリグラ号は、海峡を南下する間に乗組員を訓練する機会が得られたわけである。両艦はすでに湾から出ようとしている。旗艦の揚げ索《ハリヤード》で信号旗が舞い上がった。

「船団あてです」ヴィンセントがいった。「至急。抜錨。天候の許すかぎり展帆せよ。驚いたな。号砲です」

一発の砲声と砲煙が、提督が信号にとくに注意を求めていることを告げた。充分な人員で軍艦同様に作業する東インド会社の船は、すでに走り始めている。当然ながら、補給船と輸送船はひまを要した。ほかの艦船は、その二隻がようやくのろのろと出てくるまで、湾外で帆を裏帆にしたり風をはらませたりして、いらいらと待っていた。

「また旗艦から信号です」ヴィンセントがいい、信号を読み取って急いで暗号書と照合していた。「すでに命令してあるとおり、配置につけ」

ということは、船団の風上側で、今のように後方から風をうけている場合には、船団の後尾につく。そうすれば、フランスの艦船が輸送船の一隻を遮断しようとした場合、軍艦は高速で救援に駆けつけることができる。ホーンブロワーは、つのってくる風を頬に感じた。見ていると、旗艦はすでにトゲンスルを張り、最上檣帆《ローヤル》をかけようとしている。こちらもそれにならわなければならないが、今のように風勢が強まりつつあると、ほどなくまたたたむことになるはずだ、と彼は考えた。日が暮れるまでにトプスルも縮帆することになるであろう。彼は、ブッシュに命令し、ハリソンの「総員かけ方用意！」の号令で、乗組員が集合するのを見ていた。新米がたじろいでいるが、無理もない――サザランド号のメンマストのいちばん上の帆桁《ヤード》は甲板から百九十フィートの高さにあり、艦が海峡のうねりで縦揺れ《ピッチング》を起こし始めて、いまは目がまわるような円形を描いて揺れている。

ホーンブロワーは、旗艦と船団の方に注意を向けた。怯えた男たちが下士官の気合綱に追い立てられて索具を上って行くのを見るに忍びなかった。無理に上らせるのが必要であることはわかっていた。海軍は、〈できない〉とか〈こわい〉という言葉の存在を認めない——必要上、認めることができない。例外はいっさい認められず、これまでに強制された経験がまったくない男たちに、命令には絶対に服従しなければならないことを教え込むのに、これはいい機会である。部下の士官や下士官たちが初めから慈悲心を示したら、男たちはつねに慈悲心を期待するし、いつ何時自ら進んで命を犠牲にすることが要求されるかわからない海軍においては、慈悲とか寛容というのは、充分に理解する期間を経、訓練をつんだ連中にのみ適用しうることである。しかもなお、ホーンブロワーは、乾草の山より高いところに上がったことのない人間が戦列艦のマストの上方へ追いやられる時の、目がくらむような恐怖心が理解できたし、同情もした。軍務は無慈悲であり、残酷である。

「平和条約が締結されてしまうな」ブッシュが航海長のクリスタルに、不満そうにいった。「あいつらが一人前の水兵になるまでに」

その新米水兵たちの大半は、三日前までは、海に出ることなど夢にも考えずに、それぞれの家で平穏に暮らしていたのだ。それが今は、灰色の空の下、灰色の海の上で前後左右に揺れながら、これまでに経験したことのないような強風に吹かれており、頭上には空恐ろしいほどの高さまで索具がのびていて、足下では、揺れ動く艦体が呻くような音を発している。

　艦は、今では外洋のはるか沖合いに出ていて、甲板からエディストン岩が見え、帆を増した新たな圧力のもとで、サザランド号の動きが活発になってきた。初めて大うねりに出会い、そのうねりが艦首に達すると、大きく舳先を持ち上げ、うねりが艦底を通る時は螺旋状に似た動きで横揺れ《ローリング》を起こし、うねりが後方へ通り過ぎて行くと、足がうくような勢いで艦首を下げた。甲板中央部《ウエスト》から今にも死にそうな泣き声が聞こえてきた。

「舷外だ、気をつけろ!」ハリソンがどなった。「甲板を汚すな!」

　早くも男たちは、完全に不意をつかれて、人目かまわず船酔いを起こしている。ホーンブロワーが見ていると、十人あまりの青ざめた男たちが、よろめき、つんのめりながら、風下側の手摺りにとりついた。一人か二人は、とつぜん甲板に坐り込んで、両手でこめかみを押さえている。艦が、また舳先を持ち上げ、螺旋状の動きを起こし、グーッと艦体を持ち上げると、二度と止まらぬような感じで艦首を突っ込み、またもや甲板中《ウエ》央部《スト》から哀れな泣き声が聞こえてきた。ホーンブロワーは、魅せられたように、惨めな新米水兵たちが排水口にへどを吐いているのを見ていた。彼は、同情して調子を合わせるかのように胃が持ち上がり、慌てて生つばをのみ込んだ。とつぜん、ひどい寒けを覚えたが、顔には汗がういていた。

彼も、我慢できないくらいに吐き気を催していた。彼は一人になりたかった。艦尾甲板の連中に笑われないよう、慎重に人目を避けて吐きたかった。いつもの超然としたきびしい口調でものをいうべく身構えたが、自分の耳に聞こえたのは、意に反して、たんに気取りを感じさせるだけの口調であった。

「そのまま続けたまえ、ミスタ・ブッシュ。用があったら呼んでくれ」

港に滞在している間に、艦の動きに合わせてバランスをとる脚の慣れがなくなっていた——甲板を横切りながらよろめき、昇降口の梯子の手摺りに両手でつかまらなければならなかった。無事に半甲板《ハーフ・デッキ》に下り、縁材《コーミング》につまずいてつんのめるように艦長室のドアに達した。ポルウィールがテーブルに器を並べて夕食の支度をしていた。

「外へ出ろ！」息を切らしながら、ホーンブロワーが吠えるようにいった。「出ろ！」

ポルウィールが消えると、ホーンブロワーは、艦尾回廊《スターン・ギャラリー》によろめき出て手摺りによりかかり、泡だっている航跡の方へ顔をつき出した。船酔いは、その苦しさ以上に、自分の不体裁な姿がいやでならなかった。航海の初めにはネルソンもいつも船酔いを起していたのだ、と手摺りにしがみついて必死で自分に言い聞かせたが、なんの役にもたたなかった。自分が興奮と心身の極度の疲労で半病人に近い状態になっている時にいつも出港するのは、不運な偶然の一致なのだ、と自身に説き聞かせたが、これまたなんの役にもたたなかった。事実、そのとおりなのだが、強風に吹かれ、手摺りによりかかって呻いている今は、それも気休めにならなかった。

今では北東風が吹いていて、彼は寒さに震えていた。厚地の短上衣《ジャケット》は寝室にあるのだが、取りに行く気力もなかったし、ポルウィールを呼んでもって来させることもできない。これが、と苦々しい皮肉な気持ちで自分にいった。陸上の煩わしさにうんざりしていた時にあれほど待望した、静かに一人でいられる時間なのだ。下方で、舵のつぼ金《ガジオン》に差し込んである軸《ピントル》が軋み、艦尾突出部《カウンター》の下で海水が沸き返るように白く泡立っている。昨日来、気圧が下がり続けているのを思い出した。気象は、北東よりの強風のきざしを見せている。その強風に追われるようにしてビスケー湾を横切るとなると、何日も船酔いが続くことになる。今のこの瞬間は、あの静穏なプリマス港内に戻れるなら何に換えても惜しくないような気がした。

自分の部下の士官たちは絶対に船酔いを起こさない、と恨めしい気持ちで考えた。かりに酔ったところで、たんなる船酔いで、こんな死ぬ思いの惨めさは経験しないのにちがいない。甲板の前の方では、船に酔った二百人の新米水兵が横暴な下士官たちに無慈悲に追いまわされている。船酔いにもかかわらず作業で追いまわされるのは、その男たちにとっていいことなのだ。ただし、それも、自分の場合と違って、規律にまで影響しかねないようなひどい船酔いでなければ、の話だ。それに、自分ほど苦しい思いを味わっている人間は、自分の半分も惨めな思いをしている者は、この艦上には一人もいないはずだ。またもや手摺りによりかかって、呻き、呪いの言葉を吐いた。これまでの経験で、三日たてばこの苦しみが消えてしごく快適な気分になることはわかっていたが、今のこの瞬間は、その三日間の苦しみが永遠の苦しみに等しいように思えた。身を震わせて手摺りにしがみついている間、艦体が軋み、舵が呻き、風がかんだかい唸りを発し、海が吠え、すべてが一体となって地獄の騒音と化していった。

6

最初の激しい嘔吐がおさまると、ホーンブロワーは、風がはっきりと強さをましているのに気づくだけの余裕ができた。それも突風性で、不意に、スコールがにわか雨を回廊に叩きつける。とつぜん、彼は、乗組員の多くが帆をたたむのに慣れていない今、サザランド号がふつうより激しいスコールに襲われたら帆や索具《リギン》、帆桁《ヤード》はどうなるだろうという、非常な不安にとりつかれた。全船団の目の前で円材《スパー》やキャンバスが損傷した時の不名誉を思うと、船酔いのことが念頭から消えてしまった。きわめて自然な足どりで部屋に行き、防水コートを着ると、甲板に上がった。ブッシュにかわってジェラードが当直士官であった。

「旗艦が縮帆しております」敬礼をして、ジェラードがいった。

「よろしい。ローヤルをたため」ホーンブロワーがいい、望遠鏡で水平線を見まわした。

船団は、どの船団もつねに示す行動ぶりで、まるで私掠船につかまることを願っているかのように、後方から風をうけてばらばらに散っている。東インド会社の船は、風下側一マイル前でかなりまとまっているが、ほかの六隻は、はるか前方、水平線上に見え隠れするあたりで四散している。

「旗艦が船団に信号を送っております」ジェラードがいった。

ホーンブロワーは、もう少しで「当然そうだろう」といいそうになったのを控え、「イエス」と一言答えただけであった。言い終わらないうちに、プルートウ号の揚げ索《ハリヤード》にべつの一連の信号旗がスルスルと舞い上がった。

「カリグラの長旗《ペナント》です」信号係士官候補生が報告した。「帆をふやせ。船団の前方に出よ」

なるほど、輸送船の連中が無視した命令を守らせるために、ボルトンが派遣される。ホーンブロワーは、カリグラ号がまたローヤルをかけて、灰色の海の上を、船団を追ってとび出して行くのを見ていた。カリグラ号は、伝声器の声が聞こえる距離まで近づかねばならず、たぶん号砲を一、二発放たねば用が足りないであろう。商船の船長は、一様に、たとえ読み取ることができても旗信号を無視する癖がある。東インド会社の船がトゲンスルをもたたみ始めた——彼らには、日没前に縮帆するという好都合な習慣がある。東方貿易を独占している気楽さのほかに、あらゆる点で乗心地のいいぜいたくを要求する船客を乗せているので、航海の日数などは気にせず、かりに夜中に天候が変わった時でも、掌帆作業の騒音で乗客が眠りを妨げられないよう、前もって手を打っておくのだ。しかし、今の場合は、船団をますます散らせるためにわざとやっているようにしか見えない。提督はどのような反応を示すだろう、と思い、ホーンブロワーは旗艦に望遠鏡を向けた。

案の定、大急ぎで次々に信号旗を揚げ、インド貿易船に必死で指示を送っている。

「きっと、彼らを軍法会議にかけられたら、と歯ぎしりしてるよ」士官候補生の一人が笑いながら仲間にいった。

「あの船長たちは、一往復で五千ポンドの収入になるんだ」仲間が答えた。「提督のことなんか気にしないよ。海軍に入るわけじゃないしさ」

日没が近づき、風が強さをましているので、船団が航海開始時から早くも四散する可能性がある。ホーンブロワーは、提督が充分に職責を果たしていないような気がし始めた。船団は、なんとしてもまとめておかなければならない。弁解無用の海軍では、パーシー・レイトン卿は、すでに懲戒をうけてもいたし方のない手落ちを犯している。自分が提督の立場にあったらどうしているだろうと考え、規律維持は軍法会議にかける権限の有無に左右されるのではない、と、もっともらしいことを自分に言い聞かせて、答えは出さないでおいた。正直にいって提督以上のことが自分にできるとは思わなかった。

「サザランドの長旗です」彼の空想に割り込むように、信号係士官候補生がいった。

「夜間——配置——につけ」

「受信を確認せよ」

容易に実行できる命令である。艦の夜間配置は、船団の風上側四分の一マイルの位置である。すでに彼は、所定の位置につくべく、急速に東インド会社の船に近づいている。見ていると、旗艦プルートゥ号が、カリグラ号の航跡を追うようにしてインド貿易船の横を通り過ぎて行った。どうやら提督は、二つに分かれた船団の連結リンクの役割りを果たすつもりでいるらしい。急速に日が暮れており、風は相変わらず勢いをましている。

彼は、震えている体を温めるべく、左右に揺れている甲板を歩こうとした。待機期間に入った今、またしても胃の調子から不快な予感がし始めた。手摺りの方へ行ってつかまりながら、不快感を抑え込もうと努めた。よりによって、自分が嘔吐するところをいちばん見られたくないジェラード——容姿端整、皮肉屋で有能な——が、当直士官なのだ。船酔いと疲労で頭がくらくらしており、横になれば眠ることができ、眠れば不快な船酔いを忘れることができるかもしれない、と思った。温かい寝台で気持ちよく眠りたいという願望がますます強くなり、もはや一刻も待てないような気持ちになった。ホーンブロワーは、急速に暗さをます夕闇の中で目をこらし、所定の位置についたことが確認できるまで頑張った。確認すると、ジェラードの方を向いた。

「トゲンスルをたたんでくれ、ミスタ・ジェラード」

伝達板を取り上げて、反抗する胃と苦闘しながら、慎重に、思いうかぶかぎりのきびしい文句で、船団の風上側、船が見える位置を維持することに関する当直士官あての命令を書いた。

「これが命令だ、ミスタ・ジェラード」終わりの方は声が震え、ジェラードの「アイ・アイ、サー」も耳に入らないような状態で艦長室へ逃げ戻った。

今回は胃が完全にからになっているので、吐くのが非常に苦しかった。よろめきながら部屋に戻るとポルウィールが現われたので、またもや荒々しい呪いの言葉を浴びせて追い払った。寝室に入ってズック張りの寝台に倒れ込み、二十分ほど横たわっているうちにようやく起き上がる元気が出た。引きはがすように上衣と外套を脱ぎ、シャツ、チョッキ、短ズボンを着けたまま、呻きながら毛布の下に入った。風をうけて走っている艦が仮借なく縦揺れ《ピッチング》を続け、時折、艦体の各所がいっせいに苦しそうな呻きを発した。ホーンブロワーは、大波が通り過ぎるたびに寝台が二十フィート以上も持ち上がり、今度はグーッと下がってゆくのに、歯をくいしばって耐えていた。それでも、一貫して物を考えることが不可能なところから、すぐさま疲労が思考力を圧倒した。なにも考える力もなく激しい疲労に身を任せると、数分とたたないうちに、艦の揺れ、騒音、船酔いなど問題ではなく、深い眠りに落ち込んでいった。

完全に熟睡したために、目をさました時、自分がどこにいるのか、気がつくまで、何秒か考えなければならなかった。最初に気づいた艦の上下動が、なじみ深いという覚えがありながら、思いがけなかった。隣の部屋のドアをあけると、かすかに灰色の光が流れ込み、彼はその中で、まばたきながらあたりを見まわした。記憶がよみがえると同時に、またしても胃がこみ上げてきた。よろよろと立ち上がって、よろめきながら隣の部屋を通り抜け、回廊の手摺りに達すると、風が吹きまくる夜明けの薄明かりをうけた灰色の海を、惨めな気持ちで見まわした。そこからは帆は一枚も見えず、ハッと不安にかられて多少気力を回復した。ふたたび上衣と外套を着込むと、彼は艦尾甲板《コーターデッキ》を行き来した。

ジェラードが当直についているので、夜半直（十二時から午前四時）はまだ終わっていない。ホーンブロワーは、ジェラードの敬礼に不機嫌にうなずき返すと、白い波頭が点在している灰色の海を見渡した。索具《リギン》を唸らせている風は、ようやくトプスルをかけていられる程度の強さで、湾曲した手摺りに手をかけて立っているホーンブロワーの耳もとを吹き抜けている。前方に列を乱した四隻のインド貿易船が見え、続いて、その一マイルたらず前に、五隻目と六隻目が見えた。旗艦と、輸送船、補給船、カリグラ号は、影も形もなかった。ホーンブロワーが伝声器を取り上げた。

「そこの見張りの者！　旗艦がどの程度に見えるのだ？」

「ぜんぜん見えません。インド船以外、見渡すかぎりなにも見えません」

それならそれで、いたし方ないな、とホーンブロワーは、伝声器をもとへ戻しながら考えた。航海の初まりとしては珍しい出来事だ。方位算出盤を見ると、艦は夜通し、正確に針路を維持しているし、航海日誌には八ないし九ノットの速度が記入してある。空が晴れているので、もうすぐウェッサン島が見えるはずだ——自分は、インド貿易船から目を離さず、天候に合った帆をかけさせて針路を維持させる、という任務を果たした。胃の具合が不安で、その点について絶対の自信が抱けないのが情けなかった。船酔いによる陰鬱な気分のせいで、不吉な予感がしてならなかった。誰かがとがめをうけなければならない場合、自分が犠牲になるはずだ、と確信していた。風の強さを目測し、ほかの船に追いつくつもりで帆をふやすのは賢明でない、と判断した。かくして、かりにとがめをうけるとして、それを避ける方法がまったくないという満足すべき結論に達すると、かえって気が軽くなった。長年の海上生活で、不可避なことは諦めの気持ちで受け入れる、という考え方が身についていた。

八点鐘が鳴り、当直交替を告げる声が聞こえてきた。ジェラードと交替すべく、ブッシュが艦尾甲板《コーターデッキ》に現われた。ホーンブロワーは、ブッシュの鋭い視線がチラッと自分に向けられたのを感じたが、不機嫌そうにだまったまま無視した。不必要な言葉は一言も口にしないことにしており、そのやり方が非常に気にいったので、絶対に変えないつもりでいた。いまも、主人に対する犬のように、話しかけられたらすぐさま応える構えで、心配そうにチラッ、チラッと自分を盗み見ているブッシュを完全に無視することに、非常な満足感を覚えた。そのうちに、自分はたいへん品のない姿でいるのにちがいない、と気づいた——ひげを剃っておらず、服装は乱れ放題で、たぶん船酔いで青ざめているのであろう。ますます不機嫌になって、艦長室へ戻った。

彼が両手で頭を抱えている部屋の中では、吊るしてあるものがすべて、艦体の軋みに調子を合わせてゆっくりと揺れていた。しかし、それらを見ないかぎり、船酔いはなんとか抑えることができた。ウェッサン島が見えたら、横になって目を閉じよう。そのうちに、手品師のように盆のバランスをとりながら、ポルウィールが入ってきた。

「朝食です」ポルウィールがたて続けに喋った。「左舷直が下番してくるまで、起きておられるのを知らなかったのです。コーヒーです。柔らかいパンです。厨房《ギャレー》の火が燃えていますから、お望みならすぐにもトーストにできます」

とつぜん、疑念がわき起こって、ホーンブロワーはポルウィールの顔を見た。ポルウィールは、パン以外、自分が艦に積み込ませた新鮮な食べ物を何一つすすめる気配がない——チョップ、ステーキ、ベーコン、あるいは、自分が金のことを考えないで買い込んだその他の珍味を。それに、彼は、自分が昨日夕食をとっていないのを知っているが、いつもなら自分が食べ過ぎるくらいに食べることを、うるさいまでにすすめる男なのだ。だから、と考えた、なぜポルウィールは自分にフランス式の朝食しか出さないのか？

ホーンブロワーの凝視をうけて、ポルウィールの石のように無表情な顔にかすかに動揺の色がうかび、ホーンブロワーの疑念を裏付けた。ポルウィールは、艦長が押し隠している船酔いに気がついていたのだ。

「そこにおけ」それ以上はなにもいう言葉がないまま、彼がぶっきらぼうにいった。ポルウィールは、盆をテイブルの上においたが、まだ引きさがるのをためらっていた。

「用があったら呼ぶ」ホーンブロワーがきびしい表情でいった。

彼は、両手で頭を押さえながら、昨日のことをできるかぎり思い返してみた。いまにして思えば、ポルウィールのみならず、ブッシュもジェラードも――つまり、乗組員全員が――自分の船酔いのことを知っていたのだ。いま思い返してみると、彼らに見られたいろいろと微妙なそぶりが、それを裏付けている。そう考えると、初めは、ますます気が重くなって、呻いた。次に、いらだちを覚えた。そして、最後には、持前のユーモアを愛する気持ちが頭をもたげて、微笑した。微笑した時、コーヒーの芳香が鼻をくすぐり、空腹、喉の渇きと、胃の反発の双方を意識し、その香りに同時に二様の反応をきたして、思案しながら鼻をぴくつかせた。最後には飢えと渇きが勝ちを制した。コーヒーを注いで、室内の揺れ動くものからかたくなに目をそらしながら、少しずつ飲んだ。濃くて甘い熱いコーヒーに食欲を刺激されて、無意識にパンを食べ始め、盆の上のパンを食べ尽くすと、初めて、食べたことの可否に関する疑念が生じ始めた。しかし、運が幸いした。船酔いに襲われないうちに、ノックが聞こえて、陸が見えたことが伝えられ、その知らせに応える行動で、船酔いを忘れることができた。

ウェッサン島は、甲板からは見えず、マストの見張り台から見えるだけであったが、ホーンブロワーは、索具を上って行く気は毛頭なかった。艦尾甲板に立って、風に吹かれ、頭上の索具の唸りを聞きながら、その水平線の彼方にフランスが広がっている東方の灰色の海面を見渡した。航海中のあらゆる初認陸地の中で、イギリス海軍にとってここがもっとも重大な役割りを果たしてきた、といえるであろう。ドレイクもブレイクも、ショヴェルもルークも、ホークもボスコウエンも、ロドニーもジャービスもネルソンも、みんな、今の自分と同じように立って、自分と同じように東方に目を向けていた。イギリス商船隊の四分の三は、本国からの往復の途中でウェッサン島の外洋寄りをまわる。自分は、ペルー指揮下のインディファティガブル号の海尉として、ブレスト軍港封鎖中、ウェッサン島が見えるあたりをうんざりするくらい長い間行ったり来たりしていた。そのインディファティガブル号とアマゾン号がドロワ・ド・ロンム号を暗礁に追い上げ、千人の乗組員を死に追いやったのも、まさにこの海域である。十三年前のあの激しい戦いの一部始終が、わずか九カ月前のナティビダッド号との戦いと同様に、はっきりと記憶に残っている――老年期が近づいてきた証拠だ。

ホーンブロワーは、追想がもたらした暗い気持ちを振り払い、フィニステレ岬に向けて新たに針路を設定し、東インド会社の船団にその針路をとらせるという、当面の仕事にとりかかった――最初の仕事の方が後の仕事よりはるかに容易であった。インド貿易船に新たな針路をとらせるのに、船団の船が一隻残らず完全にこちらの指示を復唱するまで、一時間も信号を送り、号砲を放たねばならなかった。まるで貿易船の船長たちが、信号を誤読し、無視し、誤った復唱をするのを楽しんでいるかのように、ホーンブロワーには思えた。ロード・モーニングトン号は、判読できなかったことを告げるかのように、十分間も信号旗を中途まで下げっ放しにしていた。ホーンブロワーが怒りをたぎらせて、伝声器の声が届くあたりまで艦を近づけた時、ようやく揚げ索《ハリヤード》のもつれを直して正しい信号旗を掲げた。

それを見て、ブッシュが皮肉な笑い声を発し、貿易船といえども航海が始まったばかりの時は軍艦と同じように作業が円滑にいかないようだ、といった意味のことを口にしたが、ホーンブロワーは、腹だたしげな足どりで相手の声が聞こえないあたりまで移り、ブッシュが目を丸くしてその後ろ姿を見送っていた。貿易船の不手際というばかばかしい出来事にホーンブロワーが腹をたてたのは、自分も人目にばかばかしく映っていないであろうか、という心配があったからである。しかし、そのおかげで、船酔いを忘れている時間が延びた。ブッシュの号令で艦が再び船団の風上側の位置につく間、右舷側《スターボード》にしばし一人で立っているうちにようやく気が静まったが、それと同時にまたしても船酔いの前触れを感じ始めた。艦長室へ戻ろうとした瞬間に、ブッシュのとつぜんの叫び声で、艦尾甲板へ呼び戻された。

「ウォルマー・キャスル号が、船首を風上に向けました」

ホーンブロワーが望遠鏡で見ると、ウォルマー・キャスル号は、船団の先頭に立っていて、左舷《ポート》側のいちばん遠い位置にいる。三マイルほど離れているが、とつぜん向きを変えて風上に詰め、懸命にこちらに向かっているのがはっきりと見えた。

「信号を送っておりますが」ヴィンセントがいった。「読めません。二十九番かもしれませんが、それでは〈戦闘中止〉だし、そんな信号を送ってくるはずがありません」

「見張りの者!」ブッシュがどなった。「艦首左舷方向になにが見える?」

「なにも見えません」

「信号旗を下ろしました」ヴィンセントが報告を続けた。「べつのが上がりました! 十一番です。〈敵出現〉」

「おい、サベッジ」ブッシュがいった。「望遠鏡をもって、見張り台に上れ」

乱れた縦隊の次の船も風上側に向きを変えた。サベッジがまだ索具の中途にいる時、見張りが叫んだ。

「見えました。艦首左舷方向にラガー二隻」

ウェッサン島沖でラガーといえば、フランスの私掠船以外には考えられない。速度が速く、小回りがきき、イギリス海軍に劣らぬ海の経験を積んだ男たちを満載したラガーは、東インド会社の所有船のようなすばらしい獲物を拿捕するためなら、いかなる危険をもかえりみない。拿捕に成功すれば、船長は一躍大金持ちになれる。ブッシュ、ヴィンセントその他、艦尾甲板にいる連中がいっせいにホーンブロワーの方を見た。彼の責任下にあるそのような船を一隻たりとも失ったら、海軍本部の彼に対する評価はたちどころに無に帰してしまう。

「総員を呼集してくれ、ミスタ・ブッシュ」ホーンブロワーがいった。戦闘を目前に控えた気持ちのたかぶりで、彼は事態を劇的に考えるつもりは毛頭なく、体面をつくろう必要を忘れ、冷静な態度で部下に感銘を与えようといった考えはまったくなかった。頭にうかんだもろもろの計算が一瞬にして考えを占めたために、他人の目につくような感情の動きはいっさい外に現われなかった。

東インド会社の船は、みな大砲を――事実、ロード・モーニングトン号の場合には片舷に十八門――積んでいて、ラガーが遠くから攻撃してきたなら、問題なく追い払うことができる。ラガー側の戦法は、サッと獲物の舷側にくっついて乗り込む、というやり方であるはずだ。貿易船の連中が斬り込み防止網《ボーディング・ネット》についていたところで、黄金に目のくらんだ百人ものフランス人を阻止することはできない。私掠船は、一隻を船団から切り離して、こちらの風上側に追い上げて行くであろう。こちらの艦が間切りながら風上へ救援に向かう間に、彼らは三分たらずで貿易船を制圧し、こちらの鼻っ先から奪い去って行くにちがいない。そのような状態になることを絶対に許してはならないが、貿易船は動きが鈍く乗組員は充分に訓練されていないのに対し、フランスのラガーは風上に向かっていても動きがきわめて敏捷である――しかも、相手は二隻なので、こちらは二方からの攻撃に同時に対処しなければならない。

ラガーが甲板から見え始めた。黒い帆が水平線上に現われた。二本マストが詰め開きで走っている。彼らの黒々とした帆は不気味な威嚇を含んでいて、ホーンブロワーの目はその帆から、明るい水平線を背にしたたんに美しい影絵以上のものを読み取った。相手は小型船で、積んでいる砲は二十門以下、それもせいぜい九ポンド砲程度――彼らがうかつにも接近したら、サザランド号が一、二回の片舷斉射でかんたんに撃沈できるような船だ。しかし、彼らは高速だ。すでに船体が水平線上に出ているし、舳先が白波を蹴立てているのが見える。しかも、彼らは、サザランド号が風上に詰めうる限度よりさらに、少なくとも一ポイントは風上寄りに切り上がっている。それぞれの船に少なくとも百五十人は乗っているはずだが、もともとフランスの私掠船は乗組員に窮屈な思いをさせることは平気である上に、港からとび出して獲物を拿捕したら大急ぎで引き返すのであるから、そんなことを考慮する必要はない。

「戦闘準備をさせましょうか？」勇を鼓して、ブッシュがきいた。

「ノー」ホーンブロワーがそっけなく答えた。「乗組員を部署につかせ、火を消させてくれ」

相対の合戦になる可能性はないのであるから、隔壁を取り払って、自分の持ち物を損なったり家畜を危険にさらすようなことをする必要はない。しかし、九ポンド砲の逸れ弾が万が一にも厨房《ギャレー》の火にとびこんだら、全艦に火が広がるかもしれない。水兵たちは、追いたてられたり導かれたりして、部署についた――男たちの中には、いまだに右舷と左舷をとりちがえる者がおり、下士官たちが低い声でおどしたり悪罵しているのが聞こえた。

「ミスタ・ブッシュ、弾薬を装塡して、砲を送り出させておいてくれないか」

男たちの半数以上は、生まれてこの方、大砲が発射されるのを見たことのない連中である。砲架が板の上をゴロゴロと転がる奇妙な音を聞くことすら、初めてである。ホーンブロワーは、その音を初めて聞いた時、思わず息をのんだものである――それにまつわるいろいろな記憶がよみがえってきた。ホーンブロワーは慎重に敵を見守っていたが、サザランド号が牙をむき出しても、私掠船はいっこうにひるむようすがなかった。針路を変えることなく、一杯開きで船団を目ざしている。しかし、彼らの出現で、船団が、自分が命令した場合より密集した隊形をとっているのを見て、ホーンブロワーは一安心した。各船がよりそうようにかたまっており、恐怖心にかられている場合はべつとして、ふつうであればいくら命令しても船長たちが聞き入れないほど、互いに接近している。

各船が乗り込み防止網を広げ、大砲を送り出しているのが見えた。彼らがとりうる自衛措置は非力なものにすぎないが、今の場合は、多少なりとも自衛できること自体が非常に重要な意味をもっている。

先頭の私掠船から砲煙が上がり、鈍い砲声が一発聞こえ、彼らが砲撃を開始したことがわかった。弾着点は見えなかったが、二隻のメンマストに三色旗がスルスルと舞い上がり、その生意気な挑戦に応え、ホーンブロワーの指示でサザランド号の斜桁《ピーク》上端に赤旗が上がった。その時、二隻のラガーが、舷側に横付けになる意図を明白に示して、艦の左舷側で船団の先頭に立っているウォルマー・キャスル号に近づいて行った。

「ミスタ・ブッシュ、トゲンスルをかけてくれ」ホーンブロワーがいった。「右舵。当て舵。ようそろ」

ウォルマー・キャスル号が、びっくりして向きを変え、右隣の船にぶつかりそうになった。隣の船も慌てて右に向きを変えた。その瞬間に、サザランド号が風下へ突っ込んで行った。二隻のラガーは、片舷斉射を避けるために上手舵をとって離れて行き、彼らの最初の襲撃が撃退された。

「メン・トプスルに裏帆を打たせろ！」ホーンブロワーが大声で命じた。

危険にさらされているところへすぐさま突っ込んで行けるよう、船団の風上側という地の利を維持することがなによりも重要である。船団がゆっくりと前進し、その先を二隻のラガーが走っている。ホーンブロワーは、長年の熟練で、揺れ動く甲板に立ちながらもラガーを望遠鏡の焦点に捉えて、敵の出方を見守っていた。敵は、見事に呼吸を合わせてとつぜん右へ上手回しでまわり、雄鹿の喉を狙う猟犬のように、ロード・モーニングトン号の右舷側を襲った。ロード・モーニングトン号が針路からそれ、そこへサザランド号が突っ込んで行くと、二隻のラガーはすぐさま回頭して、またもやウォルマー・キャスル号に襲いかかった。

「右舵いっぱい！」ホーンブロワーが命じた。ありがたいことにウォルマー・キャスル号がトプスルを裏帆にし、サザランド号はやっと間に合った。貿易船が艦の後方をよぎった。紺のフロックコートを着たひげ面の船長が舵輪のそばに立ち、五、六人のインド人水夫がいかれたように甲板を跳ねまわっているのが見えた。二隻のラガーは、下手回しで、サザランド号の射程がわずかに及ばないあたりへ逃げた。べつの貿易船のまわりに煙が漂っていた。慌てて片舷斉射で弾を海に撃ち込んだらしい。

「あそこで、火薬をむだにしていますね」ブッシュがいったが、ホーンブロワーは計算で頭がいっぱいで、答えなかった。

「船の連中が頭を働かせて、散らないかぎり――」クリスタルがいった。

その点が重要であった――船団が四散したら、あちこちの船をすべて守ることはとうていできない。二隻の小さな私掠船と戦列艦の戦いでは、名誉も栄光も得られない――

私掠船を追い払ったところで、世間はなんとも思わないが、船団の船を一隻でも失ったら、世論がどんなに騒ぎ立てるか、容易に想像がつく。ホーンブロワーは、かたまっているよう信号を送ることを考えたが、思いとどまった。信号を送っても、船の連中は混乱するだけだし、半数の船が信号を読み違えるであろう。彼らの自衛本能を頼りにする方がいい。

私掠船がまた風上に向かって引き返してきて、サザランド号後方の風上側に出ようとしている。そのようすや、くっきりとした黒い船体、グッと傾斜したマストを見ていて、ホーンブロワーは、彼らが新たな戦法をとることにしたのを推測できた。彼は、艦尾方向を向いて、彼らのようすを慎重に見守っていた。間もなく、彼らの戦法が判明した。先頭のラガーが右へ急旋回し、二隻目が左へ旋回した。彼らは、二手に分かれて、ともに後方から風をうけて突っ走ってきた。白波を蹴立て、強風をうけて傾いているその姿は、不気味な手強《ごわ》さを感じさせた。彼らは、サザランド号の射程外に出るやいなや、船団の両端を攻撃するはずである。こちらは、一隻を追い払い、引き返してもう一隻を追い払う余裕はない。

彼は、一瞬、思いつくままに、全船団をまとめて風上側に向かわせることを考えたが、すぐさまその考えを捨てた。船は、その間に、たとえ互いに衝突しないまでも、散らばってしまうであろうし、散らばったり航行不能に陥ったりすれば、みすみす敵の餌食になってしまう。彼としては、二隻の敵船を続けざまに攻撃するより手はない。成功の可能性はきわめて薄いように見えるが、唯一の実行可能なやり方を放棄して得るところは何一つない。最後まで望みを捨てないでやってやる。

彼は、望遠鏡を甲板において、手摺りにとび上がり、後檣の索具につかまった。左右に首をめぐらして敵を見つめ、全神経を集中したきびしい表情で、相手の速度を測り、進路を見きわめた。右舷側にいるラガーの方がわずかに近く、先に船団に達するにちがいない。最初にそっちを攻撃すれば、引き返してもう一隻に対処するまでの余裕が一分あまりある。もう一度双方を見やって自分の判断を確認すると、その決断に名声を賭けた——ただし今は、戦闘を目前にして興奮し、自分の名声のことなど、念頭になかった。

「右舵二ポイント」彼が命じた。

「右舵二ポイント」操舵長《コーターマスター》が復唱した。

サザランド号はグーッと向きを変えて船団の航跡から抜けると、右側のラガーの進行方向に直角に進んだ。ラガーの方は、しだいに迫ってくる強力な片舷斉射の危険を避けるべくしだいに向きを変え、サザランド号が追って行くと、ますます舳先をそらせて行った。速度がはるかに優っているので、ラガーは船団とサザランド号を追い越して行き、敵船と船団の間に割り込もうとしているサザランド号は、結果的には、もう一隻のラガーの意図を挫くのに維持すべき位置から、しだいに遠くへ誘《おび》き出される格好になった。

ホーンブロワーはそのことを承知していたが、それは冒さざるをえない危険であり、敵が戦法を誤らなかったなら自分が負けであるのを知っていた。最初のラガーを、害を及ぼす恐れがないほど遠く風下へ追いやったら、引き返してもう一隻の敵船に対処する余裕は絶対にない。すでに危険なまでに遠ざかっているが、そのまま針路を維持して、今や、右舷のラガーと船団の双方とほとんど並ぶ格好になった。その時、もう一隻のラガーが船団の方に向きを変えて迫ろうとしているのが見えた。

「ミスタ・ブッシュ、転桁索《ブレース》用意」彼がどなった。「右舵いっぱい！」

サザランド号がグーッと向きを変え、安全というにはわずかに多すぎる帆をかけている上に真横から風をうけて、大きく傾いた。混乱状態で敵船から離れようとしている船団めざして突っ走った。林立するマストと帆の間を通して、敵船の黒い帆が、孤立無援のウォルマー・キャスル号に迫って行くのが見えた。ウォルマー・キャスル号は、舵に対する船体の反応が遅いのか、船長が操船を誤ったのか、船団の後方に取り残されていた。十種類以上もの計算が、ホーンブロワーの頭の中で素早く行なわれた。彼は複雑、精巧な機械のように頭を働かせて、敵船と六隻の針路を予測し、それぞれの船長の性格や癖による変化の可能性をも考慮した。サザランド号の速度と、帆がうける風圧で艦が風下側へ押し流される度合いを計算した。散らばった船団の外側をまわるのは、時間がかかりすぎるし、敵の虚をつく機会を失うことになる。落ち着いた口調で操舵手に指示を与え、しだいに距離が狭まっている二隻の船の間を目ざした。ロード・モーニングトン号が、突進してくる二層艦を見て、ホーンブロワーが予測したとおり、サッと向きを変えた。

「砲につけ！」彼がどなった。「ミスタ・ジェラード！　通りがかりに、あのラガーに片舷斉射を浴びせろ！」

ロード・モーニングトン号があっという間に後方へ去った。その向こうにヨーロッパ号がいる——下手回しでわずかに向きを変えた結果、こちらの進路に出る格好になった。「ばか者め！」ブッシュが大声を発した。「なんという——」サザランド号がその舳先をかすめるように通り、相手の船首斜檣《ジブ・ブーム》がこちらの後檣索具にもう少しで触れそうになった。次の瞬間、サザランド号が、さらに二隻の狭まりつつある隙間を突破した。その向こうにウォルマー・キャッスル号がおり、その舷側にくっついていたラガーは、まったく予期しなかった艦の出現に完全に不意をつかれていた。サザランド号を包んでいる静寂を通して、パン、パンという小火器の銃声が聞こえてきた。フランス人たちが、貿易船の見上げるような舷側を上りかけていた。しかし、大きな二層艦が突進してくるのを見ると、フランスの船長は安全な途を選んだ。舷側を上りかけていたフランス人がラガーにとび下りるのが見え、二百人の必死の努力で、大きなメンスルがゆっくりと広がった。敵船が大急ぎで貿易船から離れ、グーッと向きを変えたが、五秒遅かった。

「ミズン・トプスルに裏帆を打たせろ」ホーンブロワーがブッシュにどなった。「ミスタ・ジェラード！」

サザランド号が斉射に備えて艦体を落ち着かせた。

「狙いをつけろ！」興奮したジェラードが金切声でどなった。彼は、上甲板《メンデッキ》のいちばん前の砲座についた。そこが真っ先に敵を照準に捉える。「敵が照準内に入るまで待て！　撃て！」

艦がゆっくりと向きを変えている間に放たれた斉射の轟音が、緊張しきっていたホーンブロワーには、少なくとも五分間は続いたように思えた。砲声の間隔が不規則で、何門かが、照準内に敵船を捉えないうちに発射されたのは明らかであった。それに、目標のラガーの向こうとこちら側に立った水柱が、射角の誤差を示している。それでも、何発かは命中した。敵船上で木片が飛散し、横静索《シュラウド》が二本ほど切れた。甲板上に密集した人影が二個所で大きく割れたのは、砲弾が貫通した場所であろう。

風がすぐさま、まばらな斉射の砲煙を吹き払ったので、百ヤード離れたラガーが引き続きはっきりと見えた。敵船はまだ逃げ去る余力があった。帆が風をはらみ、海面をなめらかに滑っている。ホーンブロワーが操舵手に指示を与えると、艦はまた向きを変え、片舷斉射の照準がつけられるようになった。その瞬間に、ラガーの片舷から砲煙が九つ立ち上り、相手が豆鉄砲に等しい九ポンド砲を斉射したことを知らせた。

フランス人もなかなか負けてはいない。オルガンの演奏が終わった直後のような音楽的な砲弾の唸りが頭上近くで聞こえたとたんに、下方から破砕音が二度続けざまに聞こえてきて、サザランド号に敵弾が命中したのがわかった。その距離では、九ポンド砲弾は厚い艦材を貫通しないはずであった。

ゴロゴロとサザランド号の大砲が送り出される音が聞こえたので、彼は手摺りからのりだして、上甲板《メンデッキ》の男たちにどなった。

「充分に狙いをつけろ！　照準内に敵が入るまで待て！」

艦首が左右に揺れている間に、片舷から一、二発ずつ砲声が轟いた。サザランド号の七十四門の砲は、一門に熟練者が一人しかついていない。左舷側の指揮者が何人か手助けの人間を右舷へよこしたが、当然ながら、左舷の砲がとつぜん使われることになった場合に備えて、熟練者を手もとにおいているはずである。しかも、リディア号から移った乗組員の中に、熟練した照準手は七十四人もいなかった——彼は、当直表を作る時に苦労したのを思い出した。

「撃て！」ジェラードが叫び、次の瞬間、興奮した金切声を発した。「あれを見ろ！　よくやったぞ、みんな！」

ラガーの大きなメンマストが、メンスル、トプスル、横静索その他いっさいをつけたまま傾いていた。何秒かの間、ごく自然な感じで宙に浮いているかに見えたが、次の瞬間、勢いよく倒れてしまった。そんな時ですら、相手がいちばん後尾の砲を一発撃ってきて、敵愾《てきがい》心のほどを示した。ホーンブロワーは、ピストルの射程ほどの至近距離まで艦を寄せて小さな相手の息の根をとめるべく、操舵手の方を向いて指示を与えようとした。闘志が燃え上がっていた。あわやの瞬間に、自分の任務を思い起こした——自分はもう一隻のラガーに船団に入り込む余裕を与えており、今は一刻もゆるがせにできない。彼は、自分の興奮ぶりを、ひとごとのように、奇妙な興味ある現象だな、と思った。彼の命令で艦が回頭した。追風をうけて走り始めた時、ラガーから敵意にみちた叫び声がわき起こった。敵船は荒波に木の葉のようにもまれていて、黒い船体が傷ついたげんごろうに似ていた。誰かが甲板で三色旗を振った。

「グッド・バイ、ムッシュウ・クラポー」ブッシュがいった。「ブレストに帰り着くのは、一日がかりの大仕事だな」

サザランド号は、新たな針路を突っ走った。船団は向きを変えて風上の艦の方へ逃げてきており、その後方に、羊の群れを追う犬のようにラガーがついている。敵船は、突進してくるサザランド号を見ると、またしてもグーッと針路からそれて行った。そして、強情にも、大きく向きを変えて、相変わらずぶざまな操船ぶりを示しているウォルマー・キャスル号に迫って行ったが、ホーンブロワーが艦をまわし、ウォルマー・キャスル号は助けを求めて艦の方へ進んできた。サザランド号のように小回りのきかない艦でも、ただ一隻の敵を撃退するのはかんたんであった。四、五分たつと、フランスの船長はそのことに気づいたらしく傷ついた僚船を助けるべく、離れて行った。

ホーンブロワーは、大きなラグスルが向きを変えて風をはらみ、ラガーが傾いたまま風下に突っ走って行くのを見守っていた。マストの折れた敵船は、もはや艦尾甲板からは見えなかった。敵船が去って行って、ホーンブロワーはほっとした。自分があの船を指揮していたら、僚船は独力で帰らせておいて船団にくっつき、日没を待ったにちがいない。闇の中なら、船団からはぐれた船を一隻、かんたんに拿捕できるはずである。

「ミスタ・ブッシュ、砲を固定してよし」ようやく彼はいった。

主甲板で誰かが歓声をあげ始め、他の乗組員がそれに声を合わせた。たった今、トラファルガルの海戦に勝ちでもしたかのように、手や帽子を振っていた。

「あれを鎮めろ」激怒したホーンブロワーがどなった。「ミスタ・ブッシュ、みんなをこちらへよこしてくれ」

全員が、興奮に相好を崩し、子供のようにふざけ合いながらやってきた。新米の連中すらも、戦いの興奮で船酔いを忘れていた。その愚か者たちを見下ろしていて、ホーンブロワーは怒りがにえたぎった。

「騒ぐな!」彼がきびしい口調でいった。「お前たちがなにをした、というのだ? この艦の長艇といくらもちがわないラガーを二隻、追い払っただけではないか! 七十四門艦が二度片舷斉射を浴びせながら、たった一本のマストを折っただけで、お前たちは喜んでいるのだ！　なんというざまだ、お前たちは、あのフランス船を粉々にふきとばして当然だったのだ！　二度も斉射したのだぞ、お前たちは無力な赤ん坊にも劣るやつらだ！　いざほんとうの戦闘になったら、あんなことではなんにもならん。だから、わたしがお前たちに大砲の撃ち方を覚えさせてやる――わたしと鞭とで。それに、あの帆のかけ方はなんだ？　ポルトガル船の黒人ですら、あれよりましな作業をするぞ！」

心の底から発した言葉がいかなる美辞麗句よりも重みをそなえていることは、疑う余地がなかった。あまりにもぶざまな戦いぶりに憤懣やる方ないホーンブロワーの正真正銘の怒りと偽りのないその態度が、みんなの胸を打った。自分たちがやったことが結局はさほどすばらしいことではなかったのに気づいて、今では、みんなが首を垂れ、そわそわと体を動かしていた。しかし、彼らの歓喜の半ばが、サザランド号が左右の船と舷を摩するような狭い間隙を縫って船団の間を突っ走った時の、異常な興奮がもたらしたものであることは、認めてやらなければ可哀そうである。後になって、彼らが過去の艦上勤務に関する自慢話を繰り広げている間に、その話にしだいに尾ひれがつき、ホーンブロワーが暴風雨のさ中に、それぞれ進路の異なる二百隻の大艦隊の真っ只中を走り抜けたことになるはずである。

「ミスタ・ブッシュ、解散させてよろしい」ホーンブロワーがいった。「そして、みんなの朝食が終わったら、檣上作業の訓練をやらせてくれ」

興奮がおさまった反動で、彼は、一刻も早く艦尾回廊で一人になりたかった。しかし、軍医のウォルシュが小走りに艦尾甲板に上がってきて、敬礼した。

「報告します。准士官一名戦死。そのほかは、士官、下士官、水兵とも、一名の負傷者もありません」

「死んだ?」ホーンブロワーがぽかんとした。「だれが死んだのだ?」

「士官候補生、ジョン・ハートです」ウォルシュが答えた。

ハートは、リディア号に乗っていた非常に優秀な水兵で、ホーンブロワー自身が士官に登用し、准士官任命辞令をとってやった男である。

「死んだ?」ホーンブロワーはまたいった。

「お望みなら、〈瀕死の重傷〉と記録してもかまいません」ウォルシュがいった。「下甲板の十一番砲門から九ポンド砲弾がとびこんできた時に、片脚を失ったのです。収容室にかつぎ込まれた時は生きていましたが、間もなく死にました。膝窩《しっか》動脈切断です」

ウォルシュは、これまでホーンブロワーの下で働いたことのない新任者であった。そうでなかったら、そんな専門家独特のくわしい報告はしなかったであろう。

「そこをどけ」唸るようにホーンブロワーがいった。

今や、一人になるという楽しみが消えていた。後で、半旗を掲げ、帆桁の一端をつり上げて弔意を表し、水葬を行なわなければならない。そのこと自体、面倒であった。それに、死んだのがハートである――背のひょろ高い若者で、いつも快い大きな笑みをうかべていた。それを考えると、今朝の成功に関する喜びがいっさい消えてしまった。ブッシュが艦尾甲板にいて、今日の成功を思い起こし、乗組員に檣上作業訓練を四時間みっちりさせる楽しみで、微笑をうかべている。彼は話をしたがっているにちがいなく、またジェラードも、彼の愛する大砲について艦長と話し合いたがっているはずだ。しかし、ホーンブロワーは、きけるものなら自分に一言でも口をきいてみろ、とばかりに二人をにらみつけ、二人は長年彼の下で働いているので、そんな愚かな真似はしなかった。

彼は、向き直って、艦長室に下りて行った。船団の各船が信号旗を揚げかけている――インド貿易船ならではのくだらない祝詞で、たぶん、その半数は綴りをまちがえているであろう。ブッシュに任せておけば、愚か者どもが信号を正すまで〈理解不能〉の旗を掲げ、正したら、たんに受信確認で答えてくれるはずだ。彼らはもちろん、他のいかなる人間とも、かかわり合いたくなかった。彼が憎悪するこの世で、唯一のわずかな慰みは、追風で船団が風下にいるので、他船の物見高い望遠鏡にすら見られることなく、回廊で一人になれることであった。

7

ホーンブロワーは、総員呼集の太鼓の音を聞くと、葉巻の最後の一服を大きく吸い込んだ。首を後ろに倒して胸いっぱいの煙を吹き出しながら、回廊上方の出っ張りの下から、この上なく美しい青空を見上げると、今度は、艦尾突出部《カウンター》の下で目が眩むような真っ白い泡をたてている青い海を見下ろした。頭上から、隊長の命令で艦尾楼甲板《プープデッキ》に整列している海兵隊員の歩調のそろった長靴の音が聞こえてきた。各甲板に集まっている乗組員の何百もの足が静かな音をたてている。すべてが元の静けさに戻ると、ホーンブロワーは、葉巻を海に投げ捨て、正装のコートの着具合を直し、三角帽をかぶり、左手を剣の柄《つか》にかけ、いかめしい態度で半甲板《ハーフ・デッキ》を通り、梯子を上って艦尾甲板《コーターデッキ》に出た。ブッシュとクリスタル、それに当直の士官候補生がいた。三人が敬礼をすると同時に、後方からカチッ、カチッ、カチッという捧《ささ》げ銃《つつ》の音が聞こえてきた。

ホーンブロワーは、その場に立って、ゆっくりとあたりを見まわした。日曜日の朝は、任務上、艦の検閲をしなければならないので、この機会を利して、みんなの努力による整然とした美しさを堪能することができる。頭上では、ピラミッドのような白い帆が、艦の揺れに合わせて、青空を背景にゆっくりと円錐形を描いている。甲板は雪のように白く――ブッシュが十日かけて磨き上げさせたもので――ふだんでもきびしいまでに整頓されている艦上は、日曜日の検閲の朝はいやが上にも整然としている。ホーンブロワーは、半ば目を伏せたまま、舷側通路《ギャングウエー》から上甲板《メンデッキ》まで長い一列をなしている乗組員のようすを、うかがうようにチラッと見た。彼らは、ズックの上衣とズボンというきちんとした身なりで、じっと立っている。彼が注意して見たかったのは、彼らの態度、表情で、それは、検閲中に近い距離に立つより、艦尾甲板からサッと見まわす方がよくわかる。反感を内に秘めている乗組員は、直立不動の姿勢でいてもある種の不遜《そん》さを感じさせるし、意気のあがらない乗組員からはなげやりな感じを見て取ることができる。今は、そのいずれも目につかず、彼はありがたいと思った。

この十日間の重労働、不断の訓練、不眠の監督、陽気なやり方によってそのきびしさを和らげた刑罰が、任務に対する乗組員の心組みを整えるのに大いに役だっている。三日前に、五人に鞭打ち刑を命じなければならなくなり、彼は、鞭の唸りや肌を打つ音に腹の底で吐き気を催していたが、冷然とした態度を装って見ていた。その内の一人の場合は、あるいは受ける人間のためになるかもしれない――一人前の水兵で、教え込まれたことを忘れたので、手荒な手段で思い出させる必要があったからである。背中の皮を裂かれたあとの四人の場合は、なんの益ももたらさないにちがいない——いずれも立派な水兵になる見込みはまったくなく、乱暴な扱いをされても、少なくともこれ以上悪くなる恐れのない乱暴者にすぎない。彼は、他の気の荒い連中に、命令に対して注意を怠った場合に起こりうることを見せつけるために、その五人を利用したのである——無教育の男たちの心に刻みつけるのには、実際にやって見せる以外に方法はない。刑の程度は、重すぎても軽すぎてもならず、もっとも当を得たものでなければならない。いま、乗組員の顔を見まわして、自分の計算がきわめて正確であったのを知った。

彼は、ありとあらゆる美しさを楽しむために、もう一度あたりを見まわした——整然とした艦上、白い帆、青い空、海兵隊員の緋と白、部下の士官たちの紺と金。そして、なによりもすばらしいと思ったのは、検閲中であるにもかかわらず、艦の真の生命力が、そのような外見の下で力強く脈動しているのが感じ取れることであった。四百人以上の人間が直立不動の姿勢で彼が言葉をかけるのを待っている間に、操舵長《コーターマスター》が羅針儀とメン・コースに注意を集中し、檣頭《マストヘッド》の見張りと望遠鏡を目に当てた当直士官が油断なく警戒している姿は、艦があくまで航行を続けて任務を遂行しなければならないことを示している。

ホーンブロワーは、向き直って、検閲を開始した。四列横隊の海兵隊員の列の間を行ったり来たりして機械的に隊員を見まわしたが、目につくことはなにもなかった。ベルトに白土を塗ったりボタンを磨くといった事柄は、モリス大尉と部下の軍曹たちに任せておいて安心できる。海兵隊員は、水兵と違って、きびしい規律と訓練で機械に近いまでに鍛え上げることができる。海兵隊員の方は心配はないし、関心がなかった。十日たった今ですら、艦上の九十名の隊員のうち、顔と名前を覚えているのは六人もいなかった。

彼は、水兵が並び、各班の班長である士官が立っている前を通って行った。こちらの方は興味深かった。白服を着た水兵たちは、きちんと整った姿をしている——軍役を終えて給料を支払われる時、衣料費がそのわずかな給料から差し引かれることになっているのを、彼らのうちの何人が知っているのだろうか、とホーンブロワーは考えた。新兵のうちの何人かは、昨日とつぜん照り始めた太陽に不注意に肌をさらした結果、ひどい日焼けを起こしている。目の前にいる頑丈な体つきのブロンドの男は、前膊部だけでなく、首やひたいの皮がむけている。ホーンブロワーは、それが、羊泥棒の容疑でエクセター刑務所の未決監に入っていたウェイツであるのに気がついた——それで日焼けの説明がつく。ウェイツは何カ月も裁判を待っている間に肌が青白くなってしまったのだ。皮のむけた部分がたいへん痛そうであった。

「このウェイツに」ホーンブロワーがその班の下士官にいった。「今日の午後、軍医の手当てをうけさせてくれ。あの火傷に、がちょう脂でもなんでも、軍医が処方する薬を塗ってやれ」

「アイ・アイ、サー」下士官がいった。

ホーンブロワーは、一人ひとりを慎重に見まわしながら、歩いて行った。よく覚えている顔、名前を思い出すのに苦労する顔。二年前に、遠い太平洋上のリディア号で名前を覚えた顔、ジェラードがセント・アイヴズを襲って、途方にくれたようすの男たちをボートで運んできた時に初めて見た顔。日焼けした顔、青白い顔、少年、年配者、青い目、茶色の目、灰色の目。無数の些細な印象がホーンブロワーの頭の中に集まりつつある。それらの印象は、後で艦尾回廊を一人で歩いている時に、咀嚼されて、乗組員の質をさらに高めるための計画の材料となる。

〈あの男、シムズは、後檣檣楼長に昇進させるべきだ。もはや、充分な年齢に達している。この男はなんといったかな？　ドースン？　いや、ドーキンズだ。すねている。ゴダードの一味の一人だ――ゴダードが鞭打ち刑に処せられたのを、いまだに根に持っているらしい。覚えておかねばならん〉

静かな海の上で艦がゆっくりと上下動を続けている間に、焼けつくような太陽がみんなを照らしていた。彼は、乗組員から艦に注意を向けた――砲の固定の仕方、張り索、吊り索の巻き方、甲板や厨房《ギャレー》、艦首楼《フオクスル》の清潔度。それらすべては、見る真似をするだけでよかった――空が崩れ落ちようと、ブッシュが任務を怠るはずがない。しかし、しかつめらしい表情を装ってやらなければならない——人間というのは、奇妙な影響をうけるものである——男たちは、ホーンブロワーがブッシュを監視していると思うと、それだけ一生懸命ブッシュのために働くし、ホーンブロワーが徹底的に艦を検閲すると思うと、いっそう精を出して働く。人の心をつかむためにくだらない検閲をしなければならないことを考えて、ホーンブロワーは時折、ひそかに皮肉な笑みをうかべる。

「たいへん、けっこうだ、ミスタ・ブッシュ」艦尾甲板に戻ると、ホーンブロワーがいった。「艦は、わたしの期待以上にきちんとしている。さらに努力を続けてもらいたい。礼拝の準備をしてよろしい」

毎日曜の朝に礼拝を行なうことを命じたのは、信心深い海軍本部委員会で、そのような命令がなかったら、ホーンブロワーは、ギボン心酔者にふさわしく、礼拝などやらなかったにちがいない。しかし、実際には、なんとか従軍牧師を艦に乗せないですませるのが、精一杯であった——牧師は大嫌いであった。彼は、男たちが、自分たちのための腰かけや士官用の椅子を運んでくるのを眺めていた。みんなは、陽気に熱心に働いているが、完全に訓練の行き届いた乗組員の特徴である目的意識をそなえた規律正しさはまだ見られなかった。艇長《コクスン》のブラウンが、艦尾甲板の羅針儀箱《コンパス・ボックス》に布をかけて、その作業にふさわしい厳粛なる表情で、その上にホーンブロワーの聖書と祈禱書をおいた。ホーンブロワーは、そのような式が嫌いであった。強制的な集会の会衆の中でとくに信心深い連中――カトリック教徒や非国教徒――が、出席を強制されることにいつ何時反対するかしれない。軍律による束縛にさからうことができるのは、宗教だけである。ホーンブロワーは、かつて、神学に詳しい一人の航海士が、自分が祝禱を捧げることに反対したのを思い出した。あたかも、海上における国王の代理者――さらに考えを広げれば、神の代理者――であるこの自分が、自分の好みにしたがって祝禱を捧げることができない、とでもいいたげなようすであった。

　彼は席についた男たちを不機嫌な表情で見まわすと、読みはじめた。どうせやらなければならないのなら、立派にやりとおすに越したことはない。読んでいる間に、彼は、いつものように、クランマー（トマス・クランマー。一四八九〜一五五六。英国の宗教改革者）の文章の美しさとその翻案の妙に心から感心した。そのクランマーは二百五十年前に火刑に処せられた――いま自分の祈禱書を読んでもらうことが、彼になんらかの益をもたらすであろうか？

　ブッシュが、前檣檣楼《フォアトップ》に向かってどなっているような抑揚のない大声で、日課の部分を読んだ。次に、ホーンブロワーが讃美歌の最初の部分を読むと、バイオリン弾きのサリヴァンが曲の初めの小節を奏した。ブッシュが歌い始めの合図をした――ホーンブロワーは、なんとしてもそれをする気になれなかった。おれは薬売りの香具師《やし》でもなければ、イタリア・オペラの指揮者でもないんだ、と自分に言い聞かせた。乗組員が声をはりあげて歌いはじめた。

しかし、讃美歌斉唱にも利点はあった。艦長は、讃美歌のうたいぶりから、乗組員の士気のほどを知ることができる。今朝は、選ばれたのがみんながとくに好きな讃美歌であるのか、久々の陽光に気持ちが高揚しているのか、みんなが元気いっぱいにうたい、サリヴァンが恍惚状態で伴奏のバイオリンをかき鳴らしている。中にまじっているコーンウォールの男たちはその讃美歌をよく知っているらしく、元気よくパートに分かれてうたい、声が大きいだけのほかの連中の単調なうたい方に変化をそえた。すべてが、ホーンブロワーにとってはなんの意味もなかった——音痴の彼の耳には、どの曲もみな同じに聞こえ、最高に美しい音楽といえども、彼にとっては、砂利道を通る荷車の騒音に等しかった。無意味な大音を聞き、大きく開いた何百もの口を見ているうちに、彼は、いつものように、この音楽という神話にはそれなりの根拠になる事柄が存在するのではあるまいか、ほかの人は実際、たんなる騒音以外のものを聞き取っているのではないか、あるいは、この艦の人間で故意による自己欺瞞を犯していないのは自分一人なのではあるまいか、などと考えた。

そのうちに、最前列にいる少年の姿が目についた。讃美歌は、少なくとも、あの子にとってはなにか意味があるらしい。背筋をのばして感情を押し隠そうとしているが、それでも悲しそうに泣いていて、大粒の涙が頬を転がり落ち、鼻水をたらしている。可哀そうに、なんらかの形で心を打たれているのであろう——記憶のどの部分かが呼びさまされたのだ。たぶん、その讃美歌を最後に聞いたのは、村の小さな教会へ行った時で、母や兄弟といっしょであったのだろう。今は郷愁にかられて悲しんでいる。ホーンブロワーは、讃美歌が終わった時、自分のみならずその少年のためにも、ほっとした。次の礼拝であの子の気持ちはしっかりするはずである。

彼は、毎日曜日、国王の海軍のすべての艦艇で行なわれるべし、と命じた海軍本部委員の命令に従って、陸海軍条例を取り上げて読み始めた。彼は、その厳粛な文句を一字一句暗記していた——五百回も読んでいるので、文章の調子から言葉遣いまで、いっさい覚えていて、読み方も見事であった。この方が、意味あいまいな礼拝や国教の三十九信仰箇条より、はるかにましだ。そこには、軍律が明確に記されていて、各人本分を尽くすことを要求する厳格、冷静なる文句は、きわめて純粋、明快である。書いたのは海軍本部の書記だか狡猾な弁護士だか知らないが、クランマーに劣らぬ表現の才に恵まれている。そこには、誇張もなければ、感傷に訴えかけるくだらない文句もない——そこには、イギリス海軍を維持し、十七年に及ぶ死闘の間イギリスを守ってきた軍律の冷厳な論理が示されているにすぎない。彼は、読んでいる間の死のような静寂から、男たちの注意を引き、保持したことがわかり、読み終わって紙をしまい、目を上げると、そこに、厳粛な、決意を新たにした顔が並んでいた。最前列の少年は涙を忘れていた。その目に、遠くを見るような表情がうかんでいた。これから先、自分の任務をもっときびしい気持ちで果たすよう、決意を新たにしているのがはっきりと読み取れた。あるいは、自分が金モールをつけたコートを着て七十四門艦を指揮する艦長になった時のことや、その時の自分の勇敢な行為を夢みているのかもしれない。

とつぜん、ホーンブロワーは気持ちが一変して、そのような崇高な決意があの少年の身を砲弾から守ってくれるであろうか、と考えた——彼は、ナティビダッド号が放った砲弾によって、自分の眼前で瞬時にして一塊の肉片と化したべつの少年のことを思い起こした。

8

その日の午後、ホーンブロワーは艦尾甲板《コーターデッキ》を歩いていた。目前の問題がきわめて難しいものなので、艦尾回廊《スターンギャラリー》から上がってきた――回廊では頭を下げていなければならないので、頭の回転を促進するほど速く歩けない。艦尾甲板の連中は彼の気分を察知して用心深く風下側に移り、艦尾甲板と舷側通路《ギャングウエー》を含めて風上側の三十ヤード近い区域を彼に明け渡した。彼は、自らが熱望していることを実行にうつす決断を下すのに必要な勇気を奮い起こそうとして、その区域を何回となく往復していた。サザランド号は、真横から西風をうけてゆっくりと海面を滑っており、船団は風下側わずか七百ヤードのあたりでかたまっている。

ジェラードがパチッと望遠鏡をたたんだ。

「ロード・モーニングトン号から、短艇がこちらに向かってきます」ジェラードは、艦長がそうしたいのであれば、艦長室にこもって面会を謝絶することができるよう、訪問者の接近を警告しておきたかったのである。しかし、ホーンブロワー同様に、彼は、東インド会社の船に乗っている貴顕に対してあまり横柄な態度をとると、艦長の不利益になる可能性があることを承知していた。

ホーンブロワーは、水すましのような感じでゆっくりと近づいてくる短艇を見ていた。十日間、強い北東風が続いたために、彼が船団の護衛から解放される北アフリカの所定の緯度まで、予定より早く着いたばかりでなく、昨日までは、各船相互の交際や訪問がいっさい不可能であった。昨日は、各船間で活発に往来が行なわれた。今日、彼が公式の訪問をうけるのはきわめて当然のことで、それを拒むのは困難であった。あと二時間たてば、艦は船団と別れる——長時間苦痛に耐える必要はない。

短艇が舷側に横づけになり、ホーンブロワーは二人の客を迎えるべく前に進み出た——正装のフロック・コートを着たロード・モーニングトン号のオズボン船長と、もう一人、民間人の正装にリボンと星章をつけたきらびやかな姿の骨張った長身の男であった。

「ごきげんよう、艦長」オズボンがいった。「ボンベイ総督に就任されるイーストレイク卿をご紹介申し上げる」

ホーンブロワーがお辞儀をした——イーストレイク卿もお辞儀で応えた。

「わたしがきたのは」イーストレイク卿が咳払いをして、切り出した。「ホーンブロワー艦長、あなたに、乗組員を代表してこの四百ギニーを受け取ってもらうためだ。これは、ウェッサン島沖であの二隻の私掠船と交戦した時の、サザランド号が示した巧妙な戦いぶりと勇気に対する感謝のしるしとして、東インド会社船団の乗客が醵金したものなのだ」

「艦の乗組員一同に代わって、閣下にお礼申し上げます」ホーンブロワーがいった。たいへん気前のいい志で、東インド会社の船団に対して不届きなもくろみをたてている彼は、金の袋を受け取りながら、裏切り者になったような気がした。

「そして、わたしは」オズボンがいった。「ロード・モーニングトン号における夕食会に、礼を尽くして貴官と副長をお招きする役目を仰せつかってきました」

それに対して、ホーンブロワーはいかにも残念そうに首を振った。

「あと二時間でお別れすることになっています。その旨の信号を掲げようとしていたところです。お断わりしなければならないのが、なんとも残念です」

「ロード・モーニングトン号では、みんながたいへん残念がるにちがいない」イーストレイク卿がいった。「悪天候が十日も続いて、わたしたちは、海軍の士官諸君のどなたともお会いする機会がえられなかった。予定を変更してもらうわけにはいかないのだろうか？」

「この緯度まで、こんなに早くきたことはありません」オズボンがいった。「そのためにこれ以上お会いできないとなると、かえってうらめしいくらいですな」

「閣下、わたしは国王に仕えている人間であり、海軍本部のゆるぎない命令のもとに行動しているのです」

それは、新任のボンベイ総督といえども、反論することのできない断わり方であった。

「いや、わかっておる」イーストレイク卿がいった。「このさい、少なくとも艦の士官諸君とお近づきになる機会を与えていただけないだろうか？」

これまた、たいへん心のこもった申し出であった。ホーンブロワーは、みなを呼んで一人ずつ紹介した——手のふしくれだったブッシュ、好男子で優雅なジェラード、海兵隊のモリス大尉とその部下のやぼったい将校二人、他の海尉たちから航海長から新米の士官候補生にいたるまで、みんなが、閣下と呼ばれる人物に紹介されて、喜びかつ困惑していた。

ようやく、イーストレイク卿が、帰るそぶりを示した。

「さようなら、艦長」手を差し出して、いった。「地中海での功多き活躍を祈っている」

「ありがとうございます、閣下。ボンベイへの航海のご安全をお祈り申し上げます。それに、ご在任中のご健勝、ご成功のほどを」

ホーンブロワーは、その場に立って、金の袋——誰かが苦労して急いで作った刺しゅう入りのキャンバス袋——の重みを手で測っていた。金の重みと紙幣の感触が手に伝わった。その金を賞金として扱い、賞金規則にしたがって分け前をとりたかったが、民間人からそのような褒賞をもらうわけにはいかなかった。

しかし、乗組員は感謝の意を表すべきである。

「ミスタ・ブッシュ」短艇が舷側から離れると、彼がいった。「登檣礼だ。歓呼、三唱」

イーストレイク卿とオズボン船長が、離れて行きながら、その歓呼に応えた。ホーンブロワーは、短艇がゆっくりとロード・モーニングトン号の方へ戻って行くのを見ていた。四百ギニー。大金ではあるが、四百ギニーくらいで考えを変えるわけにはいかない。その瞬間に、彼は、この二十四時間迷い続けたことに対する決断を下した。東インド会社船団に、ホーンブロワー艦長の自主、自立のほどを見せてやる。

「ミスタ・レイナー」彼はいった。「大艇《ランチ》と長艇《ロング・ボート》、下ろし方準備。上手舵で船団の風下側にまわってくれ。船団と並んだ時には、艇を下ろし終えてもらいたい。ミスタ・ブッシュ、ミスタ・ジェラード。話がある」下手回しと艇を下ろす作業の騒ぎの中で、ホーンブロワーは言葉少なに命令を伝えた。ホーンブロワーの意図がわかると、珍しくもブッシュが異議を唱えた。

「あれは、東インド会社の船ですよ、艦長」

「そのことは承知している」ホーンブロワーが皮肉たっぷりな口調でいった。東インド会社の船から乗組員を強制徴集することで、自分がどのような危険を冒すことになるか、彼は充分に承知していた——イギリスでもっとも強力な会社にたてつくと同時に、海軍本部の命令にそむくことになる。しかし、彼には兵員が必要なのだ。絶対的に必要であるし、乗組員を強制徴集された船は、セント・ヘレナ島に着くまでは陸地を見ない。抗議文がイギリスに着くのに三、四カ月はかかるし、譴責書が地中海の自分に届くまでに、六カ月は充分にかかる。犯してから六カ月もたった犯罪は、さしてきびしく罰せられないかもしれず、その六カ月の間に自分は戦死しているかもしれない。

「艇に乗る者に、ピストルと斬り込み刀《カットラス》をもたせてくれ。たんに、こちらが遊び半分でやっているのではないことを示すためだ。各船から二十人連れてくるのだ」

「二十人！」驚嘆した表情で、ブッシュがいった。これは、正に大がかりな違法行為である。

「各船から二十人ずつ。それに、いいか、白人だけだ。インド人はいらん。それも、一人残らず、すぐに役だつ一人前の水夫だ。それと、砲手兼任者を見つけ出して、連れてくる。熟練した砲手が要るだろう、ジェラード？」

「もちろんです」

「よろしい」

ホーンブロワーが二人に背を向けた。人の助けをかりることなく決断を下したのであり、これ以上論議をする必要はなかった。サザランド号が船団に追いついた。最初に大《ラン》艇《チ》が、続いて短艇《カッター》が海面に下りて密集している船団の方向に向かうと、艦はさらに風下へ移り、メン・トプスルを裏帆にして一時停止《ヒーブツー》して彼らの帰還を待った。ホーンブロワーが望遠鏡で見ていると、ロード・モーニングトン号に乗り込んだジェラードの剣のきらめきが映った——彼は、抵抗する間を与えることなく相手を威圧するために、初めから武器を振りまわしているのだ。ホーンブロワーは不安にさいなまれていて、それを押し隠すのに必死の努力を要した。パチッと望遠鏡をたたんで、甲板を歩きはじめた。

「ロード・モーニングトン号の短艇がこちらに向かっております」艦長同様に気がたかぶっているレイナーが、その興奮をあらわに示していった。

「よろしい」慎重に無関心を装って、ホーンブロワーがいった。

それで、一安心した。かりにもオズボンが、ジェラードの要求を断固として拒否し、人員と武器を呼集してはむかっていたら、非常に不都合な事態になったかもしれない。不法な要求を押し通すさいの格闘で誰かが死んだら、法廷は殺人行為と断定するかもしれない。しかし、ホーンブロワーは、艦の人間が乗り込んだ時、オズボンは完全に虚をつかれるにちがいない、と予測していた。強力に抵抗することはできないはずだ。今、その計算が正しかったことが実証されようとしている。オズボンは抗議の使者を派しているが、抗議ならいくらでも対処できる用意があった——船団の他の船も指揮者の例にならい、抗議が行なわれている間にこちらが強制徴集をすますことができるとなれば、なおさらである。

舷門から上がってきたのは、オズボン自身で、威信を傷つけられた怒りに顔が真っ赤になっていた。

「ホーンブロワー艦長！」甲板に達するやいなや、彼がいった。「これは、無法千万なやり方だ。わたしは絶対に抗議しますぞ。今のこの瞬間に、あなたの部下の海尉が、強制徴集するために、わたしの乗組員を整列させているのだ」

「彼は、わたしの命令にしたがってやっているのです」ホーンブロワーがいった。

「彼からそう聞いた時に、わたしは自分の耳が信じられなかったくらいだ。お気づきになっておられるのか、いまあなたがやっているのは違法行為であることに？　海軍本部の規則を頭から無視した行為ですぞ。東インド会社の船は強制徴募を免除されているのだから、わたしは指揮者として、あらゆる違法行為に対して、息の続くかぎり、抗議します」

「抗議は、あなたがなさった時に、喜んでお受けします」

「しかし――しかし――」オズボンがあっけにとられた。「わたしは、伝えたのだ。たった今、その抗議をしたのだ」

「ああ、それでわかりました」ホーンブロワーがいった。「これは、たんに、抗議の前置きにすぎない、と思っていました」

「とんでもない」太った体が今にも踊り出さんばかりの格好で、オズボンがいきりたった。「わたしは、すでに抗議をしたし、あくまで抗議を続ける。この無法なやり方を、最高首脳部まで届け出る覚悟だ。あなたの軍法会議を傍聴するためなら、地の果てからでも喜んで帰ってくるつもりだ。わたしは、あらゆる手段を尽くして、あらゆる影響力を駆使して、この犯罪が当然の罰をうけるまでは、絶対に手を休めない。あなたを破滅に追いやるだけでなく、無一文にしてやる」

「しかし、オズボン船長――」オズボンが大げさな身振りで帰りかけるのを、引き止めるのにやっと間に合う頃合いを見はからって、ホーンブロワーが口調を変えた。目の隅から、サザランド号の艇が次の二隻に向かうのが見えた。最初の二隻からとれるかぎりの人間をとったのであろう。ホーンブロワーが考えを変える可能性をにおわせ始めると、オズボンの怒りが急速に鎮まった。

「あなたが乗組員を元へ返してくれるのであれば、わたしがこれまでにいったことは、いっさい撤回しますよ。この件については、なにもなかったようにすることを、お約束します」

「しかし、あなた方の乗組員から志願者を募ることだけは、許していただけませんか、船長」ホーンブロワーが懇願した。「国王の海軍に加わりたいと思う人間が、何人かはいるかもしれません」

「そう、よろしい、それすらも、認めましょう。あなたがいわれるように、冒険を好む者が何人か見つかるかもしれませんな」

オズボンとしては最高の雅量を示したわけだが、比較的らくな東インド会社の勤めからきびしい海軍生活にかわることを望むような愚か者はまずいないはずだ、と彼が考えたのは、しごく当然のことである。

「あの私掠船に対処した時のあなたの操艦ぶりがまことに見事だったので、わたしとしては、なんであろうと、あなたの頼み事を断わるような気持ちにはとてもなれませんよ」和解を示すような口調でオズボンがいった。今ではサザランド号の二艘の艇が、船団の最後の二隻に横づけになっている。

「ご親切なお言葉、感謝します」頭を下げて、ホーンブロワーがいった。「それでは、舷門までお送りしましょう。こちらの艇を呼び戻します。彼らはまず志願者を徴募しているはずですから、自ら進んで志願した者はみな艇に乗っているにちがいありません。志願する意志のない者は送り返します。ありがとうございました、オズボン船長、感謝します」

彼は、オズボン船長が舷側を下って行くのを見送ると、艦尾甲板へ引き返した。その豹変ぶりにびっくりしたような表情で、レイナーが彼を見ていたが、間もなくレイナーはもっと驚くはずなので、彼は内心大いに愉快であった。人間を満載した大艇《ランチ》と短艇《カッター》が艦に向かって走っており、途中で、風上へゆっくりと引き返して行くオズボンの艇とすれちがった。ホーンブロワーが望遠鏡で見ていると、艦長艇《ギグ》に坐っているオズボンが腕を振っていた——たぶん、通りがかりにこちらの二艘の艇になにかどなったのであろう。ブッシュとジェラードは心得ていて、見向きもしなかった。二分後には、二艘とも艦に横づけになり、男たちが甲板に上がってきた。わずかばかりの私物をもった百二十人が、艦の水兵三十人に護送されてきたのだ。艦の乗組員が満面に笑みをうかべて彼らを迎えた。イギリス人の特徴で、強制徴募された乗組員は必ずといっていいくらい、ほかの人間が強制徴募されるのを見ると喜ぶ——尾を失った狐がほかの狐も尾を失うことを願うのと同じだな、とホーンブロワーは思った。

ブッシュとジェラードは、たしかに粒よりの男たちを揃えてきた。ホーンブロワーは、無感動、当惑、怒りと、いろいろな表情でサザランド号の甲板に立っている男たちを見まわしていた。彼らは、きちんと給料を支払われ、食物も充分で、規律のゆるやかな、住み心地のいいインド貿易船から、なんの予告もなく、給料がとかく遅れがちで、食事がまずく、艦長の一言で背中の骨が見えるまでの鞭打ち刑に処せられる可能性のある、きびしい海軍へさらわれてきたのだ。たとえ下っ端水夫といえども、もろもろの可能性のあるインド行きを、楽しみにしていられる——それに反して、この男たちは、病気と敵弾が待ち受けていて、わずかに危険という変化があるほかはきわめて単調な二年間を過ごすことになる。

「艇を引き上げてくれ、ミスタ・レイナー」ホーンブロワーがいった。

驚いたレイナーのまぶたが、一瞬、ピクッと動いた——彼は、ホーンブロワーがオズボン船長に約束した言葉を聞いているし、新来の百二十人のうち百人以上が志願を拒否するはずなのを知っていた。彼らを送り返すために、またもや艇を下ろすことになる。しかし、ホーンブロワーの無表情な顔は、あくまで承知の上で指示をしたことを告げていた。

「アイ・アイ、サー」

ジェラードと強制徴募者の人数について意見が一致したブッシュが、紙を手にしてやってきた。

「ご命令どおり、合計百二十名です」ブッシュがいった。「志願した桶修理見習い一名と、熟練水夫百九名——うち二名は志願者です。砲手六名。未経験水夫四名は全員志願者です」

「よくやった。ミスタ・ブッシュ。入隊手続きをすませてくれ。ミスタ・レイナー、艇を上げ終わったら、ただちに追風で帆走開始。ミスタ・ヴィンセント！　船団に信号、〈全員志願。ありがとう。ごきげんよう〉。〈志願〉は字を綴るのに手間がかかるが、その価値は充分にある」

ホーンブロワーは、気持ちが高揚していて、うっかり不必要な文句を付け足した。しかし、このことで咎を受けることになった場合、容易に申し開きをすることができる。そのほとんど全員が熟練水夫である百二十名の人員を新たに獲得したのだ——これでサザランド号は、定員に近い乗組員をもつことになる。それればかりでなく、自分は、将来の非難に対して予防線を張っておいた。海軍本部から譴責の手紙が当然くるであろうが、それに対して自分は、東インド会社船団の最高責任者の諒解を得て人間をとった、と答えることができる。うまくいけば、それでさらに六カ月ほど時が稼げる。そうなれば一年の余裕があり、その間に、新入りの連中に、自ら進んで志願したかの如くに思い込ませるよう努力する——一年たった頃には、この新しい生活が気にいって、そう証言する者が何人か出てくるかもしれない。論点をぼやかすに足る程度の人間がそのように証言すれば、海軍本部は、戦力維持を必要としている以上、強制徴募規則の違反を大目に見ざるをえず、自分の申し開きを認めて、さして強いことはいってこないにちがいない。

「ロード・モーニングトン号が答えています」ヴィンセントがいった。「〈信号理解できず。わが方の短艇を待たれたし〉」

「もう一度、〈ごきげんよう〉と信号してくれ」

上甲板では、ブッシュが新入りの連中に戦時条例を読み聞かせている最中であった。それは、男たちを国王の兵役に組み入れると同時に、それによって絞首刑、鞭打ち刑の対象となりうることを彼らに知らせるための必要手続きであった。

9

サザランド号は、パラモス岬沖の集合地点に達したが、戦隊の中では一番乗りらしく、旗艦もカリグラ号も、見当たらなかった。艦が弱い南東風に向かってゆっくりと走っている間、そのひまな時間を利して、ジェラードが乗組員に砲術訓練を実施していた。これまで、ブッシュの思いのままに檣上訓練が行なわれてきた、そろそろ砲術訓練を始めるべきだ、とジェラードがいい、ホーンブロワーが同意したのだ。真夏の地中海の焼けつくような陽光の下で、上半身裸の男たちが流れるような汗をかきながら、砲を送り出したり引き入れたり、かわるがわる梃子棒《ハンドスパイキ》の扱い方を練習したり、柔軟な込め矢の使い方を教え込まれたりしていた——砲手全員が、砲を送り出し、発射し、掃除をし、装塡することができ、しかもそれを、硝煙が渦巻き、まわりに死体が散乱している中で、何時間も何時間も続けられるよう鍛え上げるための、機械的な反復訓練であった。なによりもまず砲の操作の訓練が大事で、射撃術はもっと後回しでいいのだが、それでも、何発か実弾射撃をさせるならわしになっていた——重労働の操作訓練の気晴らしになるからである。

左舷側千ヤードのきらめく海面に、艦尾艇が浮かんでいる。水しぶきが上がり、艇が海に放り込んで慌てて逃げ出した着弾区域に、樽が黒い点となって見えていた。

「一番砲!」ジェラードがどなった。「狙いをつけろ! 点火用意! 射て! 点火孔を塞げ!」

いちばん艦首寄りの十八ポンド砲が轟音を発し、十本あまりの望遠鏡が水しぶきを捜した。

「標的を越えた右側だ!」ジェラードが告げた。「二番砲!」

上甲板《メンデッキ》の十八ポンド砲と、下甲板《ローワーデッキ》の二十四ポンド砲が交互に砲声を轟かせた。熟練した砲手が揃っていたにしても、三十七発以内でそのような遠距離にある樽に命中させることは、とうてい期待できない。樽は無傷で相変わらずポカポカと浮いている。左舷《ポート》の砲が全部試みたが、樽は無事であった。

「距離を縮めよう。ミスタ・ブッシュ、上手舵で、艦を、樽の二百ヤード手前を通らせてくれ。さっ、ミスタ・ジェラード」

二百ヤードは、カロネード砲でも充分な距離である。艦が樽に近づく間、艦首楼《フオクスル》と艦尾甲板《ターデッキ》のカロネード砲の砲手が発射準備をして待っていた。樽が照準内に入るやいなや、大口径砲がほとんど同時に発射された。艦がその衝撃で震え、半裸の男たちは硝煙に包まれていた。半トンの鉄が海面を打って、樽のまわりに噴水のような水柱が立ち、その真ん中でとつぜん樽が宙に跳ね上がったと見るや、板がバラバラに飛び散った。砲手全員の歓声を破って、ホーンブロワーの銀の笛が、撃ち方止め、を命じた。男たちは嬉しそうに肩を叩き合っていた。男たちは心から満足している。ホーンブロワーが充分に承知しているように、樽をバラバラに撃ち砕く楽しみは、二時間の激しい砲術訓練のこの上ない償いであった。

短艇がまた樽を投げ込んだ。右舷《スターボード》の砲が射撃準備をしている間、ホーンブロワーは、艦尾甲板に立って、眩しい陽光を楽しむようにまばたきながら、生きていることの喜びを味わっていた。いかなる艦長といえどもこれ以上は望めないほどに兵員が揃っている上に、自分としては想像もできなかったほど大勢の熟練した檣楼手《トップマン》がいる。これまでのところ、全員が健康である。新米水兵も急速に海に慣れてきているが、それにも劣らぬ早さで彼らを一人前の砲手に仕立て上げてやる。この暑く、乾いた真夏の陽光は、彼の健康にとって理想的であった。乗組員が有能な一団に仕上がりつつあるのを見ているおかげで、彼はもはや、レディ・バーバラのことをくよくよ考えなくなっていた。生きていることが嬉しくてならず、元気がみなぎっていた。

「見事!」ホーンブロワーがいった。下甲板の砲の信じられないほど幸運な一発が、二つ目の樽を粉々に砕いた。「ミスタ・ブッシュ、今の砲の砲手全員に、今夜ラムを一杯ずつ支給だ」

「アイ・アイ、サー」

「船が見えるぞ!」檣楼の見張りが報告した。「おーい。風上方向から船が急速に近づいてくるぞ」

「ミスタ・ブッシュ、短艇を呼び戻したまえ。艦を回頭して右舷開きにしてもらいたい」

「アイ・アイ、サー」

フランスとの距離が五十マイルに足りず、フランスの占領下にあるスペインの一角から二十マイルと離れていない地点にいる今ですら、いかなる船もフランスのものでありうる可能性はきわめて少ない。いま見えた船のような針路をとっている場合はなおさらである――フランスの船はすべて、岸から一マイルも離れることなく岸伝いに這うように航行している。

「見張りの者! 相手はどんな船だ?」

「総帆を張った大型船です。ローヤルとトゲン・スタンスルが見えます」

「作業止め!」掌帆手が、短艇を引き上げている連中にどなった。

接近しているのが全装の船なら、なおさらフランスの船である可能性は少ない――今では、フランスの貿易船は、ラガー、ブリッグ、タータンといった小型船に限られている。相手はたぶん、サザランド号がここで落ち合うことになっていた艦の一隻であろう。間もなく、見張りがその推測を裏付けた。

「おーい、デッキ！　船はカリグラのようです。いまではトプスルが見えます」

やはり、そうであった――ボルトン艦長は、ポート・マオンへ補給船を護送する任務を完了したのにちがいない。一時間後にカリグラ号が射程内にまで近づいた。

「カリグラが信号を送っています」ヴィンセントがいった。「艦長より艦長へ。会えて嬉しい。こちらで食事をともにしないか？」

「承知、と答えろ」ホーンブロワーがいった。

ホーンブロワーがカリグラ号の舷側を上って行くと、掌帆手たちの号笛が、かんだかい一声を最後に鳴り止んだ。出迎えの水兵たちが舷門に整列しており、海兵隊員が捧《ささ》げ銃《つつ》の礼をした。ボルトン艦長が、ごつごつした顔いっぱいに笑みをうかべ、手を差し出しながら、寄ってきた。

「一番乗りだな！」ボルトンがいった。「さっ、こちらへどうぞ。きみにまた会えて、大いに気分がよくなったよ。シェリーが十二ダースあるのだが、その品定めをしてもらいたい。給仕、あのグラスはどこだ？　きみの健康を祝して、乾盃！」

ボルトン艦長の部屋は、ホーンブロワーの部屋とはきわめて対照的に、ぜいを尽くして装飾されていた。衣服入れなどの箱の上にしゅすのクッションがのっている。ぶらさがっているランプは銀製で、テーブルの麻布の上におかれている食器類も銀製である。ボルトンは、フリゲート艦の艦長であった時に、賞金の点で幸運に恵まれた――一航海で五千ポンドの賞金を得た――のであるが、もともとは水兵出身である。部屋の装飾の好みが低俗であるのに気づき、また、最後に会った時のボルトン夫人のやぼったい姿を思い起こすと、ホーンブロワーが一瞬味わった羨望はたちまちにして消えていった。なにより、ボルトンが自分と会っていかにも嬉しそうであること、心底から自分に敬意を示しているその態度に、ホーンブロワーは大いに気をよくした。

「きみが集合地点に達した早さから想像するに、きみの方の航海はわれわれ以上に順調だったようだな」ボルトンがいい、それをきっかけに話が専門的な分野に移り、それが料理が出た後も続いた。

ボルトンは、このような酷暑の中ではどのような食事を客に供すべきか、まったく心当たりがないようであった。えんどうのスープは美味ではあるが、味が濃すぎた。ポート・マオンを出るまぎわに買ったひめじ。マトンの骨付き背肉。ゆでキャベツ。味が多少落ちかけているスティルトン・チーズ。ホーンブロワーの好みに合わないシロップのようなポート・ワイン。サラダも果物もなく、つい最近までいたミノルカ島のもっとも好ましい産物が何一つない。

「残念ながら、ミノルカの羊だ」肉切りナイフを手にして、ボルトンがいった。「イギリスの羊の最後の一頭が奇妙にもジブラルタルで死んでしまったので、士官室の連中にやってしまったのだ。よかったら、もう少し、どうかね？」

「いや、けっこう」ホーンブロワーがいった。彼は、大盛りの肉をなんとか食べ、羊の脂で腹いっぱいになり、今はうだるような部屋の中で椅子の背によりかかっていた。ボルトンが彼の方へワインの瓶を押してよこしたので、半分ほど残っているグラスに何滴かたらした。長年の訓練で、実際には三杯に一杯の割なのに主人と同量を飲んでいるように見せかけるすべを身につけていた。ボルトンが自分のグラスを干してまた注いだ。

「さて、これで」ボルトンがいった。「あとはのんびりと、赤色艦隊少将ムチョ・ポンポソ卿のご到着を待つだけだな」

　ホーンブロワーは、びっくりして、ボルトンの顔を見た。彼としては、自分の上官のことを他人に話す場合、ムチョ・ポンポソ（気取り屋）と呼ぶようなことは絶対にできない。それに、彼は、パーシー・レイトン卿からそのような飾りたてた気取り屋という感じをうけていなかった。いまだに能力のほどを示していない上官を批判することを、彼は好まなかった。それに、その上官がレディ・バーバラの夫である場合はなおさらだった。

「そう、ムチョ・ポンポソだ」ボルトンがまたいった。彼はすでにワインを飲みすぎているところへ、また一杯注いだ。「彼があの老艦プルートウ号でリスボンからこちらへまわってくる間、われわれは坐して待っていればいい。風が南東だ。昨日もそうだった。

二日前にジブラルタル海峡を通過していなかったら、あと一週間は姿を見せないだろう。それに、操艦をいっさいエリオットに任せなかったら、永久に現われないな」

ホーンブロワーは、心配そうに天窓を見上げた。今の会話の一部なりとも上層部の耳に入ったら、ボルトンのためにならない。相手はそのようすを正確に読み取った。

「心配無用だ」ボルトンがいった。「わたしは部下の士官たちを信用している。彼らとても、わたし同様に、海や艦《ふね》のことを知らぬ提督は、尊敬していないよ。きみはどうだね？」

ホーンブロワーは、自分たち二隻のうちの一隻が北に進んで、フランスとスペインの沿岸部を攪乱している間、もう一隻が残って提督の到着を待っていたらどうだろうかと提案した。

「なかなか、いい考えだな」ボルトンがいった。

ホーンブロワーは、暑気と過食による倦怠を振り払った。彼は、その任務にサザランド号を派遣してもらいたかった。間もなく作戦行動が開始できるかもしれない、と考えると、気分が奮いたった。考えただけで鼓動が高まるのを感じ、考えれば考えるほど、その任務につきたいという気持ちが強まった。集合地点の近くを何日もうろついているのは、いやでならなかった。必要とあらば、もちろん耐えることはできる――二十年も海軍にいたら、どんな人間でも待つことに慣れる――が、できることなら待ちたくなかった。待つのはいやであった。

「だれが行く？」ボルトンがいった。「きみか、それともわたしか？」

ホーンブロワーは、はやる気持ちを抑えた。

「ここでは、あなたが先任者です。あなたが決めるべきです」

「そうか」なにか考えながら、ボルトンがいった。「そうだな」

ホーンブロワーのようすをじっと見ていた。

「きみは、指三本と引き換えても行きたがっている」彼がとつぜん、いった。「しかも、そのことを自分で承知している。きみは、いまだにインディファティガブル号にいた頃と同じで、じっとしていられない男だな。そのためにきみを罰したことを覚えているよ、（一七）九三年に、それとも九四年だったかな？」

そういわれて、ホーンブロワーは顔が熱くなった。大砲に抱きつくようにかがみこんでいて、士官候補生担当の海尉に尻を打たれた時のことを思い出すと、今でも激しい屈辱感に襲われる。しかし、彼は、反感を抑え込んだ。ボルトンと口争いをする気はなく、その任務が得られるかどうかの境目である今の場合はなおさらであったし、そのような罰を侮辱と考える自分が例外的な存在であるのを承知していた。

「九三年です。入ったばかりでした」

「それが今は勅任艦長《ポスト・キャプテン》で、しかも、艦長名簿の下半分でもっとも注目されている存在だ」ボルトンがいった。「時がたつのははやいものだな。長年のなじみだからきみを行かせてやるところだが、ホーンブロワー、わたし自身も行きたい」

「なるほど」ホーンブロワーがいった。落胆のほどがはっきりと顔にあらわれて、滑稽な表情になった。ボルトンが笑った。

「公平にいこう」彼がいった。「わたしが硬貨をはじくことにする。いいかね？」

「けっこうです」勢い込んでホーンブロワーがいった。ゼロよりは五分の可能性の方がはるかにましだ。

「わたしが勝っても、恨まんだろうな？」

「恨みません。絶対に」

腹だたしいほどゆっくりした動作で、ボルトンがズボンの時計入れのポケットに手を入れて、財布を取り出した。ギニー銀貨を一枚抜き出してテーブルの上におき、ホーンブロワーが懸命にいらだちを抑えていると、今度は同じのろのろした動作で財布をポケットにしまった。ようやく銀貨を取り上げて、ごつごつした親指と人さし指ではさんで構えた。

「キング、それともスペード？」ホーンブロワーを見て、きいた。

「スペード」ホーンブロワーが、ごくっとつばをのみこんで、答えた。

銀貨がチーンと音をたてて回りながら跳ね上がった。ボルトンが受け止めて、その手をバチッとテイブルの上に伏せた。

「スペードだ」手を持ち上げて、彼がいった。

ボルトンが、財布を取り出し、銀貨を入れ、財布をポケットにしまう動作をゆっくりとくり返している間、ホーンブロワーは気を落ち着けてじっと坐ったまま、そのようすを見ていた。行動開始と決まった今は、日頃の冷静さに戻っていた。

「してやられたな」ボルトンがいった。「しかし、きみが勝ってよかった、と思っている。きみはスペイン語やフランス語が話せるが、わたしにはそんな真似はできない。きみは、南海で彼らに接した経験がある。きみにあつらえむきの任務だ。しかし、三日以内に帰ってきてもらいたい。その間にあの気取り屋が到着した場合にそなえて、その点を文書にしておく方がいいかもしれん。しかし、そんなことは止めておく。幸運を祈るよ、ホーンブロワー。さっ、グラスを満たしたまえ」

ホーンブロワーは、グラスを三分の二ほど満たした——これで少し残せば、予定よりグラス半杯分だけ余分に飲むことになる。酒をチビチビと飲みながら、椅子によりかかって、はやる心をできるだけ抑えていた。しかし、とうとう抑えきれなくなり、立ち上がった。

「なんということだ、まさか、帰るというのではあるまいな?」ボルトンがいった。ホーンブロワーの気持ちがその態度にはっきりとあらわれていたが、ボルトンは自分の目が信じられなかった。

「お許しをいただければ」ホーンブロワーがいった。「幸いにして、順風なので――」

ホーンブロワーは、いろんなことを一度に説明しようとして言葉がつかえ、口ごもった。風向が変わるかもしれない。お別れするとなったら、早い方がいい。夜陰に乗じて艦を岸に近づけておけば、夜明けに敵船を捕えることができるかもしれない――思いつくかぎりの口実を並べたが、行動開始を目前に控えてこれ以上じっと坐っていられない、という本当の理由は口にしなかった。

「それなら、好きなようにするがいい」不服そうに、ボルトンがいった。「どうしても、ということであれば、仕方がない。きみは、まだ半分入っている瓶を残して行くことになる。わたしのポートが気に入らない、という意味かね？」

「とんでもない」ホーンブロワーが慌てていった。

「それなら、もう一杯飲みたまえ、その間に短艇の用意をさせよう。ホーンブロワー艦長の艦長艇《ギグ》に伝言しろ」

終わりの部分を閉まっているドアに向けてどなると、外の衛兵がすぐさま伝言した。

ホーンブロワーがカリグラ号の舷梯を下りて行く間、掌帆手の号笛が鳴り、士官たちが直立不動の姿勢をとり、水兵が整列していた。艦長艇《ギグ》が、夕暮れの銀色の水面を滑るように渡って行った。艇長《コクスン》のブラウンが、知りたくてならないようすで艦長を横目でチラチラと見ながら、かくも急いで予定より早く帰る理由を推測しようとしていた。サザランド号でも、みんなが同じように知りたがっていた。ブッシュ、ジェラード、クリスタル、レイナーが、そろって艦尾甲板《コーターデッキ》で彼を待っていた――ブッシュは、寝ていたのを、艦長が帰ってくると聞いて、起き出してきたようであった。

ホーンブロワーは、期待のこもった彼らの視線を無視した。彼は、部下に説明しないことにしていた――部下に先のことを知らせないでおくことに、人の悪い愉快さを感じた。艦長艇《ギグ》がまだ引き上げ途中なのにもかかわらず、順風で帆送開始、を命じ、冒険が待っているスペインの海岸を目ざした。

「カリグラが信号を送っております」ヴィンセントがいった。「幸運を祈る」

「受信を確認せよ」ホーンブロワーがいった。

艦尾甲板の士官たちは、先任艦長が幸運を祈るというのはどういうことなのであろう、と考えながら顔を見合わせていた。彼らがチラチラと視線を交しているのを、ホーンブロワーは見て見ないふりをしていた。

「オ、ホン」咳払いをすると、海図を調べて作戦計画をたてるべく、とりすましたようすで部屋へ下りて行った。微風をうけて静穏に近い海面を滑る艦体が、かすかに軋んだ。

10

「二点鐘です」ポルウィールの声で、ホーンブロワーはすばらしい夢からさめた。「風向東微南、針路北微東、ローヤルまで総帆展帆しております。左舷正横に陸地、とミスタ・ジェラードがいっています」

その最後の言葉に、ホーンブロワーは一瞬の考える間もおかず、寝台からとび出た。寝巻を脱いで、ポルウィールが用意していた服を着た。ひげを剃らず髪もとかさず、大急ぎで艦尾甲板《コーターデツキ》に上がって行った。今ではすっかり夜が明けていて、右舷後方《スターボード・コーター》の水平線上に太陽が半分くっきりと浮かび、左舷正横のわずか後ろよりに、陽光を反射している灰色の山が見える。ピレネー山脈の山脚が地中海に突出して、スペインの海岸線の最東端をなしているクレウス岬である。

「帆を発見！」檣頭《マストヘツド》の見張りが叫んだ。「ほとんど艦首正面。ブリッグです、右舷開きで岸から離れつつあります」

ホーンブロワーが願っていたのは、まさにそれであった。この瞬間にこの地点に達するよう針路を決めたのは、そのためであった。南のバルセロナからさらにその先にいたるカタロニアの海岸部は、すべてフランス軍の支配下にあり、フランスの大軍──『今次スペイン戦争の現況』では兵力八万人近く、と推定──が、さらに南方および内陸部に向けて支配区域を広げようとしている。

しかし、そのフランス軍は、スペイン陸軍だけでなく、スペインの悪路に行く手を阻《はば》まれている。八万人の将兵と大勢の民間人に対する補給は、ヘロナの町が英雄的な抗戦のあげく昨年の十二月に降伏したとはいえ、ピレネーの峠越えに行なうことは不可能である。食糧や攻城資材、弾薬は、船で送り込まなければならない。小型船が、砲台から砲台へと掩護をうけつつ岸寄りを這うように進み、リオン湾沿岸の内湾や浅瀬を伝い、岬をまわって、バルセロナに達している。

コックリン卿が本国へ呼び戻されて以来、この海上輸送路は地中海のイギリス艦隊からほとんど妨害をうけていない。ホーンブロワーは、パラモス岬沖の集合地点に真っ先に到着した時、慎重を期してすぐさま沖へ姿を消した。イギリス戦隊の接近を知られて敵に警戒されるのを防ぐためである。彼は、フランス側が用心を怠ることを願っていた。風がほとんど真東から吹いていて、クレウス岬が真東に近い方角に突出しているために、補給船その他が、岬の風上側をまわるのに陸から離れなければならず、この危険な水域を夜間に航行することを避けて、夜明けに砲台の射程のはるか外を航行しているのが捕らえられるかもしれない、と考えた。その考えが当たっていたのだ。

「ミスタ・ジェラード、軍艦旗を掲げてくれ」ホーンブロワーがいった。「そして、総員呼集だ」

「ブリッグが下手回しで向きを変えました」見張りがどなった。「追風で走っています」

「行く手を遮るよう針路をとってくれ、ミスタ・ジェラード。両舷に補助帆《スタンスル》をかけるのだ」

順風でごく弱い風が吹いている時が、吃水が浅く幅がぶざまに広いサザランド号にとっては絶好の帆走条件である。この理想的な条件の下では、荷物で吃水が深くなっているブリッグに容易に追いつけるはずである。

「デッキ！」見張りが叫んだ。「ブリッグがまた船首を風に向けました。もとの針路に戻っています」

なんとも不思議なことであった。追跡されているのが戦列艦であれば、一戦を挑んでいる、と考えられる。しかし、たかがブリッグとあらば、たとえ軍艦のブリッグであっても、沿岸砲台の掩護水域に逃げ込むはずである。たぶん、イギリスのブリッグなのだろう。

「サベッジ。望遠鏡をもって上り、状況を報告してくれ」

サベッジが主檣の索具《リギン》を素早く上って行った。

「そのとおりです。また右舷の一杯開きになっています。艦がこのまま進めば、相手の風下側を通過することになります。フランス国旗を掲げています。あっ、信号を送っております。まだ信号旗が読み取れません、今、風下におります」

あのブリッグはいったい、なにを企んでいるのだろう？　再び風の方向に船首を向けたことによって、自らの運命を決したようなものだ。サザランド号に気づくやいなや岸に向かって逃げていたら、逃げおおせていたにちがいない。いまは、確実に拿捕される

――しかし、なぜフランスのブリッグがイギリスの戦列艦に信号を送っているのだ？

ホーンブロワーは手摺りにとび上がった。そこからは風の方向に針路を維持している相手のトプスルが水平線上に見える。

「信号が読み取れました。ＭＶです」

「ＭＶとはなんの意味だ？」ホーンブロワーは、かみつくようにヴィンセントにいい、すぐさま後悔した。問いかけるように顔を見るだけで充分だったのだ。

「わかりません」暗号簿のページをめくりながら、ヴィンセントがいった。「暗号簿にのっておりません」

「もうすぐわかる」ブッシュがいった。「急速に近づいている。なにっ！　また回頭している。追風で走ろうとしている。しかし、無駄だ、ムッシュー。お前はすでに我が

物だ。みんな、かなりの賞金が入るぞ」

艦尾甲板の興奮した話し声がホーンブロワーの耳に達したが、彼は聞いていなかった。ブフランス船がこの期に及んで逃げようとしたことで、それまでの行動が理解できた。ブッシュ、ジェラード、ヴィンセント、クリスタルといった連中は、賞金のことに気を奪われていて、誰一人そのことについて考えようともしていない。ホーンブロワーは、事の成り行きを推測することができた。初めにサザランド号を発見した時、あのブリッグは向きを変えて逃げようとした。その時、艦が掲げた赤い軍艦旗を見て、フランスの三色旗と見まちがえた——これまでにも双方が同じ誤りを犯した例がいくつもあり、三色旗と赤い軍艦旗はとかく混同しやすい。

今回は、レイトンが赤色艦隊の少将で、サザランド号が彼の色の旗を掲げたのが幸いした。それだけでなく、サザランド号は、オランダ人の設計によって艦首が丸みをおびており、その点がフランスのほとんどの戦列艦と同じで、イギリスの艦とは、三、四隻の例外を除いて、まったく形が違う。というわけで、あのブリッグはサザランド号をフランスの戦列艦と思い、そう確信するやいなや、クレウス岬の風上側をまわれるよう、一刻も早く陸地から遠ざかりたくて、またもや船首を風上に向けた。そして、相手が掲げたあのMVという信号は、味方であることを告げるいわば秘密の合い言葉であったのだ——知っておいて大いに価値のある事柄だ。ところが、艦が決められている信号で答えなかったために、船長は誤認したことに気づき、慌てて逃げようとした。

しかし、サザランド号が風下への退路を断っていたので、逃げようとしてもまったく無駄であった。今では、双方が二マイルしか離れておらず、しだいに接近しつつある。ブリッグが、風上側へ砲の射程外に出ることにかすかな望みをかけて、もう一度回頭した。しかし、サザランド号が急速に迫って行った。

「近くへ一発撃ち込め」ホーンブロワーが命じた。

それでフランスの船長は諦めた。ブリッグが停止し、三色旗が引き下ろされた。サザランド号の上甲板《メンデッキ》から歓声がわき上がった。

「静まれ！」ホーンブロワーが大声で一喝した。「ミスタ・ブッシュ、短艇を下ろして乗り移ってくれ。ミスタ・クラーク、お前が回航指揮官だ。手の者を六人連れて、あの船をポート・マオンへ送り届けてくれ」

ブッシュが満面に笑みをうかべて戻ってきた。

「ブリッグのアメリー号です。バルセロナに向けてマルセイユ出港後、六日目です。軍需品を満載しております。火薬二十五トン、乾パン百二十五トン、樽入りのビーフとポーク。ポート・マオンの海軍本部支所が船ごといっさいを買い取ることは確実です」ブッシュが両手をすり合わせた。「しかも、視界内にあるのはわが艦だけです」

視界内にほかのイギリスの軍艦がいたら、その艦と賞金を分け合わなければならない。

今の場合は、地中海艦隊司令官と戦隊司令官レイトン提督に分け前をとられてしまう。艦の者は賞金の三分の一を分かち合うことになるから、ホーンブロワーの分け前はその三分の一、つまり総額の九分の一である——少なくとも五、六百ポンドにはなるはずだ。

「追風で帆走開始」ホーンブロワーが命じた。五、六百ポンド金が入るからといって、嬉しそうな表情を見せることは絶対にできない。「のんびりしているひまはない」

彼は、ひげを剃るために部屋に下りて行き、鏡の中の陰気な顔を見て頬の石けんを剃り落としながら、またしても、陸上輸送に対する海上輸送の利点について、あれこれと考えた。あのアメリー号は小さな船で、大きさからいえばほとんど問題にならない。しかし、あの船は、二百トンないし三百トンの補給品を運んでいた。かりにフランス軍がそれだけの量を陸路バルセロナへ送ろうとしたら、第一級の輸送部隊を必要とするであろう——百台以上の馬車に数百頭の馬となると、道路上一マイル以上もの列をなし、スペインのパルティザンの攻撃から守るために、何千人もの軍勢で護衛しなければならない。その護衛部隊と馬に食糧が必要だから、さらに多くの馬車を要し、その輸送隊がスペインの悪路を、よくて一日十五マイルという這うような速度で進む。だから、フランスがあえて危険を冒しても補給品の海上輸送を図るのは当然である。側面にイギリス海軍の戦隊が現われて、その最上の輸送路を遮断されたとなると、そうでなくても前進するのに難渋しているフランス軍にとっては、非常な打撃になるはずである。

ポルウィールを引き連れて、水浴をするために艦首方向へ歩いて行くうちに、新たな考えがうかんだ。

「縫帆手を呼んでくれ」

縫帆長のポターがやってきて、甲板洗浄用のポンプから噴き出る水を浴びているホーンブロワーのそばに立った。

「ポター、フランスの軍艦旗がいるのだ。一枚ないだろうか?」

「フランスの軍艦旗ですか? ありません」

「それでは、一枚作ってくれ、ポター。二十分以内に」

ホーンブロワーは、この暑い朝の水の冷たさを楽しみながら、水の下でくるくる体をまわし続けていた。アメリー号が拿捕されるのを、クレウス岬のフランス兵が一人も見ていなかった可能性があるし、あの時視界内にあった陸地はあの岬だけである。かりに誰かが見ていたにせよ、イギリス戦列艦の出現を海岸線全体に通報するのには何時間もかかる。フランス側の虚をついた今、なすべきことは、虚をついたという利点を最大限に活用し、打撃をいっそう効果的なものにするために、あらゆる工夫をこらすことである。彼は部屋に戻り、計画の細部についてあれこれ考えをめぐらせながら、気持ちのいい新しい下着を着た。昨夜は漠然としていた計画が、しだいにはっきりした形を整え始めていた。

「朝食になさいますか？」ポルヴィールがおそるおそるきいた。

「艦尾甲板へコーヒーをもってきてくれ」ホーンブロワーがいった。食事は考えるだけでもいやだった――いま興奮しているせいか、あるいは、昨夜食べすぎたためであろう。

艦尾甲板から、正面の水平線上に、青い影のようなかたまりが見える――ピレネー山脈の峰々で、その山脈と海の間を、フランスからスペインに通じる道路がうねうねと延びている。縫帆手が、布を巻いた大きな束を抱えて走ってきた。

「ミスタ・ヴィンセント」ホーンブロワーがいった。「われわれの軍艦旗のかわりに、この旗を掲げてもらいたい」

艦尾甲板の士官たちは、その奇妙な三色旗が斜桁《ガフ》の上端へ上って行くのを見て、ひそひそと囁き合いながら、旗と艦長の顔を交互に見ていた。彼らは風下側にかたまっていて、風上側にいるホーンブロワーに話しかけようとする者は一人もいなかった。ホーンブロワーは、士官たちが興奮を覚えながらも沈黙を守っているのがたいへん嬉しかった。

「ミスタ・ブッシュ、朝食がすみしだい、総員を配置につけてくれ」ホーンブロワーがいった。「戦闘態勢をとるが、砲門は閉めたままにしておく。長艇《ロング・ボート》と大艇《ランチ》をすぐ下ろせるようにしておいてもらいたい」

朝食をすませた乗組員が、口々になにかいいながら、甲板に駆け上がってきた――戦闘準備、檣上の三色旗、前方にスペインの山々、今朝の敵船拿捕、それらを考え合わせて、みんなの興奮がその極に達していた。

「メンデッキ、みんなを黙らせろ！」ホーンブロワーがどなった。「まるでベドラム（ロンドンにあった英国最古の精神病院）を解放したような騒ぎだ」

騒音がたちまち静まり、男たちは、こわい父親がいる家の子供のように、音を忍ばせて動きまわっていた。隔壁がとりはずされ、厨房《ギャリー》の火が海中へ投げ込まれた。少年水兵たちが砲の装薬をもって駆け上がってくる。すぐにも使えるように、各砲の間の綱輪が黒い砲弾で満たされてゆく。

「戦闘準備完了」ブッシュがいった。

「よし」ホーンブロワーがいった。「モリス大尉、長艇と大艇を進発させる時、海兵隊員を二十人ずつ乗せてもらいたい。部下に伝えて、準備をさせてくれ」

ホーンブロワーは、望遠鏡を取り上げて、急速に近づいている海岸線をもう一度調べた。断崖があって、そのふもとの水際を海岸道路がうねうねと通っており、海図で見ると、岸が急勾配をなしている。しかし、もうすぐ測鉛《レッド》を開始するのが賢明であろう。重砲の掩護下にある風下の岸に接近するのは、非常な冒険である――艦が、風上へ射程外に脱出しないうちに重大な損傷をうけるかもしれない。ホーンブロワーは、艦の変装だけでなく、イギリスの軍艦がそのような危険を冒すとは、敵もとうてい信じないにちがいない、という点にすべてを賭けていた。

砲台のフランス兵にとって、フランスの戦列艦が沖合いに現われたことは、充分に説明がつく——危険を冒してツーロン港からきた、大西洋から戻ってきた、あるいは、イギリス軍の攻撃をうけたイオニア海の島から逃げてあちこちまわりながら避退する場所を捜しているのであろう、などと。釈明の余裕も与えずに敵が砲撃してくるとは、どうしても思えなかった。

ホーンブロワーの命令で、サザランド号は真横から風をうけながら、岸に平行する針路で北進した。艦はいま、微風の中で、砲台の射程のわずかに外側をゆっくりと走っている。太陽が照りつけ、乗組員は部署について黙って立っており、士官たちが艦尾甲板にかたまり、ホーンブロワーは、汗が顔を流れ落ちるのもかまわず、目的物を求めて望遠鏡で海岸を見まわしていた。風が弱いので索具はかすかに唸りを発しているにすぎず、艦がゆったりと揺れるたびに滑車がたてる音が、測鉛手の単調な声と同じように、あたりの静寂の中で不自然に大きく聞こえる。とつぜん、前檣の見張り台からサベッジがどなった。

「あの岬の向こうに、小型船が多数、錨泊しております。ここからわずかに見えます」

ホーンブロワーの望遠鏡の視野の中で、黒点が一つ、踊った。彼は、望遠鏡を下ろして疲れた目を休め、もう一度望遠鏡をもち上げた。黒点はまだそこにあった——岬上の旗竿の三色旗が風にゆっくりとなびいている。彼が捜していたのは、それであった。断崖の縁にあるフランス軍の砲台だ。見通しのいい位置を占めた四十二ポンド砲で、たぶん、砲弾を真っ赤に熱する炉がそばにあるのであろう——海上に浮かぶいかなる艦といえども、彼らを相手に戦うことはできない。見慣れない帆の出現に怯えた沿岸航行船団が、その砲台の下にひそんでいる。

「隊員に、身を伏せるようにいってくれ」ホーンブロワーがモリスにいった。海兵隊の赤上衣が艦尾甲板に整列して、こちらの正体を早々に知られては困る。

サザランド号がゆっくりと前進を続け、ホーンブロワーの命令でしだいに岸の方へ寄るにつれて、灰色の断崖の輪郭がしだいに明確になってきた。ホーンブロワーが、砲台を凝視していた望遠鏡を下ろすたびに、ハッと驚くような唐突さで、断崖の向こうの峰が目にとびこんでくる。今や、望遠鏡を通して砲台の胸壁が見え、自分たちを見下ろしている巨砲が見えるような気がした。今にも砲台が砲火、砲煙をあげて轟音を発するやもしれず、そうなれば艦首をめぐらせて逃げねばならず、計画は失敗に終わる。今では、艦は敵の射程内に入っている。あるいは、フランス兵は、サザランド号の正体をすでに見破っていて、充分に射程内に引きつけるべく、たんに待っているのかもしれない。艦が近づいて行く一分は、砲火をうけつつ逃げる時の一分を意味する。マストを失えば、艦を失うことになるかもしれない。

「ミスタ・ヴィンセント」望遠鏡で砲台を見つめたまま、ホーンブロワーがいった。

「MVを揚げてくれ」

その言葉に、士官たちが一瞬ざわめいた。今やホーンブロワーの計画がはっきりとわかったのだ。そのからくりは、かりに功を奏した場合、艦がよりいっそう砲台に近づく機会を与えてくれると同時に、こちらの正体を見破られる危険性を増すことになる。もし、MVがフランス側の味方確認用の符帳であるのなら、たいへん結構である。そうでなかったら――ほどなく砲台がそのことを告げてくれるはずである。ホーンブロワーは、鼓動のたかまりを抑えながら、いずれにしても砲台指揮官を混乱させて、砲撃を多少なりとも先へ延ばす役を果たすはずだ、と考えた。MVの信号旗が揚げ索《ハリヤード》をスルスルと上っていったが、砲台は相変わらず静まり返っていた。今度は、砲台の旗竿に一枚の信号旗が上がった。

「読めません」ヴィンセントがいった。「われわれが使っていない、例の燕尾状の旗の一つです」

しかし、砲台が応答したということ自体、少なくとも彼らが、サザランド号の正体について確信を抱いていないことを告げている――もっとも、艦をもっと引きつけるための策略であれば、話はべつだ。しかし、砲撃をこれ以上引き延ばしたら、砲台にとって手遅れになる。

「ミスタ・ブッシュ、あの砲台が見えるかね？」

るのだ」

「きみは長艇《ロング・ボート》に乗れ。ミスタ・レイナーは大艇《ランチ》に乗る。上陸してあの砲台を急襲す

「イエス、サー」

「アイ・アイ、サー」

「発進は、わたしが合図する」

「アイ・アイ、サー」

「七つ、四分の三」測鉛手《レッズマン》が報告した——ホーンブロワーは、それまでの報告を無意識のうちに聞いていた。水深がしだいに浅くなっている今は、砲台を見つめながら、測鉛手の報告に注意を半ば向けなければならなかった。今や、砲台との距離は四分の一マイルたらず——攻撃開始の時がきた。

「よろしい、ミスタ・ブッシュ。進発してよし」

「アイ・アイ、サー」

「ミスタ・ジェラード、メン・トプスルを裏帆に」

ブッシュの命令で、休眠していたような艦が一瞬にして活動を開始した。号笛のかんだかい音で、艇の乗員が吊り索に駆け寄った。こういう時にこそ、日頃の猛訓練の成果がわかる——艇が下ろされ、兵員が乗り込み、発進するのが迅速であればあるほど、それだけ危険が少なく成功の可能性が大きくなる。長艇と短艇が海面に落ち、乗員が次々

と綱を滑り下りた。

「敵の砲を崖から突き落とすのだ、ミスタ・ブッシュ。できれば、砲台をも破壊してくれ。しかし、一瞬たりとも、必要以上に長くとどまっていてはならん」

「アイ・アイ、サー」

男たちが狂ったようにオールを引き、艇が離れて行った。

「下手舵！　ミスタ・ジェラード、艦を回してくれ。その旗を下ろして、わが軍艦旗を掲げろ。ほー」

空気を引き裂くような音をたてて砲弾がとんできた。艦首部に激しい一撃をうけて、艦全体が震動した。砲台のまわりで砲煙がふくれ上がるのが見えた——敵はついに砲撃を開始した。しかし、ありがたいことに、敵は、艦を狙っている。今の砲撃で敵弾がどちらかの艇に命中していたら、艦は非常な窮境に陥っていたはずだ。艇が被弾しなかったのを喜ぶあまり、ホーンブロワーは自身の安心のことなど念頭になかった。

「ミスタ・ジェラード、砲で砲台を撃てるかどうか、やってみてくれ。充分に狙いをつけて発射することだ。砲眼を狙い撃ちにしなければ無意味だからな」

砲台がまた斉射したが、今度も照準が高すぎて、砲弾が唸りながら頭上を越えていった。短剣を腰におびて艦尾甲板を歩いていたロングリー少年が、本能的に足をとめて首をすくめたが、艦長を横目でチラッと見ると、今度はつっかい棒をしたかのように首筋をまっすぐ伸ばして、また歩き始めた。ホーンブロワーは思わずニヤッと笑った。

「ミスタ・ロングリー、あのメン・トゲルンの動索《ハリヤード》をすぐさま組み継ぎさせてくれ」

少年に仕事を与えて、恐怖を感じるひまをなくしてやるのが思いやりというものである。今やサザランド号の右舷の砲列が砲撃を開始した。砲手長が慎重に狙って撃つので、発射は不揃いであった。崖の面から土煙が上がっているのを見ると、どの弾着も三十フィートほど低すぎるようだ。しかし、たとえ一発でも二発でも砲眼にとびこんで砲手を殺せば、砲台の敵兵を動揺させるのに非常に役にたつ。また砲台から一斉砲撃。今度は艇を狙ってきた。大艇が水柱に囲まれてほとんど見えなくなり、ホーンブロワーは思わず息をのんだ。しかし、次の瞬間、かにのように横這いの格好で進んでいる艇の姿が見えた——敵弾が片舷のオールを何本か折ったのであろう。しかし二艘とももはや安全である——どちらも、上方の砲の俯角では撃てないほど崖に接近している。長艇がすでに波打ち際に達し、すぐ後に大艇が続いている。男たちがこぼれるように艇からとび下り、水を蹴散らして浜に向かっている。

一瞬、ホーンブロワーは、しきたりを無視して自分が上陸部隊の指揮をとればよかった、と考えた。まとまりのない個別的な攻撃では、奇襲の利点がなくなってしまう。ブッシュは無事であった。彼が道路上にとび上がり、こちらへ、部隊の方へ向き直るのが、望遠鏡を通して見えた。ブッシュが腕を振って、命令した。誰かが水兵を率いて右に向かった――ホーンブロワーが目をこらすと、禿げた頭と肩を丸めた独特の歩き方から、レイナーとわかった。モリスが、真っ赤なかたまりに見える海兵隊員を率いて左に向かった。その中央で、ブッシュが残りの者を集合させた――ブッシュは冷静に行動している。崖の面の三個所に、点々と植物のかたまりが見えるみぞ状の割れ目が縦に走っていて、いちばん登りやすい部分である。両翼の部隊がそれぞれ登り口に達したと見るや、ブッシュの剣がきらめいた。今や、三隊とも崖をよじ登っている。かすかな喊声《かんせい》が水面を越えて艦に達した。

今では、上甲板《メンデッキ》の砲一、二門が的をとらえていた。ホーンブロワーは、二度ほど砲眼のまわりの土が飛び散るのが見えたような気がした。たいへん結構だが、奇襲部隊が崖にとりついた以上、砲撃をやめなければならない。彼が笛を吹き、大声で号令した。静まり返った艦が海面を滑っている間、全員の目が上陸部隊に注がれていた。今や部隊が崖の頂上をのり越えている。とつぜん、砲煙が舞いあがり、敵の砲が再び射撃を開始したことを告げた――たぶん、散弾かぶどう弾であろう。いずれかの隊が四十二ポンド砲の散弾をまともにうけたら、一瞬にして全滅してしまう。胸壁上で白刃がきらめいた。針の先でついたような小さな煙は、小火器が発砲されていることを告げている。今や、左の方で、海兵隊の赤上衣が胸壁をのり越えており、白い姿の水兵が中央部を越えている。波のように胸壁を越えているが、その後に残った赤や白の点が死傷者を示している。

なにも見えない一分間が何時間ものように長く感じられた。そのうちに、旗竿の三色旗がゆっくりと下ろされ、上甲板から嵐のような歓声がわき上がった。ホーンブロワーは、パチッと望遠鏡をたたんだ。

「ミスタ・ジェラード、艦を回してくれ。艦尾艇を下ろして、あの湾内の船を拿捕するのだ」

砲台の下の小さな湾に、タータンが四艘、三本マストの小帆船一艘と、カッター風の小艇が二艘、かたまっている——荷物を満載しておれば、かなりの獲物だ。それらの船から、砲台と反対側の岸を目ざして小舟が離れて行くのが見えた。乗組員が捕虜になるのを恐れて逃げている。ホーンブロワーは、それを見て安心した。艦に煩わしい捕虜を乗せたくなかったし、彼自身もフェロルで二年間の退屈な捕虜生活を経験している。なにかがなだれのように崖を落ちて下方の道にぶっつかり、砂塵が舞い上がった。人力で胸壁を越えて突き落とされた四十二ポンド砲だ。ブッシュがさっそく砲台の解体にかかっているのだ——ブッシュが生きていれば、の話だ。間をおいて、大砲が次々と落とされた。

湾内の小船のうちの二艘を艦尾艇が曳いて、一時停船《ヒーブツー》して待っているサザランド号を目ざしており、上陸部隊が崖を下って岸に集結している。いくつかの人のかたまりが遅れているのは、負傷者を運び下ろしているのだ。興奮が過ぎ去った今、それらを待っている時間が永遠に続くように思えた。砲台から、吠えるような大音が轟き、土と煙が大きく立ち上り——一瞬は、この前の任務でリディア号がそのふもとに投錨していた火山を思わせ——火薬庫に火がついたことがわかった。ようやく、大艇と長艇が艦に向かって漕ぎ戻り始め、ホーンブロワーが望遠鏡で長艇の艇尾座席《スターン・シート》を見ると、そこに、生きて元気そうなブッシュが坐っていた。無事であることがわかっていながらも、報告をするために彼がごつごつした顔を笑みでくしゃくしゃにして艦尾の方へ歩いてくるのを見ると、ホーンブロワーは心底から安心した。

「われわれが表から入って行くと、蛙どもは裏口から逃げて行きました」ブッシュがいった。「敵方は、ほとんど死傷者がありません。わが方は——」

ホーンブロワーは、気を奮い起こして、死傷者名を聞いていた。興奮が過ぎ去った今は、体じゅうの力が抜け、気分が悪く、手の震えを押さえるのに必死の努力を要した。これまた懸命の努力でやっと笑みをうかべ、まずブッシュが指名した男たちに称賛の言葉を与え、次に上甲板《メンデッキ》に集合させた全員の労をねぎらった。彼はすでに何時間も平静を装って艦尾甲板《コーターデッキ》を歩いており、いま、その反動に押しつぶされそうになっていた。拿捕船に少数の人員を配分してマオン港へ回航させる仕事はブッシュに委ねておいて、一言もいわずに自分の部屋へ逃れた。戦闘準備で艦内が片付けられていることすら忘れていたので、ひとりになるには艦尾窓からわずかに見えない回廊の端に吊るしてあるハンモック椅子に坐るほかはなく、彼が坐っている間に、乗組員が隔壁を取り付け、砲を固定していた。腕を垂らし目を閉じて椅子の背によりかかっていると、足下の艦尾突出部の下で海水が沸き返るような音を立て、横で舵のピントルが軋んでいた。岸から離れるべくブッシュが艦の開きを変えるたびに、首がその反対側へ傾いた。

彼は、自分が冒した危険を思い返して、非常な苦痛を味わっていた。それを思うと、冷たいものが背中から脚の先へ伝わっていった。自分は、非常に無謀な艦の扱い方をした――いま、マストが折れて動きがとれず、乗組員の半数が死傷したまま、敵が大喜びで待ち構えている風下の岸へ吹き寄せられていないのは、あくまで、信じられないほどの幸運のたまものである。ホーンブロワーはその性質上、成功を自分の手柄と考えることができず、成功を確実なものたらしめるために自分がとった慎重な措置、与えられた条件を最高度に利用した自分の巧妙きわまりないやり方などは、まったく考慮に入れなかった。この無謀な愚か者、と自身を呪い、危険の真っ只中にとび込み、後になって冒した危険を反省する自分を呪った。

部屋の中から聞こえてくる食器類の音に我に帰り、体を起こして平静な表情に戻ったところへ、ポルウィールが出てきた。

「食事の用意をしました。昨日からなんにも召し上がっていらっしゃいません」

とつぜん、ホーンブロワーは、非常な空腹を覚え、同時に何時間も前にポルウィールが艦尾甲板へもってきたコーヒーのことを思い出した。たぶん、あのまま冷えてしまったのをポルウィールが片付けたのであろう。爽快な食欲をそそられて立ち上がり、部屋に入って行った。飲食の楽しみにすっかり心を奪われていたために、ポルウィールがめんどりのようにあれこれと世話をやくことや、艦長当番の立場を必要以上に利用するつもりでいるにちがいない、といったことに対するいらだちはまったく感じなかった。冷たいタンが美味な上に、ポルウィールが気味が悪いほどの勘を働かせて、赤ぶどう酒の中瓶を用意していた——ホーンブロワーは一人で食事をする時に水以外のものを飲むことは月に一度もなかったが、今日は飲みたくてならず、一口、一口を心から楽しみながら、三杯飲んだ。

そして、食べ物とワインで力がよみがえり、疲れが消えると、無意識のうちに、新たな方法で敵を悩ます計画を考え始めていた。コーヒーを飲む頃には、いろいろな思いつきが頭をもたげ始めていたが、彼はまだそれを意識するまでにはいたっていなかった。彼にわかっていたのは、とつぜん、部屋が息苦しく狭く感じられ、外の新鮮な空気と強い日ざしの中へ出たい、ということだけであった。ポルウィールがテーブルの上を片付けに戻ってくると、艦長が回廊を行ったり来たりしている姿が艦尾の窓を通して見え、長年ホーンブロワーに仕えている経験で、首を垂れて考え込み、後ろに組んだ両手を、考えが進むにつれてねじっているそのようすから、正しい推論を導き出した。

ポルウィールの話を聞いた乗組員全員が、ホーンブロワーが艦尾甲板に現われて命令を下す二時間以上も前に、新たな作戦行動が開始されることを知っていた。

11

「なかなか見事な砲撃ぶりですな」左舷正横百ヤードあたりに、とつぜん、水柱が一本立つのを見て、ブッシュがいった。

「あれだけ好条件がそろっていたら、だれだってちゃんと撃てるよ」ジェラードが答えた。「海面から五十フィートの高さの専用砲座に据えつけられた四十二ポンド砲だし、十年も経験を積んだ砲兵がついているんだ」

「それでも、下手な射撃をする連中を見たことがあるな」クリスタルがいった。

「一マイル半は充分にある」ブッシュがいった。

「それ以上だな」クリスタルがいった。

「せいぜい一マイルだよ」ジェラードが反対した。

「冗談じゃない」ブッシュがいった。

ホーンブロワーが論争に割って入った。

「諸君、話がある。それに、レイナーとフッカーにも聞いてもらいたい——そこの者、伝言でミスタ・レイナーとミスタ・フッカーを呼べ。さて、敵陣を慎重に見てもらいたい」

　十本あまりの望遠鏡が、後方で落日が赤く映えているポール・ヴァンドルに向けられた。夕日を背景に、カニグー山が驚くほど鮮明な輪郭を見せてそびえている。左の方で、ピレネー山脈の山脚がまっすぐ海まで延びてセルベール岬となり、スペインとフランスの境目を示している。中央にポール・ヴァンドルの白い家並みが夕日に赤く染まって、小さな湾の奥にかたまっている。その前に一隻の船が錨泊しており、両側にあって湾を守っている砲台が、ときおり砲煙を上げて所在を示している。砲台は、フランス帝国の海岸の視界内でイギリスの旗を誇示している無礼な軍艦を狙って、非常な長距離であるにもかかわらず、さきほどからひっきりなしに砲撃している。

「ミスタ・ジェラード、左側の砲台に注目してくれ」ホーンブロワーがいった。「ミスタ・レイナー、右側の砲台が見えるな——いま撃った。頭に刻み込んでおくのだ。絶対に誤りを犯してはならん。ミスタ・フッカー、湾内の海岸線が、どのように湾曲しているか、見えるはずだ。きみは、今夜、短艇であの船まで行き着けるはずだ」

「アイ・アイ、サー」フッカーがいい、ほかの士官たちが顔を見合わせた。

「ミスタ・ブッシュ、艦を左舷開きにしてくれ。岸から離れるのだ。諸君、これがきみたちに対する命令だ」

一人の士官から次の士官へと、ホーンブロワーが、それぞれに対する指示の内容をかんたんに説明した。アメリー号の拿捕に始まり、さらにリャンサの砲台奇襲と続いたこの二十四時間の仕上げとして、今夜、ポール・ヴァンドルに錨泊しているあの船を切り離して拿捕する。

「月の出は一時だ。わたしは、十二時に現在位置に戻ってくることにしている」ホーンブロワーがいった。

うまくいけば、サザランド号がいま沖に向かっているのを見てポール・ヴァンドルの守備隊が安心し、艦は、日没後、人目につかぬように引き返してくることができるかもしれない。奇襲するには一時間の暗闇で事が足り、月の出によって、成功した場合には、拿捕した船を港外に連れ出すのに、また失敗した場合には、奇襲部隊が集合して脱出するのに足る明るさが得られるはずである。

「ミスタ・ブッシュは、艦に残って指揮をとる」

「艦長！」ブッシュが抗議した。「おねがいです――」

「きみは、今日すでに充分な戦功をあげたよ、ミスタ・ブッシュ」ホーンブロワーがいった。

ホーンブロワーは、奇襲部隊に加わるつもりでいた。港内で戦闘が行なわれている間、港外で待っている不安に自分が耐えられないのを、充分に承知していた――奇襲攻撃に参加することに決めたいまは、早くも熱にうかされたような状態になっていたが、それを表にあらわさないよう努めていた。

「拿捕隊員は、全員、船に慣れた者であること。ミスタ・ジェラードとミスタ・レイナーは、ともに海兵隊員を指揮する」

士官たちが、諒解、とうなずいた。闇の中で不慣れな敵船に帆をあげて帆走するのは、熟練した水兵でなければできない。

「みんな、それぞれの任務がわかったかな?」ホーンブロワーがきき、みんながもう一度うなずいた。「ミスタ・フッカー、命令を復唱せよ」

フッカーが正確に復唱した。彼は期待したとおり優秀な士官で、そのために、リディア号が帰港した時、ホーンブロワーは彼の海尉への昇進を推薦したのである。

「よろしい」ホーンブロワーがいった。「それでは諸君、時計をわたしのに合わせてもらおう。時計の文字盤が読める程度の星明かりがあるはずだ。なに、時計がないのか、ミスタ・フッカー? ミスタ・ブッシュの時計を借りたまえ」

そのように時計の時刻を合わせることが、自分が決めた予定表《タイムテーブル》に正確に従うことの重要さを、他のいかなる方法にもまして士官たちの頭にしっかりと刻みつけたのを、ホーンブロワーは彼らの表情から読み取ることができた。さもなければ、彼らは、彼が決めた〈五分間〉あるいは〈十分間〉の間隔にさして注意を払わなかったにちがいなく、ホーンブロワーは彼らと違って、闇の中で複雑な作戦行動をとる場合に、予定表を正確に守ることの重要性を充分に承知していた。

「時刻を合わせたかね？　では、諸君、当直士官を除いて、全員、わたしと夕食をともにしていただければ、たいへん仕合わせである」

またもや士官たちが、チラッチラッと目を見合わせた。作戦行動前のホーンブロワーの部屋における夕食というのは、有名であった。サベッジは、ナティビダッド号との決戦の前に、リディア号艦上で行なわれた会食のことをはっきりと思い出すことができた。同席したあとの二人は、彼の分隊長ガルブレイス海尉と、親友のクレイであった。ガルブレイスははるかなる太平洋上で壊疽《えそ》で死に、クレイは砲弾で頭を粉砕された。

「今夜は、ホイストはやらない」みんなの気持ちを読み取って、ホーンブロワーがいった。「夜中までにすることがたくさんある」

これまで、しばしば、ホーンブロワーは行動開始前にホイストをやることを主張し、目前の作戦に心を奪われている相手士官たちのゲーム運びを批判することによって、自分の不安を押し隠してきた。今の彼は、みんなを艦長室に案内しながら、無理に笑みをうかべて、丁重に主人役を果たしている。彼は、緊張して神経質になると、とかく多弁になりがちであるが、今夕は、みんながふだんより口が軽いので、珍しく多弁を控える努力をせず、会話をなめらかに進めるために思いのままに喋った。彼が微笑し世間話をしているのを、他の士官たちが不思議そうに見ていた。みんなは、作戦行動を目前に控えた時以外は、そのような気分でいる彼を見ることがなく、彼らの気持ちを捉えるべく意識的に努力している時の彼が、いかに人間味があり魅力豊かであるか、忘れていた。彼にとって、艦長と部下の間に一線を厳然と画したまま、このように魅力を発揮することは、しだいに迫ってくる作戦行動から考えをそらすのに好都合なやり方であった。

「残念ながら」そのうちに、ナプキンを丸めてテイブルにおきながら、ホーンブロワーがいった。「また艦尾甲板《コーターデッキ》に戻る時間がきたようだ。これほど楽しい集まりを終わりにしなければならないとは、なんとも残念だが！」

みんなが、ランプに照らされた明るい部屋から、闇に包まれた甲板に戻った。暗い空で星が輝いており、艦は、その光を反射している海面を、幽霊船のようにひっそりと進んでいる。ピラミッドのような帆の上方が闇の中に消えていて、わずかに聞こえるのは、索具《リギン》の音と、暗くて見えない小さな波を踏み越える舳先の下の、規則正しい水の音だけであった。乗組員は舷側通路《ギャングウエー》や上甲板《メンデッキ》で休息し、ひそひそと話し合っていたが、士官たちの低い声で呼ばれると、音を忍ばせて集まり、任務ごとに各班が集合した。ホーンブロワーは、ブッシュとともに艦の位置を確認すると、夜間用望遠鏡に当てた目をこらして、闇におおわれている岸の方を見た。

「長艇《ロング・ボート》班、集合完了！」ジェラードが低い声で報告した。

「短艇《カッター》班、集合完了！」レイナーが報告し、それぞれが主檣の近くに整列した。

短艇の班員は、艦尾甲板に集合していた。ホーンブロワーは、総員二百五十名を連れて行くことにしていた――奇襲が完全な失敗に終わると、ブッシュは、艦を操って集合地点に帰るのにも人員に事欠くことになりかねない。

「ミスタ・ブッシュ、一時停止《ヒーブツー》してよし」

艇が次々に下ろされ、艦から数ヤード離れてオールを静止させていた。ホーンブロワーは、いちばん後から送迎艇《バージ》に乗り移って、艇尾のブラウンとロングリーの間に座を占めた。ブラウンの唸るような号令で男たちが漕ぎ始め、オールの音を忍ばせて艇隊が見る見る艦から離れて行った。まわりは真っ暗で、例によって目の錯覚で、海面近くの闇は艦上から見る時より濃く見える。ホーンブロワーの艇がゆっくりと前進を続ける間に、長艇と短艇がそれぞれ所定の方角に向かって急速に離れて行き、やがて見えなくなった。オールが、ビロードのような黒い海に音もなく触れている感じであった。

ホーンブロワーは、例の五十ギニーの剣の柄に手をのせて、身動きもせずに坐っていた。首を左右にまわしてほかの艇のようすを見たかった。じっと坐っているうちに、刻一刻と神経質になっていった。海兵隊の誰か愚かな男がマスケット銃を暴発させるかもしれない――不注意にも打ち金を引き起こしたままになっている誰かのピストルが、持ち主がオールを引く動きで落ちるかもしれない。岸の敵兵の耳にごくかすかな物音が達したただけで、全作戦が完全な失敗に終わってしまう——そうなれば、何百人もの命が失われ、かりに自分が生き残ったにしても、提督からきびしい譴責をうけることになる。じっとしていられない気持ちを抑え込んでさらに五分間たつと、夜間用望遠鏡を取り上げた。

そのうちに、ようやく、灰色の崖がかすかに見えた。舵柄《チラー》に手をかけて進路を変え、入り江の口の中央近くに達した。

「漕ぎ方、やめ！」彼が低い声で命じると、艇が星空の下を音もなく滑って行った。すぐ後方の、まわりより濃い闇のかたまり二つが、オールを休めている二艘の短艇の位置を示していた。鼻を押しつけるようにして時計を見ると、時間がやっと読み取れた——あと丸三分待たなければならない。

遠くの音が耳に達した。湾内でオールを引いている音であった。二百ヤード前方から、オールが水をはね上げる音が聞こえてきた。水しぶきが見えるような気がした。彼が思ったとおり、フランス側は、貴重な船のそばを小舟で漕ぎまわって警戒している。しかし、フランス船の船長は、オールの音を忍ばせてゆっくりと動いている小舟の方が、音高くたんにせっせと湾の入り口を往復している小舟より、奇襲隊にとってははるかに危険な障害物であるのに気づいていない。ホーンブロワーは、また時計を見た。

「漕手」彼が囁くと、男たちがすぐにも漕ぎ出せるよう身構えた。「前に監視艇がいる。

いいか、みんな、刃物を使うのだ。わたしより先に発砲した者がいたら、わたしが自分の手でそいつを撃ち殺す。前進！」

送迎艇《バージ》がゆっくりと進んで、湾内に忍び込んだ。あと数秒で、両砲台の砲火が交差する地点に達する。砲台の見張りがつねに注視している地点であり、そこに近づく船を一斉射撃でたちまち破砕できるよう、夜間は砲の照準が合わせてある地点だ。一瞬、ホーンブロワーは、長艇と大艇が方角をまちがえたのではあるまいかと、非常な不安にかられた。次の瞬間、聞こえた。右の方から大声の誰何《すいか》が海面を伝わって聞こえ、左からも同様の声が聞こえたが、その双方が一瞬にして、マスケット銃の激しい銃声にかき消された。レイナーとジェラードが、それぞれ配下を率いて砲台を目ざしており、二人とも、命令されたとおりに、成否の分かれ目の一瞬に砲手たちの注意を他へ引き付けるよう、大声を発している。

監視艇のオールの水しぶきが見えた。艇員が、自分たちの任務より岸の騒ぎに気をとられて慌てて漕いでいるために、前より水しぶきがはっきり見える。ホーンブロワーの艇が静かに、気づかれることなく、相手に近づいて行った。監視艇からわずか五十ヤードあたりまで接近した時、ようやく相手の誰かが気づいた。

「誰か？」鋭い口調で誰何したが、答えを待つ間もなく、ホーンブロワーが舵柄を引き、艇が相手の舷側に迫って行った。

彼の命令で、ぶっつかる寸前にオールが一掻き引かれたので、その衝撃で監視艇のオールがなぎ払われ、乗組員の半数が折り重なるように船底に転がり落ちた。ホーンブロワーはすでに剣を抜いていて、ぶっつかった瞬間に、興奮と不安で息をつまらせながら、監視艇にとび移った。両足が艦尾の誰かを踏みつけ、踏み倒したが、奇跡的に自分の足場を維持することができた。膝のあたりに白い顔が見えたので、力まかせにその顔を蹴とばすと同時に、前に見えた頭をめがけて力一杯剣を振り下ろした。刃が骨にくい込むのを感じた。味方が次々ととびこんでくるにつれて監視艇が大きく揺らいだ。一人の男が彼の目前で体を起こそうとしていた——星明かりで黒く太い口ひげが見えたので、イギリス人ではない。ホーンブロワーは、艇の揺れで傾いた体勢のまま、その男にとびつき、二人は一丸となって船底の男たちの上に倒れ込んだ。彼が立ち上がった時には、一発の銃声をも発することなく、戦いは終わっていた。監視艇の乗組員は、死んでいるか、海中に落ちるか、気を失っていた。ホーンブロワーが首筋と手首に触ると、濡れてべっとりしていた——たぶん血であろうが、そんなことを考えているひまはなかった。

「みんな、艇に戻れ」彼が命じた。「発進」

すべてが、数秒たらずのうちに終わっていた。砲台の方からは、相変わらず攻撃隊の騒音が聞こえてくる。送迎艇《バージ》が漂流している監視艇から離れた時、とつぜん、湾の奥の方からマスケットの銃声が聞こえてきた。二艘のカッターは、ホーンブロワーに命令されたとおりに、舷を接して戦っているバージと監視艇の横を漕ぎ抜けて、なんら妨害されることなく、すでに、錨泊している船に達していた。舵柄を手で押さえ、マスケット銃の銃火の方へ向きを定めた。敵船の舷縁《ブルワーク》からひっきりなしに銃火が見えているところから、カッターの連中は第一波の攻撃で船を乗っ取ることができなかったらしい——敵船は乗り込み防止網を張ってかなり警戒していたのにちがいない。

横のロングリー少年が、興奮して、座席の上でとびはねていた。

「じっと坐っていろ」ホーンブロワーがきびしい口調でたしなめた。

彼が舵をきると、バージが船尾をまわって交戦が行なわれていない側に出た。

「漕ぎ方、やめ！」ホーンブロワーが小声で命じた。「漕手、艇を止めろ。今度は、みんなで声を合わせて、喊声《かんせい》をあげるのだ」

やはり斬り込み防止網《ボーディング・ネット》が張ってあって、舷側を上るのは容易ではなかった。ホーンブロワーは、網の目を通して舷縁に足がかりを見つけたが、網が桁端《ヤーダム》から吊り下げられ、船から外へ急傾斜しているので、海面の方へのけぞったまま、今にも落ちそうな格好で揺れていた。彼は、くもの巣にひっかかった蠅のようにもがいた。すぐ横でロングリー少年が同じようにもがいているのが見えた。少年は、水兵たちのほら話で聞いた格好をまねて、短剣を口にくわえていた。大きな刃をくわえて網にひっかかっているその姿があまりにも滑稽なので、ホーンブロワーは、不安定な体勢のまま、笑いこけた。彼は、片手で網につかまって剣を引き抜き、タールが塗ってある縄に切りつけた。味方がとびつくたびに、網が大きく揺れた。もう少しで手が離れそうになった。

しかし、みんながまわりじゅうで、狂ったように喊声をあげていた。無防備の側の奇襲で、カッターの連中の撃退に気をとられていた船の者は、意気阻喪したにちがいない。五十ギニーの剣は最高の鋼でできていて、刃がかみそりのように鋭い。網の縄を一本、一本切っていった。とつぜん、網のどの部分かがサッと離れた。一瞬、ホーンブロワーは、足がかりを失って海に落ちそうになって肝を冷やしたが、必死に体勢を立て直して、体を前へ振り出し、網の間を通って甲板に四つん這いになったが、目の前を剣がカタカタと転がていった。そこへフランス人が襲いかかってきた——水平に構えた槍の穂先が目に映った。彼は槍の柄をつかみ、体をねじりながらのけぞって穂先を避けた。フランス人の膝が後頭部にぶっつかり、相手が自分の上に倒れ込んだ時に首がねじれた。相手を蹴離して、奇跡的に剣を見つけ、さらに迫ってくる何人かの敵と相対した。

耳のそばでピストルが大音を発し、しばし耳が鳴っていたが、襲ってきた敵兵の一団の姿が闇に溶け込んで消えてしまったかに思えた。いま甲板を駆け渡ってくるのは、みなイギリス人であった——歓声をあげていた。

「ミスタ・クリスタル！」

「はい！」

「ケーブルを切れ。ミスタ・フッカーはいるか？」

「アイ・アイ、サー」

「手の者と檣上に上り、展帆しろ」

成功を喜んでいるひまはなかった。船の乗組員の救出に、岸からボート隊が押し寄せてくるかもしれない。レイナーとジェラードが砲台の守備隊に撃退され、自分たちは砲火をくぐり抜けねばならないかもしれない。

「ブラウン！」

「はい！」

「火矢《ひや》を上げろ」

「アイ・アイ、サー」

ホーンブロワーの命令でブラウンがもってきた火矢は、上陸部隊に船の乗っ取り完了を告げる合図であった。しかも、陸地からかすかに吹き始めた風で、湾外に出られそうだ。ホーンブロワーは、その風を計算に入れていた——日中の暑熱の後、陸からの微風は当然期待できる。

「ケーブルを切断しました」船首からクリスタルが叫んだ。

フッカーがメン・トプスルをほどいていて、船はしだいに速度を増しながら後進している。

「送迎艇《バージ》の者、第一カッターの者、転桁索《ブレース》につけ！　ベンスキン！　レドリー！　舵輪につけ。面舵いっぱい」

甲板にかがみ込んでいるブラウンの火打石がカチ、カチと音をたて、火花がとんだ。火矢が火の粉を噴き出しながら、星をめざして、はじけるように飛んで行った。フォア・ステースルが張られると、船首がまわり、船は後方から風をうけて湾口をめざした。月が正面の水平線から離れた——かけ始めた凸円の月が、砲台の間を通って外海に出るのに苦労なく船が操れる程度の明かりを投げかけている。相変わらず左右の砲台のまわりから散発的に聞こえるマスケットの銃声をぬって、かんだかい笛の音がホーンブロワーの耳に達した。レイナーとジェラードが部下に攻撃中止を命じているのだ。

船の舷側からバシャンという音が二度聞こえた。船の乗組員が二人、捕虜になるのをきらって、岸へ泳いで行った。見事な連携行動により成功した満足すべき作戦であった。

12

望遠鏡でフランス沿岸を見まわしながら、ホーンブロワーは、リオン湾はあまり益のある巡航海域ではない、と判断した。湾が陸地に深く入り込んでいるので、北から西、さらに南と、どの方角から風が吹いても、艦の風下側に陸地を控えることになる。浅く、危険で、嵐ともなれば海はたちまち大荒れに荒れるであろう。航海上の危険も、それに値する獲物があるなら、あえて冒す価値はあるが、海岸を見まわしていて、獲物を得る機会が多少なりともあるようには思えなかった。ヴァンドル港から、彼方の、沿岸封鎖艦隊の受け持ち範囲の限界であるマルセイユまで、平らな沿岸地域に、細長い砂洲によって、時には耕地におおわれた半島によって、外海から遮られた陰鬱で広大な潟や沼が点在している。それらの砂洲に、背後の正規の要塞に支援されている砲台があり、セト、エグ−モルトその他の小さな町は、こちらがいかに手を尽くしても歯がたたないような中世の城壁に囲まれている。

しかし、問題はあくまで、ローマ時代から運河網で結ばれている一連の潟であった。

二百トンまでの船舶なら、沿岸部の後方を往来することができる――現に今のこの瞬間、望遠鏡を通して、緑色のぶどう畑の上を帆走しているような感じの茶色の帆が見える。それら一連の潟への入り口は、堅固な堡塁で守られていて、そのどれかを奇襲するためには、敵の砲火をくぐって砂洲の間の地理不案内な水路に艦を乗り入れるという、非常な危険を冒さなければならない。たとえ艦を乗り入れることに成功したところで、潟の中の航行船を攻撃することはとうていできない。

眩しいばかりの青空の下の青い地中海が、ここかしこの浅瀬で緑色に、時には黄色にすら変色していて、現在艦が航行している海域がいかに危険であるかを、艦尾甲板《コーターデッキ》を行き来しているホーンブロワーに絶えず見せつけている。艦の前部では、いろいろなことが並行して行なわれている。時計を手にしたブッシュは、五十人の水兵の檣上作業訓練を監督している――彼らは、この一時間に、前檣トゲンスルを十回以上も解いたりたたみこんだりしている。岸から望遠鏡で艦を見つめている大勢の人間は、首をひねっているにちがいない。上甲板《メンデッキ》では、掌帆長《ボースン》のハリソンとその部下二人が低い腰かけに坐り、そのまわりに、あぐらをかいた新米水兵が二十人ほど輪をなしている――ハリソンは、やや高度のロープの結び方や組み継ぎの仕方を教えているのだ。下の砲甲板から砲架の軋みやゴロゴロと転がる音が聞こえてくるのは、ジェラードが前よりの六門の二十四ポンド砲を使って、新米砲手の訓練をしているのである――ジェラードの願いは、それぞれれの砲に訓練を積んだ照準手を六人つけることなのだが、その願いを達成するのにはまだ程遠い。艦尾楼甲板《プープデッキ》では、六分儀をもったクリスタルが、辛抱強く、士官候補生たちに航海術の初歩を教えている——若いいたずら者たちが、クリスタルの単調な講義を聞きながら、もじもじ、そわそわと体を動かしている。ホーンブロワーは、候補生たちに同情した。彼自身は、子供の頃から数学が大好きであった——ロングリー少年の年頃には対数が好個の退屈しのぎであったし、球面三角法の問題を解くことは、彼には絶対に理解不可能な音楽に、一部の若者が見いだすのと同種の喜びであった。

下方から聞こえてくる単調な槌の音は、船匠《だいく》と部下が、昨日の朝あけられた大きな穴の修理の仕上げをしていることを告げている。あの時からまだ二十四時間もたっていないとは、信じられないような気がするが、リャンサの砲台の四十二ポンド砲弾があけた穴である。ポンプの音は、軽い罪を犯した連中が艦底の水を汲み出しているのだ。サザランド号は、ドックから出てきたばかりなので水漏れが非常に少なく、波の静かな時は一日に一インチもたまらず、その程度の少量では、毎朝一時間のポンプ作業で完全に排水できる。その作業を割り当てられるのは、呼集の時に昇降口の梯子をビリで上がってきたり、たたんだハンモックを艦の縦の中心線と平行に吊るすなど、掌帆長や副長の癇にさわる無数の手落ち、怠慢のいずれかを犯して、ブッシュやハリソンのえんま帳に控えられた連中である。艦の作業の中でもっとも単調でいやなポンプ当番は、鞭よりはるかに実益のある罰であり、よりききめがあるとホーンブロワーは信じているが、ブッシュはそのような考え方を内心面白がっている。

厨房《ギャレー》の煙突から煙がもうもうと出ていて、艦尾甲板のホーンブロワーでさえ、調理中の食事のにおいを嗅ぐことができた。乗組員は、今日は、ゆでパンつきのうまい食事にありつけるはずだ。昨日は、二十四時間以内に三回も作戦行動をとったために、みんなは水と堅パン以外、なにも飲み食いしていない。作戦が成功しているかぎり、彼らはそれを気にしない——多少の戦果をあげることが士気をたかめるのにどれくらい役にたつか、信じ難いほどであった。今日、死者十一名、負傷者十六名、拿捕船回航で三十四名が抜けている——ただし、収容所に入るよりはイギリス国王に仕える方を選んだ捕虜二名がいる——が、サザランド号は、定員に近い人数が揃っていた一昨日よりはるかに優れた戦闘部隊になっている。艦尾甲板から見ていると、陽気な気分と旺盛な士気がみなぎっているのがよくわかる。

彼自身も陽気で元気があふれていた。久しぶりに自己嫌悪を感じないでいた。昨日の不安や恐怖は忘れ、一日に三度も作戦が成功したことで自信を回復していた。拿捕船の賞金で少なくとも千ポンドは入るはずであり、考えるだけでも楽しいことであった。彼は生まれてこの方、千ポンドという金をもったことがない。レディ・バーバラが、自分の靴の金まがいのバックルをチラッと見ただけで、いかにもさりげないようすで目をそらしたのを思い出した。今度レディ・バーバラと夕食をする時は、本物の金のバックルのついた靴をはくが、自分がその気になればダイヤモンドを埋め込むこともできるし、その靴に、さりげない身ぶりで彼女の注意を引いてやろう。マリアに腕輪や指輪をさせて、自分の成功を世間に誇示してやる。

ホーンブロワーは、昨夜、ヴァンドル港内で、監視艇にとび移った時、あるいは、斬り込み防止網に引っかかった時、一瞬といえども恐怖を感じなかったのを思い出して、誇らしい気持ちになった。今や、かねてから渇望していた富を得たばかりでなく、思いがけなくも自分が、いつも部下を見て羨しく思っていた荒々しい肉体的勇気をそなえていることを、自身に立証したのだ。いかにも彼らしく、自分が精神的勇気、組織力、創意を発揮したことは無視したが、しかもなお、自信にみちた楽天的な気分になっていた。はやる気持ちを抑えて、左手の不快きわまる平らな海岸をもう一度見まわしながら、あのあたりの敵を攪乱し混乱させる方法を考えた。下の艦長室に、海軍本部から提供された分捕品のフランスの海図がある――プルートウ号もカリグラ号ももらっているにちがいない。ホーンブロワーは、夜明け早々の陽光を利してその海図を克明に調べた。いま、沿岸の浅瀬や砂洲、その向こうの茶色の帆などを見ながら、その海図の細部を思いうかべた。艦はぎりぎりいっぱいに岸に接近しているが、しかもなお、あの帆は艦砲の射程のさらに半マイル先にある。

左の方にあるセトの町は、まわりが平地なのでくっきりとうかび上がって見える小さな丘の上にある。ホーンブロワーは、ロムニー沼を見下ろしているライの町を思い出したが、セトは黒ずんだ陰気な町で、明るい灰色と赤にいろどられたライとはまるで違う。それに、セトは、彼としてはいかようにも手出しのできない守備隊が駐屯している、城壁をめぐらした町であることがわかっていた。セトの町の背後にある大きな潟はエタン・ド・トーと呼ばれていて、マルセイユからローヌ渓谷、あるいはピレネー山脈のふもとにまで及ぶフランスの水運を保護している内陸水路網の重要な結合点をなしている。彼の考えでは、セトの町は手の出ない相手であり、エタン・ド・トーに浮かんでいる船は安心していられる。

内陸水路網全般を見た場合、いま彼の正面にあるのがもっとも攻撃しやすい部分であって、エギュ－モルトからエタン・ド・トーの潟にいたるこの短い区間は、海との間に細長い陸地が横たわっているにすぎない。敵に一撃を加えるとしたら、その場所はここ以外にない上に、今のこの瞬間、その一撃の対象となるものが目に映っている——二マイルと離れていないあの茶色の帆だ。あれは、ワインと植物油を積んでポール・ヴァンドル港とマルセイユの間を行き来している沿岸航行船の一隻にちがいない。あの船に対して攻撃を企図することは狂気の沙汰である——しかも、なお——今日の彼は、狂気の沙汰をもいいとわない気分になっていた。

「艦長付き艇長を呼んでくれ！」彼が当直の士官候補生にいった。伝言が上甲板に伝わっていくのが聞こえ、二分後にブラウンが舷側通路《ギャングウェー》を駆けてきて立ち止まり、息を切らしながら命令を待った。

「お前は泳げるか、ブラウン?」

「泳ぎですか? はい」

ホーンブロワーは、ブラウンのいかつい肩や太い首を見まわした。シャツの襟《えり》元からふさふさした黒い毛がのぞいている。

「艇《バージ》の乗組員の何人が泳げる?」

ブラウンは、片側に目をそらし、今度は反対側に目を向けてためらったあげく、艦長の軽蔑をかうことがわかっている答えを口にした。なんとしても、ホーンブロワーに嘘をいうわけにはいかなかった。

「知りません」

ホーンブロワーが、「当然知っているべきだ」ととがめないで、問責の言葉を控えている方が、きびしく胸にこたえた。

「送迎艇《バージ》の乗組員をそろえてもらいたい」ホーンブロワーがいった。「全員、泳ぎに長じた者、全員、志願者でだ。いいか、ブラウン、危険な任務だから、一人残らず、本当の意味の志願者でなければならん——いつものお前の、強制徴募隊のようなやり方は許さんぞ」

「アイ・アイ、サー」ブラウンがいい、一瞬ためらって、言葉を続けた。「一人残らず志願するはずです。選ぶのに困るでしょう。艦長はおいでになるのですか?」

「行く。全員に斬り込み刀《カットラス》をもたせろ。それと、みんなに点火具の袋を」

「て、てんかぐ、ですか?」

「そうだ。火打石、のろし打ち上げ装置を二組、油布、遅燃性の火縄少々を、防水包みにして一人一人にもたせるのだ。縫帆手のところへ行って、防水布をもらってこい。それに、泳ぐ場合に体に縛りつける紐も」

「アイ・アイ、サー」

「ミスタ・ブッシュに伝言してくれ。こちらへきてもらいたいとな。それから乗組員の手配をしろ」

ブッシュが、興奮に顔を輝かせて、体を揺すりながら歩いてきた。彼が艦尾甲板に達しないうちに、早くも艦内が臆測で騒然としていた——今朝から、片目を仕事に、もう一方の目をフランスの海岸に注いでいた乗組員たちが、艦長の新たな計画についてありとあらゆる推測を触れ流していた。

「ミスタ・ブッシュ」ホーンブロワーがいった。「あそこに見える船を焼き払うために、上陸する」

「アイ・アイ、サー。ご自分でおいでになるのですか？」

「そうだ」かみつくように、ホーンブロワーがいった。彼は、志願者を必要とする危険な任務に部下を行かせながら自分が行かないでいることが、自分としては性格的に不可能であることを、どのようにブッシュに説明したらいいかわからなかったし、説明する気もなかった。文句があるか、という目つきでブッシュをにらんだ。ブッシュは、その目を見返して抗議を口にしかけたが、思い直して、べつのことをいった。

「長艇と短艇ですか？」

「ちがう。あの二艘は、岸の半マイル手前で底について進めなくなる」

その点は、誰の目にも明らかであった。水際よりはるか沖合いで、静かな波が砕けた白い泡の線が四本、平行している。

「わたしのバージに志願者を乗せて行く」

相変わらず、ホーンブロワーは、文句があるならいってみろ、という表情でブッシュを見ていたが、今度はブッシュが思いきって質問した。

「イエス、サー。わたしも行ってよろしいですか？」

「ノー」

そのようにきっぱりいわれると、それ以上論議するきっかけがなかった。ブッシュは、ホーンブロワーのその傲慢な表情を見ていて、自分が血気盛んな息子を相手にしている父親になったような、これまでにも経験した奇妙な気持ちを味わった。彼は、かりに息子をもった場合のその息子に対するような愛情を、自分の艦長に抱いていた。

「それにな、ブッシュ、これだけははっきりいっておく。救援隊は無用だ。わたしたちが失敗しても、そのままにしておく。わかったかね？　書面にして渡しておこうか？」

「その必要はありません。わかっています」

ブッシュが悲しそうな口調でいった。ホーンブロワーは、ブッシュの資質と能力に非常な敬意を抱いていたが、冷厳な決断を要する事態に当面した場合の独自の判断力については、自分の副長をまったく信用していなかった。艦長を救うという無益な企図から、ブッシュがフランス本土で、貴重な人命を犠牲にしながら右往左往している姿を想像すると、身の毛がよだつ思いがした。

「よろしい。艦をとめてくれ、ミスタ・ブッシュ。すべてが順調に進めば、三十分で帰ってくる。沖に出て、待っていてくれ」

送迎艇《バージ》は八本のオールで漕ぐ。指示を与えながら、ホーンブロワーは、送迎艇を下ろすところを岸の者に見られていない公算が大きいと思った。ブッシュの毎朝の訓練で、フランス兵は、サザランド号の一見無意味な演習訓練を見慣れているにちがいない。だから、トプスルをしばし裏帆にしたことに気づいていないであろう。彼は、男たちがオールにつく間に、ブラウンの横に席を占めた。艇が、踊るように軽く素早く海面を走り始めた。緑色の細長い陸地のすぐ向こうに見えている茶色の帆の少し先のあたりで岸に着くよう、艇の進路を決めた。そして、振り向いて、バージが走るにつれて急速に遠ざかって行くサザランド号の、ピラミッドのように帆を張った堂々たる姿を見ていた。今のこの瞬間ですら、ホーンブロワーは、艦の舷の線やマストの傾斜度を見ながら、どうすればあの艦の航行能力を向上させることができるだろうかと、しきりに考えていた。

艇は、海底につくことなく、砕け波——海面の動きがあまりにもゆったりしていて、砕け波とはいえないくらいであった——の最初の線を通り越え、金色の砂浜を目ざして突っ走った。間もなく、艇が砂に底をすりつけて一瞬動きを止め、さらに四、五ヤード進んでもう一度止まった。

「さっ、みんな、下りろ」ホーンブロワーがいった。

彼が舷側から脚を下ろして、ももまである水の中に立った。ほかの者も彼に劣らず素早く下り立ち、軽くなった舷の上縁をつかんで、水がやっと足首に達するあたりまで駆け足で艇を引き上げた。ホーンブロワーは、初めは、興奮に身を任せ、そのまま内陸めざして突っ走ることを考えたが、思いとどまった。

「斬り込み刀《カットラス》は？」きびしい口調できいた。「点火具はいいか？」

九人の男たちを見まわして、みんなが斬り込み刀と包みをもっているのを確かめると、しっかりした足どりで浜を上り、小規模な遠征の途についた。距離が長いので、前方の水辺まで走り通し、その先を泳ぐことはとうてい無理であった。砂浜を上りきると、セリの生えている砂利土手になった。そこを跳び越えると、まわりはブドウ畠で、二十ヤードと離れていないあたりで、腰の曲がった男一人と老婆二人がくわで土を掘り起こしていた。三人は、顔をあげると、幽霊のようにとつぜん現われた人の姿に驚愕し、その場に突っ立って、喋っている水兵の一団を声もなく見つめていた。平らなブドウ畠の向こう、四分の一マイルの距離に、例の茶色の帆があった。今は、その後ろにある小さな後檣帆《ミズン》が見えた。ホーンブロワーは、その方角に通じている小道を進んだ。

「さっ、行くぞ」彼がいい、走り始めた。水兵たちがブドウの木を踏みつけると、老人がなにかどなった。水兵たちは、生まれて初めてフランス語を聞いて、笑っていた。大部分の者は、ブドウ畠を見るのも初めてであった——未熟なブドウの小さな房をつけた、一見無価値に見える木株が整然と並んでいるようすに、彼らが驚き、喋り合っている声がホーンブロワーの耳に達した。

彼らは、ブドウ畠を通り抜けた。その先が急勾配をなしていて、その下が、運河沿いの引き舟道であった。そこでは、潟は幅が二百ヤードもなく、船が通れる水路は引き舟道に近い方であるらしく、百ヤードほど先に点々と標識が並んで、浅瀬を示していた。二百ヤードほど離れたあたりを、相変わらず待ちうける危険に気づかないまま、船はゆっくりと彼らに近づいていた。男たちが喊声《かんせい》をあげて、大急ぎで上衣を脱ぎ始めた。

「静かにしろ、このばか者ども」ホーンブロワーが唸った。彼も、刀帯のバックルをはずして、上衣を脱いだ。

男たちの喊声に、沿岸航行船の乗組員が船首へ駆け寄ってきた。男が三人おり、ほどなくがっしりした体つきの女が二人現われ、小手をかざしてこちらを見た。素早く頭を働かせたのはその女の一人で、岸で裸になっている男たちの一団の意図を察した。ズボンを脱いでいたホーンブロワーは、女の一人のかんだかい叫び声を聞き、彼女が船尾へ走って行くのを見た。船は相変わらずゆっくりと近づいていたが、みんなの正面あたりに達すると、大きな帆がガラガラと下りて、上手舵をとったらしく、船首が岸からグーッと離れて行った。しかし、すでに手遅れである。船が標識の列に入って行き、その向こうの浅瀬でグッと停まった。ホーンブロワーが見ていると、操舵手が諦めてこちらを向き、男も女もそのまわりに集まってホーンブロワーたちを見ていた。彼は、刀帯を裸の体に巻きつけた。これまた裸になっていたブラウンも、腰にベルトを巻いた。刃をむき出したままの斬り込み刀《カットラス》が、その裸の肌にくっついていた。

「さっ、行くぞ」ホーンブロワーがいった。早く片付けるに越したことはない。両手を合わせて、ぶざまな格好で潟にとびこんだ。男たちも、叫び、水しぶきをあげて、彼に続いた。水は牛乳のように生温かかったが、ホーンブロワーは、できるだけゆっくりと、着実に泳いで行った。彼は泳ぎが不得手であったたし、船までの百五十ヤードがたいへん遠く見えた。早くも、腰にさげた剣の重みを感じていた。ブラウンが、点火具の包みを縛った紐を白い歯でくわえ、豊かな黒髪を水中になびかせながら、力強いクロールでホーンブロワーを追い抜いて行った。ほかの男たちがその後に続いた。みんなが船のそばに達した頃、ホーンブロワーはまだはるか後方を泳いでいた。男たちは、彼より先に船の低い甲板中央部《ウエスト》に這い上がったが、上官に対する礼儀を思い起こし、こちらを向いてかがんで、彼を甲板に引き上げた。彼は、剣を引き抜いて、船尾へ行った。乗組の男女がむっつりと黙り込んでかたまっており、彼は、一瞬、その連中をどうすべきか、決めかねた。フランス人とイギリス人が、眩しいばかりの陽光の中で向き合った。裸の男たちの体から水が流れ落ちていたが、その場の緊迫した雰囲気の中で、裸体を意識している者は一人もいなかった。ホーンブロワーは、船が小舟を引いているのを思い出して、ほっとした。小舟を指さしながら、フランス語を思い出すのに苦労した。

「小舟に《オ・バト》」彼はいった。「小舟の中に《ダン・ル・バト》」

フランス人たちはためらっていた。中年の男四人と老人一人に、老婆一人と中年の女が一人いる。水兵たちが斬り込み刀《カットラス》を抜きながら、艦長の後ろに進み出た。

「小舟に乗れ《アントレ・ダン・バト》」ホーンブロワーがいった。「ホブスン、小舟を舷側へ引いてこい」

中年の女が、手を振り、木靴を踏み鳴らしながら、かんだかい声で悪態をつき始めた。

「わたしがやりましょう」ブラウンが進み出た。「さっ、あっちへ移れ」

男の一人の襟首をつかんで、斬り込み刀《カットラス》をちらつかせながら、舷側へ引きずって行った。男が諦めて舷側から小舟に乗り移ると、あとの者もその例にならった。ブラウンがもやい綱を投げると、人を満載した小舟がゆっくりと離れていった。女は相変わらずカタロニア訛りのフランス語で悲鳴のような呪いの言葉を吐き続けていた。

「船に火をつけろ」ホーンブロワーがいった。「ブラウン、三人連れて下に行き、適当に処置をしろ」

船の乗組員たちは、オールを二本出して、引き舟道の方へ慎重に漕いで行った。小舟は、人の重みで水面すれすれまで下がっていた。ホーンブロワーは、彼らがゆっくりと岸に達し、小道に上がるのを見ていた。

こちらはさすがに選抜された男たちだけあって、迅速かつ整然と作業を進めた。下方からなにかを打ち砕く大音が聞こえた。ブラウンたちが積み荷の中から燃えやすいものを引き出しているらしい。それとほとんど同時に、船室の明かり取りから煙が噴き出た。男たちの一人が、室内の家具を寄せ集めてランプの油を注ぎ、火をつけると、一気に燃え上がった。

「積み荷は、樽入りの油と袋入りの穀類です」ブラウンが報告した。「樽をいくつか叩き割り、袋をいくつか引き裂いておきました。それで充分燃えるはずです。あれを見てください」

主昇降口からすでに黒い煙が立ち上り始めており、ハッチからの熱気で船の前部全体がかげろうの中で踊っているように見える。ハッチのすぐ前の甲板の乾いた板にも火がついていた。強い陽光に照らされ、煙がたっていないところから、そのあたりの炎はよく見えないが、ひび割れたりはじけるような音をたてている。船首楼《フォクスル》にも火がついた。隔壁のドアから噴き出た煙が不気味な波のように押し寄せてきた。

「甲板の板を何枚か引きはがせ」ホーンブロワーがかすれた声で命じた。

板を叩き割る大音の後に、対照的な静けさが広がった。しかし、完全な静けさではない――ホーンブロワーの耳に、押さえ込んだような轟音がひっきりなしに伝わってきた。積み荷を焼き尽くしている炎の音で、甲板が割れて通風がよくなり、炎が不燃物の間を押し通っているのだ。

「すごい！　壮観だ！」ブラウンが思わず叫んだ。

甲板の割れ目から炎が噴き出て、甲板中央部全体が火に包まれた。とつぜん、まわりが耐え難いまでに熱くなった。

「さっ、引き上げよう」ホーンブロワーがいった。「行くぞ」

彼が真っ先に水にとびこむと、裸の一団が引き舟道をめざしてゆっくりと泳ぎ始めた。今度は、みんながゆっくりと泳いでいる。攻撃する時の気持ちのたかぶりがすっかり消えていた。甲板の下から真っ赤な炎が噴き出ている恐ろしい光景に、興奮がさめていた。

みんなが、艦長のまわりに集まって、疲労と下手な平泳ぎでゆっくりと進む彼に調子を合わせて泳いだ。彼は、ようやく岸にたどりつき、手を伸ばして雑草をつかむと、救われた思いがした。ほかの者が彼より先に這い上がった。ブラウンが、水のしたたる手を伸ばして、彼を岸に引き上げた。

「こいつは驚いた！」水兵の一人がいった。「あの婆あを見ろよ！」

彼らは、衣類を脱いだ場所から三十ヤードほど離れていたが、船の乗組員が上陸したのが、たまたまその衣類をおいた場所であった。アイルランド人の水兵がみんなの注意を喚起したその瞬間に、彼らに悪態をついた例の女が、衣類の最後の一枚を潟に投げ込んだ。岸にはなにも残っていなかった。空気でふくらんだシャツが一、二枚、まだ浮いてはいたが、それ以外の衣類は一枚残らず、潟の底に沈んでいた。

「なぜ、こんなことをしたんだ、こいつめ？」ブラウンがどなった——みんなが船の乗組員のそばに駆け寄り、裸のまま、まわりで手を振りまわしたりはねまわったりしていた。女が船の方を指さした。船首から船尾まで火におおわれ、舷側から黒い煙が噴き出ていた。メンマストの索具が燃え殻と化して吹き払われ、マストが、とつぜん、ようやく見える程度の炎に包まれたまま、グッと傾いた。

「艦長のシャツを取り戻してきます」水兵の一人が、魅入られたように見つめていたその光景から目を引き離して、ホーンブロワーにいった。

「もういい。さっ、行こう」ホーンブロワーがいった。

「あのじいさんのズボンをはきますか？」ブラウンがきいた。「むりやり脱がせて、こらしめてやります。艦長が裸では――」

「もういい！」ホーンブロワーがまたいった。

裸のまま、みんなはブドウ畠の方へ上って行った。最後に振り返った時、二人の女がいかにも悲しそうに泣いていた。男の一人が女の一人の肩を軽く叩いていた。ほかの者は、絶望のあまり無表情と化して、彼らの船が、彼らのすべてが燃えるのを見守っていた。ホーンブロワーが先に立ってぶどう畠を通り抜けて行った。一人の男が馬を駆って彼らの方に近づいてきた。紺色の制服と三角帽で、フランスの憲兵とわかった。男は、みんなの前で馬をとめ、サーベルの方へ手を伸ばしはしたものの、あまり自信がないらしく、応援を求めるかのように左右を見たが、どこにも人の姿はなかった。

「やるつもりか！」ブラウンがいい、斬り込み刀を振りまわしながら、前に駆け出た。あとの水兵たちが短剣を構えてつめよると、憲兵が、みんなの手が及ばないあたりまで、急いで馬を後退させた。黒い口ひげの下から白い歯をむき出していた。みんなが彼のそばを急ぎ足で通り抜けた。ホーンブロワーが振り返ると、男は、落ち着かない馬の動きに苦労しながら、鞍の横から騎兵銃を抜き出そうとしていた。浜に下る手前に、くわで土を掘り起こしていた老人と二人の女が立っていた。老人はくわを振りまわしてみんなを威嚇していたが、女たちは、恥ずかしそうな笑みをうかべて、半ば顔を伏せたま ま、男たちの裸姿を見上げていた。水際に送迎艇《バージ》が横たわっており、はるか沖合いにサザランド号の姿が見えた――艦を見ると、男たちが歓声をあげた。

みんなが元気いっぱいに砂の上を艇を押して行き、足をとめてホーンブロワーが乗り込むのを待つと、さらに深みへ押し出し、転がり込むように乗ってオールをとった。腰かけの板のとげが裸の尻に刺さって、男の一人が奇声を発した。ホーンブロワーは思わずニヤッと笑ったが、男は、その無礼に驚愕したブラウンの叱責ですぐさま黙った。

「あっ、あいつがきました」ホーンブロワーの肩越しに指さしながら、すぐ前の漕手がいった。

騎兵銃を手に、長靴をはいた憲兵が、ぶざまな格好で砂浜にとび下りた。ホーンブロワーが首をねじって後方を見ると、憲兵が片膝をついて狙いをつけていた。一瞬、ホーンブロワーは、フランス憲兵の銃弾で自分の経歴は終わりを告げることになるのか、と思ったが、銃が硝煙を発しても弾の唸りすら聞こえなかった。遠くから馬を駆ってきて、重い長靴をはいたまま懸命に走ってきた男が、一発で二百ヤード先の艇に命中させることはまず考えられない。

海と潟の間の細長い陸地を越えて、黒煙が空高くたち上っていた。船は修理の見込みがまったくないまでに焼き払われた。あのような立派な船を焼き捨てるのはなんとももったいないことであるが、戦争と浪費は表裏一体である。それは、持ち主にとって、苦悩と貧困を意味しているが、一方では、この十八年間に、ボナパルトに徴兵されるほかは戦争の影響をうけていない敵地の住民に、イギリスの長い手がついに及んだことを誇示している。それだけではない。沿岸警備当局が、マルセイユからスペインにいたる輸送路のこの部分、彼らがもっとも安全だと思っていたこの区域の安全が脅かされていることを思い知らされたことになる。ということは、将来の攻撃に対する防禦として軍隊や大砲を派遣しなければならず、今ですら手薄な沿岸防備兵力を、さらにこの二百マイルの沿岸部に展開しなければならないことを意味している。そのように薄弱な防衛線は、特定の地点を狙った強力な奇襲攻撃で容易に破砕しうる——思いのままに水平線上に出没する戦列艦の戦隊が、しごく容易に加えることのできる一撃である。作戦が巧みに遂行されれば、バルセロナからマルセイユにいたる全沿岸部は、絶えず厳戒態勢をとっていなければならなくなる。それが、あのコルシカ生まれの巨人の力をすりへらす途《みち》であり、気象条件に恵まれた軍艦なら、陸兵の十倍、十五倍の速度で、いや、元気な馬に乗った伝令の警告より速く移動することができる。自分はこのフランス沿岸部の中央を攻撃し、さらに左翼に一撃を加えた。今度は大急ぎで移動して、集合地点に引き返す途中で敵の右翼を攻撃しなければならない。バージの艇尾座席《スターンシート》に坐っていたホーンブロワーは、何度も脚を組み直した。艇がサザランド号に近づくにつれて、一刻も早く行動を起こしたいという願望がしだいに強まり、じっとしていられない気持ちになった。

「いったい、なんという――?」といっているジェラードの声が、海面を伝ってはっきりと聞こえてきた。ジェラードは、たった今、近づいてくる艇の全員が真っ裸であるのに気がついたらしい。当直士官に艦長の到着を告げる号笛が鳴り響いた。ホーンブロワーは、裸のままで舷門を通り、士官や海兵隊員たちの敬礼をうけなければならないが、頭が一杯で、自分の体面など考えている余裕はなかった。彼は、裸の腰に剣を吊るした姿で甲板に駆け上がった――剣を吊るしたまま舷側を上ることは、避けることのできない苦労であったが、二十年に及ぶ海軍生活で、恨むことなく不可避を受け入れる考え方が頭にしみこんでいた。出迎えの水兵と海兵隊員が、笑いを必死に抑えた無表情な顔で整列していたが、ホーンブロワーは意に介しなかった。陸地をおおっているあの黒煙が、何人《なんびと》といえども誇るに足る戦果を示している。彼は、新たな冒険を求めて南に向かうべく、艦を回頭させるようブッシュに指示を与え終わるまで、裸のままで甲板にいた。南西の針路にあつらえ向きの風が吹いており、貴重な順風を一刻たりとも無駄にするつもりはなかった。

13

長途、南西に向かう途中、サザランド号は一度もカリグラ号の姿を見かけなかった。ホーンブロワーは、出会いたくないというよりは、出会わないことを祈っていた。プルートウ号が集合地点に到達している可能性がなくはなく、到着している場合、提督の命令によってボルトン艦長の命令が無効となり、与えられた期間がまだ残っているのに、新たな作戦を開始する機会を奪われてしまうかもしれない。サザランド号は、夜のうちにブガール岬の緯度——パラモス岬沖の集合地点——を通過し、夜が明けた時にははるか南西にあって、右舷艦首方向の水平線上にカタロニアの山々が青い線のように見えていた。

ホーンブロワーは、陸地発見の一時間以上も前、夜が明けかけた頃から甲板に出ていた。彼の命令で、艦が下手回しでまたもや北東向きの詰め開き《クロースホールド》になり、丘陵地帯の細部がはっきり見えるまで、じりじりと岸に近づいて行った。ブッシュも甲板に出て、ほかの士官たちといっしょに立っていた。甲板を行ったり来たりしていたホーンブロワーは、彼らがチラッ、チラッと自分に向ける視線を意識していたが、努めて無視し、望遠鏡を陸地に向けていた。彼は、ブッシュやほかの士官たちが、自分が特定の目的をもってここまできたと思い、この二日間に経験したのと同じような冒険に突入すべく、自分の命令を待ち構えているのが、わかっていた。彼らは、彼が神がかり的な先見力、工夫力をそなえているものと思い込んでいる。彼は、幸運が非常に大きな役割りを果たしていることを彼らに告げるつもりはなかったし、自分が艦をここまで、バルセロナの近くまでもってきたのは、たんに原則的な考え方に従ったものであり、なにかが発生するのを期待してやってきたのにすぎないことを、部下の士官たちに知らせるつもりは毛頭なかった。

すでに息づまるほど暑かった。東の方で、青い空が真鍮に似た色をおびて光っており、東からの微風は、イタリアから四百マイルも地中海上を渡ってきたにもかかわらず、いっこうに冷たくなっているようすがなかった。煉瓦を焼く窯《かま》の空気を吸っているようであった。ホーンブロワーは、甲板のポンプで体を冷やしてから十五分もたたないうちに、体を汗が流れ落ちているのに気がついた。左舷正横を後方に去って行く陸地には、生物は何一ついないように見える。灰緑色の山がそびえ、その多くは、頂上がテイブルのように平らな岩山で、山腹は岩だらけの急斜面をなしている。灰色の断崖、茶色の断崖があり、時折、眩しいばかりに金色に輝いている砂浜が見える。その山と海の間を、カタロニアでもっとも重要な道路、つまり、バルセロナとフランスを結ぶ道路が通っている。あの道路のどこかに、なにかが現われるはずだ、とホーンブロワーは思った。内陸十マイルのあたりを海岸道路と平行して、手入れの悪い山道が通っていることを知っていたが、フランスが自ら進んでその悪路を使用するとは考えられなかった。彼がここへきた理由の一つは、フランス軍をして海岸道路の使用を断念させ、山道を使わせるように仕向けることであった。山道となれば、スペインのパルティザンにとって、輸送隊を分断するのが容易になる。その目的を、浜を射程内においたあたりでイギリスの旗を見せびらかすだけで達成できるかもしれないが、彼としては、敵にきびしい教訓を与えることによって達成したかった。フランス軍の右翼に対するその教訓を、たんに刀を振りまわして脅かすようなことで終わらせたくなかった。

水兵たちは、甲板を洗いながら、ふざけ合っては笑っている。元気旺盛な彼らの姿に大いに力づけられたが、それが最近の一連の成功によるものであることを考えて、ますます意を強くした。ホーンブロワーは、艦の前部を見ていて、心温まるような満足感を覚えたが、すぐさま、いかにも彼らしく、部下のそのように旺盛な志気を今後も維持しうるかどうか、自信がもてなくなった。長期間にわたる退屈な封鎖任務で、間もなく彼らの志気が衰えるかもしれない。次の瞬間、楽観に徹することにして、そのような疑念を振り払った。今のところ、すべてが順調そのものであるし、その状態が今後も続くはずだ。今日のこの日に、たとえ百対一の確率しかないにせよ、きっとなにかが起こるにちがいない。これまでの幸運の鉱脈はまだ涸渇していないのだ、と、傲然と自分自身に言い放った。百対一の確率だろうが、千対一だろうが、今日必ずや何事かが起こり、さらに功名を挙げる機会が得られるはずだ。

岸の金色の砂浜の上方に、白い小屋の小さなかたまりがあった。その浜に、何艘かの小舟が引き上げてある――たぶん、スペイン人の漁舟であろう。あの村落にフランス兵が駐屯している可能性を無視することはできず、危険を冒して上陸部隊を派遣するのは無意味である。あの漁舟は、フランス軍に魚を供給するために使われるのであろうが、そうかといって、どうこうするわけにはいかない。哀れな漁師たちは生きてゆかねばならない。かりにあの何艘かの舟を拿捕したり焼き払ったところで、同盟国イギリスに対する人々の反感をかきたてるだけだ――しかも、この半島にいるのが、世界じゅうでイギリスが有する唯一の同盟軍なのだ。

いま、浜を黒い点が走っている。漁舟の一艘が海に送り出されている。たぶん、これが今日の冒険のきっかけなのであろう。彼は、胸中に希望が、いや確信がわき上がるのを感じた。望遠鏡を小脇に抱えると、向き直って、首を垂れ、両手を後ろに組んで、深い考えに浸りながら甲板を歩き始めた。

「小舟が一艘、岸を離れております」敬礼をして、ブッシュがいった。

「そうか」さりげない口調でホーンブロワーがいった。

彼は、興奮を表にあらわさないよう、懸命に努めていた。部下の士官たちが、自分がその小舟にすでに気づいていることを知らず、自分が思索を中断してまでその方を見ようとしないのは意志がきわめて強固な証拠である、と思い込んでくれることを願っていた。

「その小舟がこちらに向かっております」ブッシュが言い添えた。

「そうか」相変わらず無関心を装って、ホーンブロワーがいった。その小舟が艦に達するまでに、まだ十分はかかる——小舟は艦をめざしているにちがいなく、さもなければ、艦を見るやいなや大急ぎで岸を離れるはずがない。ほかの士官たちは、小舟に望遠鏡を向けて、なぜ艦に近づいてくるのだろうと、口々に推測を言い交わしていればいい。ホーンブロワー艦長は、いずれ小舟が呼びかけてくるのを待ちながら、超然たる態度で艦尾甲板《ターデッキ》を歩く。自分の鼓動がしだいに高まりつつあることは、誰一人知らない。いま、かんだかい呼びかけの声が、きらめく海面を渡って聞こえてきた。

「ミスタ・ブッシュ、一時停止《ヒーブツー》」ホーンブロワーがいい、呼びかけに答えるべく、平静を装って反対側の舷へ歩いて行った。

相手がどなっているのは、カタロニア語であった。彼はスペイン語に関して該博、正確な知識を有している——若い頃、二年間を宣誓捕虜として過ごした時、いらだちのあまり正気を失うのを防ぐために、スペイン語を徹底的に勉強した——し、荒削りだが実用的なフランス語の知識で、人の話は理解できるが、カタロニア語は話せなかった。彼がスペイン語で答えた。

「そうだ。これはイギリスの軍艦だ」

その声を聞いて、小舟に乗っていたべつの人間が立ち上がった。オールを握っているのはみすぼらしい身なりをしたカタロニア人たちであったが、立ち上がった男は、色鮮やかな黄色い制服をまとい、羽根飾りのついた立派な制帽をかぶっていた。

「乗艦をお許しねがえないであろうか？」彼がスペイン語でどなった。「重要な知らせがあるのです」

「大いに歓迎します」ホーンブロワーがいい、今度はブッシュの方を向いた。「ミスタ・ブッシュ、スペインの将校が乗艦する。礼を尽くして迎えてくれ」

海兵隊員が敬礼し号笛が鳴る中で甲板に上がり、珍しそうにあたりを見まわした男は、明らかに軽騎兵であった。派手な黒い肋骨模様をつけた黄色い上衣を着ており、黄色い乗馬ズボンの両脇に幅の広い金モールが入っている。膝まである長靴には、前に金色の房、踵に拍車がついていた。黒いアストラカンで縁取りがしてある銀灰色のコートを羽織り、毛皮製の礼装帽は、黒いアストラカンでできていて、だちょうの羽根の後ろに銀灰色の袋状の飾りがついており、金色の編み紐をあごの下にかけている。湾曲した幅の広いサーベルを引きずるような格好で、待っているホーンブロワーの方に歩いてきた。

「ごきげんよう」男がにこやかな表情でいった。「わたしは、カトリック・スペイン国王のオリヴェンサ軽騎兵連隊のホセ・ゴンサレス・デ・ヴィリェナ・イ・ダンヴィラ大佐です」

「ようこそ。わたしは、イギリス海軍軍艦サザランド号の艦長、ホレイショ・ホーンブロワーです」

「閣下は、見事なスペイン語をお話しになりますな」

「恐れ入ります。スペイン語が話せることをたいへん幸運に思っています、おかげであなたを自分の艦に歓迎することができるので」

「ありがとう。あなたのところへくるのに、たいへんな苦労をしました。漁師たちに舟を出させるのに、あらゆる権限を行使しなければならなかったのです。彼らは、イギリスの軍艦と連絡をとったことをフランス軍に知られるのを、極度に恐れています。あれを見てください！　まるで命がけで引き返して行きます」

「それでは、目下のところ、あの村落にはフランス軍はいないのですな？」

「そうです、いません」

そう答えたヴィリェナの顔に、奇妙な表情がうかんだ。色白のまだ若い男で、たいへん日に焼けており、ハプスブルク家の系統を思わせる唇（スペイン陸軍で高位にあるのは、祖先の女性の誰かの不謹慎な行為のおかげではないか、と思わせるような唇)で、薄茶色の目はまぶたが重い感じである。その目が、まじろぎもせずにホーンブロワーの目を見た。これ以上質問をしないでくれ、と懇願しているような目であったが、ホーンブロワーはそれを無視した――情報を入手するためには、そんなことを気にしていられない。

「あそこにスペインの軍隊がいるのですか?」彼はきいた。

「いや、いません」

「では、あなたの連隊はどうなのですか、大佐?」

「あそこにはいないのです、艦長」ヴィリェナがいい、急いで言葉を続けた。「わたしがお知らせしたいのは、フランスの軍隊が――イタリアの、というべきですが――あの道路を進んできていて、ここから九マイル北にいる、ということなのです」

「なるほど!」ホーンブロワーはいった。それが、彼が知りたがっていたことである。

「彼らは、バルセロナに向かう途中で、昨夜はマルグレにいました。総勢一万――イタリア陸軍のピノとレッキの師団です」

「あなたは、どうしてそれを知っているのですか?」

「それを知ることが、軽騎兵の将校であるわたしの任務です」ヴィリェナがもったいぶった口調でいった。

ホーンブロワーは、ヴィリェナの顔を見ながら考えた。この三年間、ボナパルトの軍勢がカタロニア地方の各地に進軍していることは知っていた。彼らは、数多くの戦いでスペイン軍を撃破し、激しい攻城戦で各地の要塞を占領しているが、しかもなお、事態は彼らが信に背いてこの地方に侵入した時と同じで、完全に支配するには程遠い状態にある。カタロニア人は、ボナパルトがこの地方で動かしている混成雑兵部隊——イタリア人、ドイツ人、スイス人、ポーランド人など、寄せ集めの兵隊たち——をすら戦場で打ち破ることができないでいるが、しかもなお勇気ある戦いを続けていて、わずかに占領されていない地域から新たな兵員を集めては、絶え間なく敵に対して前進、後退を続けて、相手の勢力を消耗させている。しかし、たとえそうであるにしても、スペイン軽騎兵連隊の大佐がなぜ、フランス軍が完全に支配しているはずのバルセロナ地域の中心部に近いところにたった一人でいるのか、理解できない。

「あなたがあの村落にいた理由は？」ホーンブロワーが鋭い語調できいた。

「わたしは任務に従っていたのです」いばった口調でヴィリェナがいった。

「たいへん申し訳ないが、わたしはまだ理解できませんな、ドン・ホセ。あなたの連隊はどこにいるのですか？」

「艦長——」

「どこですか？」

「知らないのです」

今や、若い軽騎兵の気取った元気のよさが、完全に消え失せていた。哀願するような大きな目をホーンブロワーに向けて、恥をさらけ出した。

「連隊を最後に見たのは、どこですか？」

「トルデラで。われわれは——あそこでピノと戦ったのです」

「そして、敗れたのですか？」

「そうです。昨日。彼らがヘロナから帰ってくるところを分断するために、われわれが山を下って攻撃したのです。彼らの重騎兵に圧倒されて、わが方は四散しました。わたしの——わたしの馬が、あの村落、アレンス・デ・マールで死んだのです」

その哀れな物語で、ホーンブロワーは、直観的に事情を理解することができた。そのようすをはっきりと思いうかべることができた——どこかの山腹にひそんでいた寄せ集めの無規律な部隊が狂気じみた攻撃を行なって粉砕され、くもの子を散らすように逃げ出した。このあたり一円のすべての村落に今も敗残兵がひそんでいるにちがいない。みんなが大混乱をきたして逃げ出したのだ。ヴィリェナは、馬が力尽きて死ぬまで逃げたのだが、いちばんいい馬に乗っていたおかげで、ほかの誰よりも遠くまでくることができた——馬が死ななかったら、今のこの瞬間にも逃げ続けているにちがいない。フランス軍は、戦場に一万の大軍を投入するために、小さな村落から駐屯兵を引き上げた。だから、ヴィリェナは、フランスの野戦軍とバルセロナの根拠地の中間にいながら、捕虜にならないですんだのだ。

事情が判明したからには、これ以上ヴィリェナの不運について話し合っても、得るところはない。彼を元気づける方がいい、そうした方が役にたつ。

「敗北というのは」ホーンブロワーがいった。「戦う者が遅かれ早かれ遭遇する不運です。今日、昨日の報復ができることを祈りましょう」

「報復するのは、昨日のことだけではないのです」ヴィリェナがいった。

彼は上衣のふところに手を入れて、折りたたんだ紙を取り出した。広げると、印刷されたポスターで、ホーンブロワーは手に取ってサッと目を通し、そこに書かれているカタロニア語の意味をできるかぎり読みとった。こうあった。「フランス皇帝兼イタリア国王たるナポレオン皇帝陛下のヘロナ地区駐屯軍司令官、師団長、ロンバルディ鉄王冠勲爵士、レジョンドヌール騎士なるわれ、ルチアノ・ガエタノ・ピノは、ここに――」その後に、番号を付した項目が並んでいて、皇帝陛下に対する想像しうるかぎりの罪に関する罰則が記してある。ホーンブロワーが見てゆくと、各項目の終わりに、「銃殺刑に処す」、「死罪に処す」、「絞首刑に処す」、「火攻めに処す」とあり、最後の項目は敗残兵をかくまった村落に関する罰則であることがわかり、ほっとした。

「彼らは、高地地方の村落を一つ残らず焼き払ったのです」ヴィリェナがいった。「フィゲラスからヘロナにいたる三十マイルの道路に絞首台が並び、その一つ一つに死体が吊るされているのです」

「なんとひどいことを！」ホーンブロワーがいったが、それ以上は聞き出そうとしなかった。スペイン人に母国スペインの苦難を語らせたらきりがないにちがいない、と考えた。「それで、そのピノが、この海岸道路を通って帰還している、ということですか？」

「そうです」

「どこか岸に近い地点で、海が深くなっているところがありますか？」

スペイン人が眉を上げてその質問に対する抗議の意を表し、ホーンブロワーは、軽騎兵の大佐に水深のことをきくのは公正を欠いているのに気がついた。

「海からの攻撃に対してその道路を守っている砲台はありますか？」

「もちろん、あります」ヴィリェナがいった。「あると聞いています」

「どこに？」

「正確な場所は知りません」

たぶん、ヴィリェナは、いかなる地域の地勢に関する情報をも提供するだけの知識はないのであろう、とホーンブロワーは考えた。スペイン軽騎兵の大佐にそのようなことを期待するのは、もともと無理な話なのだ。

「とにかく、行って、ようすを見よう」ホーンブロワーがいった。

14

ホーンブロワーは、敗北を告白した今は病的に近い多弁癖を示し、可哀そうにも自分にまつわりついて離れようとしないヴィリェナから、ようやく身を引き離した。人の邪魔にならない艦尾手摺り《タフレール》のそばの椅子に坐らせておいて、人に妨げられることのない艦長室に逃げ込んで、もう一度海図を慎重に調べた。そこには、あちこちの砲台が記してある——大部分は、さして遠い以前のことではないスペインとイギリスの戦争当時の資料に基づいたものらしく、いずれも、砲台から砲台へと岸づたいに進んだ沿岸航行船を守るために設けられたものであった。その結果、砲台は、陸地寄りに深みがあるばかりでなく、船舶がその陰に避難し錨泊できるような突出部がある地点を選んで設けられている。当時の人々は、将来、行軍中の軍隊が海から攻撃される可能性など、まったく念頭になかったのにちがいないし、海岸の、外海に対してむきだしになっていて停泊地のない——マルグレからアレンス・デ・マールにいたるこの二十マイルのような——区域は、完全に無視されたはずである。アーンペリューズ号に乗っていたコックリンが一年前にここを離れて以来、この地域のフランス軍を攪乱するために派遣されたイギリスの軍艦は一隻もない。

以来、フランス軍は、もろもろの難題で手一杯で、たんなる可能性を考慮する余裕はなかったのにちがいない。彼らが予防手段を怠っている可能性は強いし、いずれにしても、全海岸線を防衛するに足る重砲と熟練した砲手を集めることはできなかったはずである。サザランド号は、いずこの砲台からも少なくとも一マイル半は離れていて、艦砲で道路が掃射できる距離まで岸に接近しうる程度の水深のある場所を捜していた。艦はすでに一箇所の砲台の射程外に逃れ出たが、そこは、海図に記してあるだけでなく、この区域で記入されている唯一の砲台であった。その海図が作成された後で、フランス軍が何個所かに新しい砲台を構築した可能性はまずない。かりにピノの軍勢が夜明けにマルグレを出発したとすると、サザランド号は今やその軍勢とほとんど平行しているにちがいない。ホーンブロワーは、勘でもっとも適当と思われる場所に印をつけておいて、艦を敵の隊列に近づけるべく、甲板に駆け上がった。

彼の姿を見ると、ヴィリェナが急いで椅子から立ち上がり、拍車を音高く鳴らしながら甲板を彼の方へ歩いてきたが、ホーンブロワーは、ブッシュに指示を与えることに全神経を集中しているかの如くに装い、礼を失しないように大佐を無視した。

「それに、ミスタ・ブッシュ、砲を装塡して、送り出しておいてもらいたい」彼が指示をしめくくった。

「アイ・アイ、サー」ブッシュがいった。

ブッシュが懇願するような表情で彼を見た。すぐにも戦闘が開始されることを示しているその最後の指示によって、彼の好奇心が頂点に達した。彼にわかっているのは、スペインの大佐が艦に乗り込んできたことだけであった。なんのためにきたのか、ホーンブロワーが何を考えているのか、推測する手がかりが何一つなかった。ホーンブロワーは、計画を部下に知らせないことにしていた。かりに失敗した場合、部下はその失敗の度合いを推測することができない。しかし、ブッシュは、時に、艦長の無口によって自分の命が縮められているような気がすることがあった。というわけで、今回は珍しくもホーンブロワーが説明をする気になったことに嬉しい驚きを味わったが、いつになくホーンブロワーが多弁なのは、ヴィリェナと丁重な会話をするのを避けるための方便であるのを、知る由もなかった。

「あの道路を、フランスの軍勢が行軍してくるはずなのだ。その隊列に何発か撃ち込めるかどうか、やってみたい」

「アイ・アイ、サー」

「優秀な測鉛手を、投鉛台《チェーン》に出してくれ」

「アイ・アイ、サー」

今、ホーンブロワーは、ブッシュといろいろ話し合いたい気持ちになっていたが、いざそういう気持ちになっても、自分にはそれができないのを知った——これまで三年間、彼は、副艦長に等しいブッシュに対して不要不急な言葉を口にしたくなるたびに、それを抑え込んできた。それに、ブッシュの無表情な〈アイ・アイ、サー〉も話を進める役にはたたなかった。ホーンブロワーは、ヴィリェナと顔を合わせるのを避けるために、望遠鏡に目を当てたまま、しだいに近づいてくる岸のようすを慎重に見ていた。このあたりでは、木のない青灰色の丘がほとんど水ぎわ近くまでせり出していて、その裾に沿って、時に海面から十フィート、時には百フィートのあたりを、くねくねと道が通っている。

ホーンブロワーが見ていると、はるか前方の道路上に、小さな黒点が一つ現われた。望遠鏡を下ろして目を休め、もう一度見た。騎馬で、こちらに向かっている。一瞬後に、その馬の後方に、こちらに動いている黒いかたまりが見え、その中央あたりで時折なにかがきらめき、光を反射しているのが注意を引いた。騎馬隊だ——たぶん、ピノの軍勢の前衛であろう。間もなくサザランド号がその一隊と並ぶであろう。ホーンブロワーは、艦と道路の距離を目測した。半マイルか、それよりもう少しある——艦砲で容易に撃てる距離だが、狙うのはさほど容易ではない。

「ここの一つ！」測鉛手が節をつけていった。艦をまわして岸のピノの軍勢と並行して進み、このあたりまで達した場合、この地点でかなり近くまで岸に艦を寄せることができる。覚えておく価値がある。近づいてくる軍勢に向かって進みながら、ホーンブロワーは、岸の目印とその地点の水深を、次々と頭に刻み込んでいった。今では、騎兵の先頭の大隊がはっきりと見える——騎馬の兵が、サーベルを抜き、周囲に注意を配りながら慎重に馬を進めている。どんな岩ややぶの陰にも、敵兵を少なくとも一人は殺す決意のマスケット銃兵がひそんでいる可能性のある戦争なので、彼らが警戒を怠らないのは当然なのだ。

その先頭大隊の後方に、騎兵隊の長い隊列が見え、さらにその後方に、白点の非常に長い列が見えた。芋虫が脚をいっせいに同じように動かすのに似たその動きに、彼は一瞬、理解に苦しんだ。そしてすぐさま、にっこりとほほえんだ。歩調を揃えて行軍している歩兵の白いズボンの列であった。光線のいたずらで、彼らの青い上衣が灰色の背景にとけこんでまったく見えないのだ。

「とおー、はーん」測鉛手が告げた。

必要とあらば、この地点で艦をうんと岸に近づけることはできる。しかし、現在は、射程の二分の一ほどの距離を保つ方がいい。この程度離れていたら、敵は艦にさほど脅威を感じないはずだ。ホーンブロワーは、懸命に頭を働かせて、サザランド号の出現に対する敵の反応を分析した——今や真横に達した騎兵の先頭部隊の、親しみをこめて帽子を振っている姿が、貴重な知識を与えてくれた。ピノと彼の部下の将兵は、海から砲撃をうけたことが一度もなく、これまでのところ、好適な目標に対する大口径艦砲の片舷斉射の破壊的威力をまったく経験したことがない。ピラミッドのように白帆を広げた優雅な姿の二層艦は、彼らにとって、経験外の想像もつかない代物であるにちがいない。戦場で敵の軍勢と相対した場合、彼らは直ちに相手の戦力を推測することができるが、これまで軍艦に出合ったことは一度もない。いろいろな本を読んだところでは、ボナパルト配下の将軍連中は、ややもすれば部下の人命を軽視する傾向がある。それに、サザランド号の砲撃を避けようとすると、非常な不便が生ずることになる——内陸路を通るためにマルグレへ引き返すとか、その道への最短距離をとるとすると、道のない山を越えなければならないことになる。長い隊列のどこか後ろの方にいて望遠鏡でサザランド号のようすを見守っているピノは、サザランド号から砲撃される危険を冒し、重大な損害をうけることなく通り抜けられることに期待をかけて、このまま行軍を続ける決心をするにちがいない、とホーンブロワーは考えた。気の毒だが、ピノの期待を裏切ることになりそうだ。

本隊の先頭に立っている騎兵隊が真向かいにきた。二番目の連隊の派手な服飾が、燃えるような日差しを受けて、炎の川のようにきらめき、光っている。

「あれが重騎兵だ！」ホーンブロワーの横で、身振りも激しく、ヴィリェナが叫んだ。

「なぜ撃たないのですか、艦長？」

ヴィリェナは、ここ十五分ほどスペイン語で喋り続けていたのにちがいない、とホーンブロワーは気がついたが、一言も耳に入っていなかった。彼は、馬を駆ってたちまち射程外に逃げ出せる騎兵を砲撃して、相手の不意をつくという利点を無にするつもりはなかった。最初の片舷斉射は、動きの鈍い歩兵部隊のためにとっておかなければならない。

「砲手を砲につかせてくれ、ミスタ・ブッシュ」一瞬のうちにヴィリェナのことを忘れ去ってブッシュにいい、今度は操舵手にいった、「右舵一ポイント」

「ここのつ、はーん」測鉛手がいった。

サザランド号が岸に近づいて行った。

「ミスタ・ジェラード！」ホーンブロワーがどなった。「照準を道路に合わせろ、わたしが合図をするまで、撃ってはならん」

騎兵の後に輓《ばん》馬砲兵が続いている——豆鉄砲に等しい六ポンド砲がはね上がったり傾いたりしていて、スペインの主要道路の一つであるその道路の悪路のほどを示している。前車にのっている兵隊たちが、すぐ近くの美しい船に親しげに手を振っている。

「むっつー！」測鉛手が報告した。

これ以上岸に近づくのは危険だ。

「左舵一ポイント。ようそろ！」

艦が海面をゆっくりと進んだ。緊張して砲のそばに立っている男たちは一言も発しない――甘い音楽のような、微風をうける索具《リギン》の唸りと、舷側を軽く打つ波の音が、かすかに聞こえるだけだ。今や艦は、歩兵の隊列と並んだ。密集した青上衣に白ズボンの兵士の長蛇の列が歩調を揃えて行軍しているさまが、土ぼこりにかすんで非現実的な感じを与える。青い上衣の列の上に白い顔が並んでいる――みんなが紺青の海面をゆっくりと進む白帆の美しい船を見ている。行軍に明け暮れる戦争で退屈きわまりない行進を続けている者にとっては、格好の気慰みである。ジェラードは、今のところ仰角を変える命令を下していない――あのあたりは、海面から五十フィートの高さで、半マイルほど水平な道路が続いている。ホーンブロワーが、銀の笛を口へもっていった。ジェラードがその動きを見た。ホーンブロワーが吹くか吹かないうちに、上甲板中央部《メンデッキ》の砲が轟音を発し、間髪をおかず、ものすごい砲声とともに片舷斉射が放たれた。サザランド号がその反動で傾き、苦い白煙が盛り上がった。

「なんと、あれを見ろ！」ブッシュが叫んだ。

サザランド号の片舷の砲とカロネード砲の四十一発の砲弾が、道路を端から端まで一掃した。五十ヤードに及ぶ隊列がふっとんだ。生存者は、茫然として身動きもせずに突っ立っていた。また砲がゴロゴロと送り出され、二度目の片舷斉射で艦がまた傾いた。

隊列の最初の部分のすぐ後ろに、同じような空間ができた。

「撃ち続けろ！」ジェラードが叫んだ。

全隊列が、三度目の斉射を待っているかのように、茫然と立ちすくんでいた。今や砲煙が岸に達して、薄く岩山に広がっている。

「やっつ、四分の三！」

また深くなったので、艦をさらに近づけることができる。次の部隊が、恐ろしい艦が容赦なく近づき、まさに自分たちをふっとばそうとしているのを見て、いっせいに恐慌をきたし、道路を突っ走り始めた。

「ぶどう弾だ、ミスタ・ジェラード！」ホーンブロワーがどなった。「右舵一ポイント！」

その先の部隊は逃げなかった。その部隊と逃げ出した部隊がぶっつかってもみ合う人間のかたまりとなり、道路を塞いだ。艦は、艦長の命令に従って、機械のように無慈悲に近づいて行き、やがて艦首をすわらせると、その人のかたまりに狙いをつけ、ほうきで掃くように、ぶどう弾で路上を一掃した。

「これはすごい！」ブッシュが興奮してわめいた。「あれで恐ろしさが身にしみただろう」

ヴィリェナは、拍車を鳴らし、帽子の羽根をぐらつかせ、外套をなびかせて、道化師のように指を打ち鳴らしながら甲板を跳ねまわっていた。

「ななーつ！」抑揚をつけて測鉛手が報告した。しかし、ホーンブロワーは、前方に小さな岬が突出していて、そのふもとに岩礁とおぼしきものがあるのに気がついた。

「回頭用意！」彼が命じた。

彼は懸命に考えていた。ここは水深が充分あるが、あの突出部は暗礁の存在を示している。岸のほかの部分と違って浸食されなかった、より固い岩が、海面下に罠として残っている。測鉛手が二度も投鉛しないうちに、艦がのり上げるかもしれない。サザランド号は風上に向きを変えて、岸から離れた。振り返ると、斉射で一掃した道路が見えた。道路に沿って死傷者が重なり合っている。その中で、一人か二人が突っ立っている。負傷者の上にかがみこんでいる者が何人かいるが、生存者の大部分は、道路上方の山腹に上がっていて、灰色の山肌を背景に、急斜面に白いズボンが点々と見える。

ホーンブロワーは岸を見まわした。あの小さな突端の向こう側は、こちら側と同じように深くなっているにちがいない。

「もう一度下手回しだ、ミスタ・ブッシュ」

サザランド号が近づいてくるのを見ると、歩兵部隊は必死で山腹に散ったが、その先の砲兵隊は、逃げ道がなかった。ホーンブロワーが見ていると、御者と砲手は、一瞬、なすすべもなくじっとしていたが、次の瞬間、羽根をなびかせた指揮官が隊列に沿って馬を駆り、必死の身振りともども、応戦準備を命じていた。御者が路上でサッと馬首をめぐらし、砲を海の方に向けた。砲手が前車からのり出して砲を切り離すと、懸命に射撃準備を開始した。九ポンド野砲が、サザランド号の片舷斉射に対して、多少なりとも効果を発揮することができるだろうか？

「目標は砲兵隊だ、ミスタ・ジェラード」ホーンブロワーが叫んだ。

ジェラードが帽子を振って諒解を告げた。サザランド号が、重い動きでゆっくりとまわった。一門が狙いの定まらないうちに発砲した。ホーンブロワーは、後でその砲手たちを罰するためにジェラードが手帳にそのことを控えているのを見て、満足した。次の瞬間、イタリア兵がまだ込め矢を使っている最中に、片舷の砲全門が、ほとんど同時に轟音を発した。ふくれ上がった硝煙に遮られて、艦尾甲板《コーターデッキ》からは敵のようすが見えなかった。優秀な砲手が揃っている砲が一、二門、またもやゴロゴロと送り出された頃になって、硝煙がようやく薄れかけた。煙が大きなかたまりのまま吹き流されると、砲兵隊の惨状が見えた。敵の野砲一門は、車輪を粉砕されていた。べつの一門は、弾が砲口に命中したらしく、砲架からはねとばされて砲口を空に向けていた。あちこちの砲のまわりに死体が散乱し、生き残った者は、自分たちの前進を妨げた砲撃の凄まじさに茫然自失していた。馬に乗っていた将校は、鞍からとび下りて馬を放つと、近くの砲のそばへ駆け寄った。部下を呼び集めているところを見ると、強力な迫害者に対して少なくとも一矢は報いる決心でいるらしい。

「もう一度味わわせてやれ！」ジェラードがどなり、またもや艦が傾いた。

砲煙が吹き払われた頃には、艦は砲兵隊を後に残して進んでいた。砲兵隊が粉砕されているのが見えた。また一門が砲架からふっとび、砲のまわりに立っている者は一人もいない。今や艦は、べつの歩兵部隊に近づいていた。二つ目の師団の一部と思われるが、サザランド号が近づいた時には、各隊が恐慌状態で山腹に散っていた。彼らが逃げて行く姿が見えた。このように四散させられることは、軍隊にとって、砲火で撃砕されるのに劣らない損害である。その哀れな連中を殺したくはなかったが、乗組員は、敵の士気を打ち砕くことの重要性が理解できず、敵兵を殺傷することにより大きな喜びを味わう。

道路の上方の山腹に、馬に乗った一団がいた。望遠鏡を通して見ると、いずれも立派な馬に乗り、金色に輝く制服がそれぞれ異なっていて、各種各様の羽根飾りをつけている。軍団の参謀連中であろう、とホーンブロワーは推測した。まとまった部隊がいない今は、彼らが格好の目標になる。彼がジェラードの注意を引いて、指さした。ジェラードが手を振って応えた。彼の部下の士官候補生の二人が、下の砲列甲板の士官たちに新しい目標をさし示すべく、駆け下りて行った。ジェラードがすぐそばの砲の上にかがみこんで狙いをつけ、他の砲の砲手長が、彼が伝声器を通して伝える命令に従って照尺を調整した。ジェラードが一歩横へ寄って引き綱を引いた。続いて片舷斉射が放たれた。

砲弾の威力が、その騎馬の一団に達した。人馬が一体となって倒れた。馬に乗ったままの姿はほとんど残っていなかった。その一団がいっせいに倒れたので、表面の土のすぐ下が岩で、その破片がぶどう弾のように飛び散ったのであろう、とホーンブロワーは想像した。あの中にピノがいたであろうかと考え、ピノが両脚を失ったことを願っている自分に気がついて、意外に思った。今日の朝まで、ピノという名前をかつて聞いたことがなく、たんに敵であるからといって、一人の男にそのような一方的な悪意を抱くべきではない、と自分を戒めた。

道路を少し先へ行ったあたりで、将校が、部下が四散することを許さず、強情にも道路沿いに密集隊形を維持したまま、部下を停止させていた。その将校のきびしい規律は、部下になんの益ももたらさなかった。ホーンブロワーは、砲の照準がつけられるまで艦の向きを変えておいて、斉射でその部隊を寸断した。硝煙が吹き流され始めた時、彼のそばの舷墻からかんだかい音が聞こえたので、下を見た。マスケット銃の弾がめりこんでいた——誰かが二百ヤード以上の長距離から狙って、見事艦に命中させたのだ。届いた時には飛ぶ力がほとんど尽きていたにちがいなく、弾の半分がめりこんでいるだけで、原形をとどめていた。触るには熱すぎた。ハンカチで指を包んで抜き取り、手のひらの上でポンポンとはね上げた。子供の頃、焼きたての栗をそのようにはね上げていたのを思い起こした。

砲煙が吹き払われると、敵に加えた新たな打撃の結果が見えた。死体が列をなしたり折り重なったりしていた。彼は、負傷者の悲鳴が聞こえるような気すらした。敵兵がくもの子を散らすように山腹に逃げて、目標がなくなったのに安心した。ブッシュが相変わらず興奮して敵に悪態をつき、ヴィリェナが相変わらずそばではねまわっていたが、彼は敵を殺傷することに嫌気がさしていた。もうすぐ、隊列の後衛に到達するはずだ。前衛から後衛まで、あの軍勢が路上八、九マイル以上の長さにわたっているとはとうてい考えられない。そう考えた時、正面の道路に多数の馬車が並んで停止しているのが目についた——輜重隊《しちょうたい》の牛馬車だ。あの四頭立てのずんぐりした馬車は弾薬車にちがいない。その後方に二輪の荷車が並んでいて、それぞれに、ひたいから羊皮をたらした焦げ茶色ののっそりした牛が五、六頭つながれている。それらの荷車や馬車の横の道路を、背中の大きな荷物で異様な格好に見える何百頭ものらばが埋めていた。人間の姿はまったくない——兵隊は一人残らず牛や馬を置き去りにして山腹に上り、小さな点と化している。

ホーンブロワーがきわめて念入りに読みかつ研究した『今次スペイン戦争の現況』の中で、スペインでの輸送の困難なことがとくに強調されていた。らばや馬は、兵隊同様に——というよりは、何倍も——貴重である。ホーンブロワーは、グッと表情を引きしめた。

「ミスタ・ジェラード！　ぶどう弾を装塡せよ。あの牛馬を狙ってもらいたい」

その言葉を聞いた男たちの間から嘆きの声が聞こえてきた。感傷的な愚か者どもだ、人間を殺した時は歓声をあげるのに、動物を殺すことには反対する。半数は、その機会さえあれば、わざと的をはずすにちがいない。

「射撃訓練だ。砲一門ずつ発射」ホーンブロワーがジェラードにどなった。

辛抱強い動物たちは、主人たちとちがって、その場に突っ立って撃たれるのを待っているにちがいないから、照準手は、的をはずして弾薬を無駄にする機会は得られない。艦がゆっくりと岸に近づいて行くにつれて、砲が一門ずつ火を噴き、帽子一杯分のぶどう弾が、ぶどう弾にしては限度に近い距離の道路に撃ち込まれた。ホーンブロワーは、跳ね上がったり前へ首をつっこむようにして馬やらばが倒れるのを見ていた。一、二頭のらばが、恐怖に狂い、道路脇の低い土手をとびこえて、荷物をまき散らしながら斜面を駆け上がった。一台の荷車につながれていた六頭の牛がいっせいに倒れて、同時に即死した。頸木《くび》で二頭ずつつながれたまま、膝を折ったり腹這いになり、祈りを捧げるような格好で首を前に伸ばしている。見事な射撃のそのような結果を見た男たちの間から、またもや憐れむような呟きが起こった。

「静かにしろ！」命じられた任務の重要性を理解しているジェラードが、部下をどなりつけた。

艦長の黙想に割り込んで提案をするべく、勇を鼓してブッシュがホーンブロワーの袖を引いた。

「失礼します。わたしが短艇の班員を連れて上陸したら、あの車輛に火を放っていっさいを焼き払うことができます」

ホーンブロワーは首を振った。そのような計画がとうてい受け入れられない理由に気づかないとは、いかにもブッシュらしい。敵は、応戦するすべのない砲撃を受ければ逃げるかもしれないが、自分たちの手の及ぶ範囲に小部隊が上陸したら、まなじりを決して襲いかかってくる――非常な損害を被っている時とあっては、その勢いはひとしお激しいにちがいない。完全に敵の虚をついて、小人数の奇襲隊で砲台の五十人を攻撃するのであれば筋は通るが、精強な一万の軍勢の鼻先に上陸することなど、問題外である。拒否の仕方を和らげるべくホーンブロワーが口にしかけた言葉が、すぐ横のカロネードの砲声で押し消され、彼がまた口を開こうとしたが、岸の新たな情勢に気を奪われて、言葉にならなかった。

次に射撃の目標となるはずの馬車の上に立って、何者かが必死で白いハンカチを振っていた。ホーンブロワーは望遠鏡で見た。男は将校かなにかのようで、青い服に赤い肩章をつけている。しかし、かりに彼が降伏しようとしているのだとしても、実行不能なのでその降伏は受け入れられないことを、知っているはずである。彼は、次の射撃をうけて、運を天に任すほかはない。将校は、とつぜんそのことに気づいたようであった。馬車の中にかがみこんで、相変わらずハンカチを振りながら再び体を起こしたが、足もとに横たわっていたらしい人間を支えていた。彼に抱えられている人間がぐったりしているのが見えた。頭と腕に白い包帯をしており、とつぜん、ホーンブロワーは、その車馬隊が昨日の戦いによる傷病兵を満載した傷病兵運搬車の一隊であるのに気がついた。ハンカチをもった将校は軍医にちがいない。

「撃ち方、やめ！」ホーンブロワーがどなり、笛を吹いた。次の一発を阻止するのには間に合わなかったが、幸運にも照準がまずく、道路下の崖から土煙が舞い上がっただけであった。回復して再び元気な敵兵となる可能性のある負傷兵にあたることを恐れて、フランス軍にとってこの上なく貴重な牛馬を見逃すのは不合理であるが、それはあくまで戦争のしきたりであり、そのばかばかしさは、戦争自体が内包しているばかばかしさに通じている。

車馬隊の向こうは後衛部隊であったが、すでに山腹に散っているので、弾薬を使うに値しない。そろそろ引き返して、もう一度本隊を痛めつけるべきだ。

「艦をまわしてくれ、ミスタ・ブッシュ。きた進路を引き返すのだ」

さきほどとはあらゆる意味で正反対な進路をたどるのは容易なことではなかった。それまで、艦は後方から風をうけていた。今度は艦首方向から吹いていて、限度いっぱいの詰め開き《クロースホールド》でやっと岸に平行して進むことができる状態である。例の小さな突出部に達して沖へ出る場合には開きを変えねばならず、よほど慎重に状況を見守っていないと風圧で危険海域に押し流されるかもしれない。しかし、あらゆる努力を払ってイタリア軍を痛めつけ、この海岸道路は二度と使えないことを、はっきりと見せつけてやらねばならない。ブッシュは、艦長が一通り敵に損害を与えただけでそのまま立ち去ることをせず、あくまで敵を攻撃するつもりでいることに歓喜している——ホーンブロワーは彼の獰猛な目の輝きからそれを読み取ることができた——し、右舷側の砲手たちは、戦闘を目前に控えて嬉しそうに両手をすり合わせながら、それまで使われなかった砲の上にかがみこんでいた。

　サザランド号が逆方向に向きを変えて、砲で道路が制圧できる位置につくまでに、かなり時間がかかった。隊形をたてなおした各連隊が、艦が近づくのを見てまたもや四散し、山腹に逃げて行く光景に、ホーンブロワーは大いに気をよくした。しかし、一杯開き《クロースホールド》のサザランド号は、海岸線の出入りが激しいことや風向を計算に入れると、陸地に対してせいぜい三ノット程度の速度でしか進めない。敵の部隊は、必要とあらば、懸命に歩度を速めることによって艦との距離を保つことができるし、イタリア軍の将校たちは、間もなくそのことに気がつくであろう。今のうちに、敵にできるだけ損害を与えておかなければならない。

「ミスタ・ジェラード！」彼が声をかけて手招きをすると、ジェラードが走ってきて、艦尾甲板《コーターデッキ》からの命令を聞くべく、顔を上げて直立した。「撃つ価値があると思える程度に人数がまとまっていたら、各砲の判断で適宜砲撃してよろしい。ただし、充分に狙いをつけて撃たせてくれ」

「アイ・アイ、サー」

いま、真向かいの山腹に、百人あまりの兵隊がかたまっていた。ジェラード自身が狙いをつけて距離を目測し、仰角いっぱいに照尺を調整した。砲弾が、兵士たちの前の岩にあたって跳ね、その一団にとびこんだ。ホーンブロワーが見ていると、人のかたまりがとつぜん揺れ動き、一瞬にして散った後に、白ズボンをはいた兵士が二、三人倒れていた。それを見て水兵たちが歓声をあげた。ジェラードが砲手長のマーシュを呼んでこさせて、その精密射撃に加わらせた。彼が狙いをつけた砲が、べつのかたまりのさらに多くの兵隊を倒した。その一団の中に立っている竿の先でなにかがきらめいた。望遠鏡を通して目をこらしていたホーンブロワーは、ボナパルトの公報でしばしば言及され、イギリスの漫画家がさかんにからかっている鷲印の軍旗にちがいない、と断じた。

艦がゆっくりと進む間に、右舷の砲が次々と火を噴いた。時に、山腹を逃げまわっている小人のような姿が倒れると、水兵たちは歓声をあげる。時には、まったく効果のない砲撃に、みんなが黙して冷淡な反応を示す。戦列艦の砲手は、伝統的に、敵艦と舷舷相摩して照準をつける必要もなく、できるだけ迅速に装塡をくり返すことで任務を全うすることができるのであるが、距離と偏差を目測して正確に照準することの重要性を全砲手に認識させる点で、これはきわめて貴重な機会であった。

耳を聾《ろう》する轟音を伴う片舷斉射とちがって、今の場合は、砲声が丘にぶっつかり、熱気で奇妙に変質してはね返ってくるこだまを聞くことができた。物凄い暑さである。下士官に順番に許されて水兵たちが飲用水の樽のそばへ行き、いかにもうまそうに水を飲んでいるのを見て、ホーンブロワーは、焼けつくような陽光の下で岩山を逃げまわっているあの哀れな連中は、喉の渇きに苦しめられているのだろうか、と考えた。苦しい思いをしているにちがいない。彼自身は水を飲みたいとは思わなかった――測鉛手の報告に注意し、射撃の効果を見守り、艦が危険に遭遇しないよう意を配ることで、頭がいっぱいであった。

道路のはるか前方の、すでに粉砕された野砲隊の指揮官は、任務に忠実な男であった。使用可能な野砲三門を、路上斜めに、まっすぐサザランド号に向けて据え、ホーンブロワーに告げた。使ーがそれを望遠鏡で捉えた瞬間に発射した。砲弾の唸りが聞こえた。一発がホーンブロワーのはるか頭上を越え、メン・トプスルに穴が一つあいた。同時に、前部から大音が聞こえて、べつの一発が艦体に命中したことを告げた。艦砲がその野砲隊を照準内に捉えるまで、あと十分はかかる。

「ミスタ・マーシュ」ホーンブロワーがいった。「右舷艦首砲であの砲列を狙ってくれ」

「アイ・アイ、サー」

「ミスタ・ジェラード、射撃訓練を続けよ」

「アイ・アイ、サー」

乗組員を訓練精到な戦闘集団に仕上げるのには、現実に敵の砲火をうけながら砲撃訓練をすることがなによりも大切である――撃たれている時と撃たれていない時の違いを、ホーンブロワーくらい熟知している者はいない。彼は、いつの間にか自分が、今の場合、乗組員に必要欠くべからざる経験をさせるためには、一人や二人のさして重要でない犠牲者を出してもいたし方ない、と考えているのに気がつき、次の瞬間、自分が当然のことのように部下が手足や命を失うことを是認していること、自分自身がその死傷者の一人になるかもしれないのに気づき、愕然とした。現実に戦争行為のさなかにある今ですら、戦争そのものを、その人間的な面を切り離して、あくまで理論的に考えることは、きわめて容易である。自分の部下たちにとって、山腹を逃げまわっている制服を着たあの小さな姿は、暑さ、渇き、疲労で死ぬような苦しみを味わっている人間ではないし、路上に散乱している微動だにしない姿は、はらわたのはみ出た死体でもなければ、つい最近まで父親や恋人であった人間ではない。部下たちの目から見れば、おもちゃの兵隊に等しい存在にすぎないのだ。今のこの瞬間、熱暑と耳をつんざく砲声の中にあって、レディ・バーバラと彼女のサファイアの首飾りや、今では腹の子が大きくなって不格好な姿になっているはずのマリアのことなどを思い起こし始めたが、まさに狂気というほかはない。彼は、それらの考えを頭から振り払った――それらが頭を占めていた間に敵の野砲隊がまた一斉射撃をしたが、その結果については、彼はまったく気づいていなかった。

艦首砲が野砲隊に向かってさかんに火を噴いていた。その砲撃で敵の砲手が動揺し照準が狂うかもしれない。一方、艦の砲は、もはや目標がなくなっていた。正面のイタリア軍の師団は、せいぜい五、六人程度のかたまりとなって山腹一帯に散らばっている――中には稜線に達している者もいる。将校たちは、兵士を集めるのに苦労をするであろうし、脱走したいと思う者は――『今次スペイン戦争の現況』は、イタリア兵はとかく脱走する傾向があることを強調している――今日は大いに機会に恵まれているにちがいない。

下方から大音と悲鳴が聞こえ、野砲の弾の一発が、ホーンブロワーが考えていた死傷者を少なくとも一人は生み出したらしい――その苦痛にみちたかんだかい悲鳴から判断すると、撃たれたのは艦の少年の一人であるにちがいない。ホーンブロワーは、グッと口を結んで、片舷斉射ができる地点までの距離を目測した。あと二度、野砲の斉射をうけることになるだろう。一回目が放たれた――緊急な使命で飛んで行く無数の蜂の羽音のような音をたてて、敵弾が頭上低く飛んで行った。敵の砲手は、急速に縮まっている距離の調整を誤ったのであろう。メン・トゲンスルの後支索《バックステー》がはじけるような音をたてて切れ、ブッシュが手を振って指示すると、何人かの水兵が組み継ぎをしにとんで行った。サザランド号は、前方の岬と岩礁の風上側をまわるために、沖へ出なければならない。

「ミスタ・ジェラード、わたしはもうすぐ艦の開きを変える。いつでもあの砲兵隊が撃てるよう、準備を整えておいてくれ」

「アイ・アイ、サー」

ブッシュが掌帆手を転桁索《ブレース》につけた。フッカーは艦首にあって、ヘッドスル・シーツの指図をしている。サザランド号が、下手舵でなめらかに艦首を風上に向け、ホーンブロワーは、望遠鏡で、今は四分の一マイルの距離もない野砲隊のようすを見ていた。砲手たちは、艦首がグーッとまわるのを見た――前にも見ているし、その後に続く斉射の威力を充分に承知していた。ホーンブロワーが見ていると、一人が砲列から逃げ出し、他の連中が続き、必死で山腹をよじ登り始めた。そのほかの者は地面に顔を押しつけるように伏せた。たった一人残った男は、激しい身ぶりで猛《たけ》りくるっていた。次の瞬間、艦が斉射の反動で傾き、硝煙が巻き上がって敵の砲列を視界から遮った。煙が吹き流されても、敵の砲列は見えなかった。ばらばらの残骸があるだけであった――粉砕された車輪、空を向いている車軸、地面に転がっている砲身。今のは見事な斉射であった。砲手は古参兵のように落ち着いて行動したのにちがいない。

ホーンブロワーは、岩礁を迂回した艦をまた岸に近づけた。すぐ前方の道路上に、歩兵の隊列の後尾が見えていた。艦が後方の師団に砲火を浴びせていた間に、先頭の師団が兵を集めてまた隊列を整えたのにちがいない。いま、その部隊が歩度を速め、土煙に包まれて前進している。

「ミスタ・ブッシュ！　なんとかしてあの部隊を捉えるのだ」

「アイ・アイ、サー」

しかし、サザランド号は、詰め開きでは速度が上がらない上に、ようやく敵の後尾に追いついたかと思うと、前方の突出部を避けるために岸から離れなければならなかった。時には、望遠鏡を通して、肩越しにこちらを振り向いている青い上衣の上の青白い顔が見えるまでに、大急ぎで進む歩兵隊に近づくこともあった。部隊が通った後の路上に、落伍者が点在していた――道端に坐り込んで頭を抱えている者、力尽きて銃によりかかったまま前を通り過ぎて行く艦を茫然と見つめている者、疲労と熱暑に耐えかねて意識を失い、うつ伏せに倒れたまま身動きもしないでいる者。

ブッシュは、怒り、いらだちながら、艦からわずかなりとも速力を引き出すべく、あちこち動きまわっていた。手のあいている者を一人残らず動員して、砲弾をできるかぎりのせたハンモックを風下側から風上側へ移したり、最高の効率を発揮するよう帆を調節したりしながら、艦と敵の距離が開き始めるたびに激しい呪いの言葉を吐いていた。

しかし、ホーンブロワーは充分に満足していた。かくも手痛い打撃をうけ、仮借なき敵に追われて、無数の落伍者を残したまま何マイルも必死で逃げた歩兵師団は、自信を完全に喪失し、戦闘集団としての機能を回復するのに何週間もかかるはずである。彼は、アレンス・デ・マールの向こう側にある強力な沿岸砲台の射程内に入らないうちに、追跡を中止した——砲台の重砲に艦が追い払われるところを見せて敵兵に士気を回復させるきっかけを作りたくなかったし、砲台の射程外を迂回するのは時間がかかりすぎて、再び岸に接近した頃には日が暮れているはずである。

「よろしい、ミスタ・ブッシュ。艦を右舷開きにして、砲を固定してくれ」

サザランド号が、等吃水で安定すると、今度は、艦首を風下に落として傾きながら開きを変えた。

「艦長に歓呼三唱！」上甲板《メンデッキ》で誰かがどなった——ホーンブロワーは、それが誰であったか、確信がもてなかった。さもなければ罰してやるところだ、と思った。その直後に沸き起こった嵐のような歓声が、阻止するひまもなく彼の声を打ち消した。みんなは、自分たちを指揮して三日間に五度も勝利を味わわせてくれた艦長に対する熱狂的な敬愛心から、満面に笑みをうかべて声がかれるまで歓呼していた。ブッシュも、艦尾甲板で並んでいるジェラードも相好を崩していた。ホーンブロワーが高い位置に立って不機嫌そうにみんなをにらみまわしている間に、ロングリー少年は、士官としての体面を忘れ去って、叫びながらとびはねていた。ホーンブロワーは、後になれば、この自然な献身的愛情の発露を思い出して喜びを味わうにちがいないが、今はいらだち困惑しているばかりであった。

歓声が静まると、またもや測鉛手の声が聞こえた。

「海底に届かず！　この細索《ライン》では海底に届かず！」

彼は、いまだに任務を遂行しており、手を休めるよう命令されるまで続けるはずである――海軍の規律の典型的な一例である。

「ミスタ・ブッシュ、あの男を直ちに投鉛台から下ろせ！」測鉛手の任務を解くのを怠ったことに立腹して、ホーンブロワーがかみつくようにいった。

「アイ・アイ、サー」彼としては珍しい職務怠慢を残念がっているような表情で、ブッシュが答えた。

太陽が、赤と紫の空の中を、スペインの山々の彼方に落ちていく。そのたとえようのない美しさを眺めていたホーンブロワーは、情熱的ともいえる豊かな色彩に、思わず息をのんだ。彼は、それまでの長時間の興奮による頭脳の急回転の反動で、今は茫然自失の状態にあった。気が抜けて、疲労をすら意識しえないでいた。にもかかわらず、軍医の報告をうけるまで、待っていなければならなかった。今日、誰かが死ぬか負傷した――野砲の弾が艦に命中した時の大音と悲鳴を生々しく思い出した。

士官室《ガンルーム》の給仕が艦尾甲板に上がってきて、ジェラードに敬礼した。

「失礼します。トム・クリップが死にました」

「なんだと？」

「ほんとです。頭をふっとばされたのです。見るも哀れな姿で横たわっています」

「いま、なんといった？」ホーンブロワーが口を出した。彼は、トム・クリップという名の乗組員を思い出すことができなかった――イギリスのヘビー級チャンピオンの名である――し、士官室の給仕が死傷者を海尉に報告している理由が理解できなかった。

「トム・クリップが死んだのです」給仕が説明した。「それに、ミセズ・シドンズの方は、けつに――失礼――木っ端が刺さりました。ここでも悲鳴が聞こえたと思います」

「聞こえたよ」ホーンブロワーがいった。

トム・クリップとミセズ・シドンズは、士官室の連中が買い入れた雄と雌の豚である。

そうと気がつくと、救われた思いがした。

「彼女はもう大丈夫です。肉屋がタールを一握り、傷口に塗りつけましたから」

軍医のウォルシュが報告にきた。今度の戦闘による死傷者は一人もいなかった。

「囲いの中の豚をのぞいては」上官に冗談をいう時の敬意を失しない気楽な口調で、彼が言い添えた。

「たったいま、そのことを聞いたところだ」ホーンブロワーがいった。

ジェラードが給仕に指示を与えていた。

「よろしい。彼の小腸はフライにする。豚肉はローストにしろ。上皮をパリパリに焼くのだぞ。この前豚を解体した時のように、柔らかくてかみきれないような出来だったら、お前の酒の支給を停止するからな。玉ねぎもあるし、セージもある——そうだ、りんごもいくつか残っている。セージと玉ねぎとアップル・ソースだ——いいか、ロートン、そのソースに絶対にチョウジを入れてはならん、ほかの士官がなんといおうと、わたしが許さん。アップル・パイならいいが、ロースト・ポークの場合は入れないんだ。すぐにとりかかれ。脚を一本、わたしからだといって、准士官食堂に届けろ。あと一本をローストにしろ——朝食に冷肉として出すのだ」

ジェラードは、それぞれの指示を強調するために、項目ごとに指先でもう一方の手のひらを叩いた。目が食欲で輝いていた——ジェラードは、女がいない場合、大砲のことに専念しなくてすむ時は、考えをすべて食い物に集中するのであろう、とホーンブロワーは思った。地中海の焼けつくように暑い七月の午後、夕食の小腸のフライとロースト

・ポークに目がうるむほどの食欲を覚え、翌日の朝食の脚の冷肉を楽しみにするような男は、豚のように太っていて当然である。しかし、ジェラードは、体が引きしまり、容姿端整で優雅である。ホーンブロワーは、しだいにせり出してきている自分の腹のふくらみを思って、一瞬、羨望にかられた。

しかし、すぐさま、救いのない霊魂のように艦尾甲板をうろついているヴィリェナ大佐に注意を引かれた。彼は、また話ができる時をひたすら待って、今は喋りたくてならない気持ちを抑えているらしい――しかも、艦の人間で、スペイン語で話し相手になれる者は、ホーンブロワーのほかには一人もいない。そればかりでなく、大佐である彼は勅任艦長《ポスト・キャプテン》と同列で、艦長室での丁重なもてなしが期待できる身分である。ホーンブロワーは、我慢をしてヴィリェナの話し相手を勤めるよりは、熱いロースト・ポークをおくびが出るほどすすめられる方がましだ、と考えた。

「今夜は、ご馳走を計画しているようだな、ミスタ・ジェラード？」

「イエス、サー」

「お裾分けにあずかりに、わたしが士官室にまいっては、ご迷惑かな？」

「とんでもありません。もちろん、そんなことはありません。ご列席いただければ、みんなが大喜びします」

艦長を賓客に迎えることで、ジェラードの顔がいかにも嬉しそうにパッと輝いた。その嘘偽りのない敬愛の表明に、ホーンブロワーは、自分の方から言い出したことにかすかな気のとがめを感じながらも、心温まる思いがした。

「ありがとう、ミスタ・ジェラード。お言葉に甘えて、ヴィリェナ大佐とわたしが、今夜は士官室の客にならせていただく」

うまくいけば、ヴィリェナは、スペイン語で話し相手をしなくてすむような離れた席につけられるかもしれない。

海兵隊の鼓手の軍曹が、——海兵隊員の横笛奏者四人と鼓手四人——を引き連れてきた。無限の水平線に向かって横笛が雄々しくもかんだかい音を発している間、鼓手たちは雷鳴のような太鼓の音に歩調を合わせて、舷側通路《ギャングウエー》を往復した。

わが艦は豪勇無双
乗組員は陽気な船乗り——

乗組員は一人残らず、〈陽気な船乗り《ジョリー・ター》〉などと呼ばれれば、かんかんになるはずだが、勇ましい文句と陳腐な感傷がみんなの気にいったようである。

粋な赤い上衣が行き来し、その軽快な太鼓の調子に、みんなは身心をひしぐような熱暑を忘れ去っていた。東の方から紫色の海の上を夜が忍び寄っている一方、西の美しい空は華麗に燃え映えていた。

15

「八点鐘です」ポルウィールがいった。

　ホーンブロワーはハッと目をさました。五分と眠らなかったように思えたが、実際には優に一時間を越えていた。夜中の蒸すような暑さにシーツをはねのけていて、寝巻だけで寝台《コット》に横たわっていた。頭が疼き口中がねばっていた。夜中の十二時に寝に就いたのだが——夕食のロースト・ポークのおかげで——寝苦しさのあまり、眠りに落ちるまで二、三時間、寝返りを打ち続けていたのを、今このようにして朝の四時前に起こされたのは、ただたんに、その朝、集合地点で落ち合った時に、ボルトン艦長あるいは提督(後者が到着していれば)に手渡す報告書を作らなければならなかったからである。疲れに惨めな呻き声を発し、床に足を下ろして体を起こした時、体じゅうの関節が疼いた。目が脂《やに》でねばねばしていてなかなかあかず、こすると痛みを感じた。

　ポルウィールに人間的な弱みを超越しているかのように見せかける必要がなかったら、またもや呻き声を発したにちがいない。ポルウィールの目を意識したとたんにすっくと立ち上がり、完全に目がさめ、頭が冴えているかの如く装った。甲板のポンプで水を浴び、さらにひげを剃ると、その装いが本物に近くなり、霧にけぶる水平線が明るみ始めた時には、机についてペン先を削り、インクにペンをつっこむ前にしばしペン先をなめながら想を練って、やがて書き始めた。

謹んでご報告申し上げます。本官は、ボルトン艦長の命令に従い、今月二十日に進発して――

ボルウィールが朝食を運んでくると、ホーンブロワーは、早くも衰え始めた気力を刺激するために、コーヒーを飲んだ。記憶を新たにするために、航海日誌のページをめくった――短期間にあまりにも多くの出来事があったために、アメリー号拿捕に関する細部の記憶がすでにあいまいになっていた。報告は、ギボン流の対照法や情緒の誇張を排した悪文で書かなければならないのだが、それでもホーンブロワーは、艦長の報告書で慣用的表現になっている字句を使うのがきらいであった。リャンサの砲台のそばで拿捕した敵船を列記する時、彼は、百年近く前のジェンキンズの耳戦争の最中に無学な艦長が使用して以来、海軍で紋切り形の表現となった〈余白参照〉という不快な字句のかわりに、〈余白に列記せる如く〉と書いた。「進発」という文句は、いやでならなかったが、使わざるをえなかった――公文報告書では、海軍は絶対に、出帆、出発、出港、航行、しないで、つねに進発する。同様に、艦長は絶対に、提案、勧告、具申、をせず、つねに、謹んで申し述べる。ホーンブロワーは、リャンサのフランス軍砲台が再建されるまで、フランスからスペインにいたる沿岸航路は、ポール・ヴァンドルとロサス湾の間の区間がもっとも防備弱体である旨を謹んで申し述べた。

彼がセトに近いエタン・ド・トーの奇襲をどのように表現すべきか考えている時、ドアからノックが聞こえた。彼の返事に応えて、ロングリーが入ってきた。

「ミスタ・ジェラードの命でまいりました。右舷艦首方向に戦隊が見えました」

「旗艦はいるのか?」

「イエス、サー」

「よし。ミスタ・ジェラードに伝えろ。針路を変更して旗艦に接近してくれ、と」

「アイ・アイ、サー」

となると、報告書はボルトン艦長でなく提督宛てにしなければならないし、三十分以内に書き上げなければならない。急いでインクにつけたペンを懸命に走らせて、マルグレとアレン・ド・マールの間の、沿岸道路上のピノとレッキの二個師団に対する攪乱攻撃の模様を記し始めた。イタリア軍に与えた損害を推定していて、彼は驚いた――落伍者を除いても五、六百人に達するにちがいない。慎重に記述しないと、はなはだしい誇張との疑いをうけるやもしれず、それは当局の目から見れば重大な犯罪である。自分が積極果敢な士官でなかったら今日は無事かつ元気であるはずの敵兵五百ないし六百人が死傷した。当時の模様を思い起こしている彼の心眼に、二つの像が映った——一方は、死体、未亡人、孤児、悲惨、苦痛で、もう一方は、山腹の身動きもしない白ズボンをはいた人形、撃ち倒されたおもちゃの兵隊と紙上の数字であった。彼は、自分の分析的な頭脳を呪うと同時に、熱暑の中で報告書を書かねばならないことを呪った。成功をおさめた後にいつも自分を憂鬱の淵に追い込む、自身のひねくれた性格を呪いたいような気持ちすら、かすかに抱いた。

　大急ぎで報告書に署名をすると、封蠟をとかすろうそくをもってくるよう、ポルウィールにどなり、その間に、乾ききらないインクに砂を振りかけた。暑さのおかげで、張りのなくなった紙に手がべたべたくっついた。〈海軍少将《リア・アドミラル》P・G・レイトン卿〉と宛て名を書く時、まるで吸取紙ででもあるかのように、インクがにじみ広がった。しかし、とにかく書き終えた。甲板に出ると、日差しがすでに耐え難いまでに強くなっていた。昨日気づいた真鍮に似た空の色合いが今日はいっそうはっきりしており、ホーンブロワーは、自分の部屋の気圧計で、三日前から始まった気圧の低下が相変わらず着実に続いているのを知っていた。嵐が迫っていることは疑いの余地がない。それに、このように何日も前からわかっている嵐は、いざやってきた時は非常に勢力の強いものであるはずだ。彼はジェラードの方を向いて、天候に注意し、多少でも異常を感知したら直ちに縮帆できるよう態勢を整えておけ、と指示した。

「アイ・アイ、サー」

彼方で、戦隊の二艦がゆっくりと波間に揺れている。三層の砲門を見せ、赤色艦隊の少将が乗っていることを示す赤い旗をミズンマスト上端に掲げているプルートウ号と、その後方についているカリグラ号だ。

「提督旗に礼砲を放つよう、ミスタ・マーシュに伝えてくれ」

礼砲に対する答礼が行なわれている間に、プルートウ号の索に一連の信号旗が舞い上がった。

「サザランドの旗です」ヴィンセントが読み取った。「後方の位置につけ」

「受信を確認せよ」

続いてべつの信号旗が揚がった。

「サザランドの旗です」またヴィンセントがいった。「提督より艦長へ。本艦にきて報告せよ」

「受信確認。ミスタ・ジェラード、わたしの艇《バージ》を下ろしてくれ。ヴィリェナ大佐はどこだ？」

「今朝はまだ見かけておりません」

「ミスタ・サベッジ、ミスタ・ロングリー。下へ行って、ヴィリェナ大佐を起こしてこい。送迎艇《バージ》の支度ができたらすぐ乗れるように用意させてくれ」

「アイ・アイ、サー」

艦長の送迎艇《バージ》が下ろされ、ホーンブロワーが艦尾の座席に坐るまでに、二分半かかり、最後の一瞬に、ヴィリェナが舷側に現われた。スペイン語を一言も喋れない無愛想な士官候補生二人に叩き起こされ、不器用な彼らの手助けでせきたてられるように服を着たとあって、いかにも不機嫌そうな顔をしていた。礼装帽がゆがみ、上衣のホックのかけ方がまちがっており、サーベルと外套は腕にかけたままであった。彼は、待ち切れないようすでいた艇員たちの手によって、すぐさま送迎艇《バージ》に下ろされた。艇員は、提督に呼ばれていながら大佐のおかげで遅れて、艦の評判が傷つくのを恐れてじりじりしていた。ヴィリェナは、よろめきながら、ホーンブロワーの横の席に達した。ひげを剃っておらず、薄汚れた感じで、ホーンブロワーが起きた時と同じように目に脂《やに》がついていた。腰を下ろすと、半分眠っているようすでなにかぶつぶつ呟きながら、ぼんやりと身支度を整えていた。その間、艇員たちが力いっぱいオールを引き、送迎艇《バージ》が海面を滑って行った。旗艦に近づいた頃になって、ヴィリェナはようやくはっきりと目がさめたらしく、喋り始めたが、旗艦に着くまでに時間がいくらもないので、ホーンブロワーは丁重に応答する必要を感じなかった。彼は、陸上の状況に関する情報を聞き出すために、提督が、ヴィリェナが賓客として旗艦にとどまるよう申し出ることを、心底から願っていた。

二人が甲板に上がると、エリオット艦長が舷側で出迎えた。

「久しぶりだな、ホーンブロワー」エリオットがいい、ホーンブロワーがヴィリェナを紹介すると、相手のけばけばしい制服と不精ひげにいかにも驚いた表情で、挨拶らしきことを呟いた。堅苦しい儀礼が終わって、またホーンブロワーに話しかける機会をえると、ほっとしたようであった。「提督がお部屋で待っておられる。では、どうぞこちらへ」

提督の部屋には、若いシルヴェスターという提督の副官がレイトン卿とともにいた。当然想像のつく貴族の出ではあるが、有能な若い士官という噂の高い男である。レイトン自身は、体がだるそうで口が重かった。息づまるような暑さで、肉の厚いあごの両脇を汗が流れ落ちていた。彼とシルヴェスターが、ヴィリェナに歓迎の意を表すべく、懸命に努めていた。二人とも、フランス語はかなり巧みでイタリア語は下手であったが、その二つの言葉と学校で習ったラテン語の断片を組み合わせて、なんとか意志を伝えることができた。それにしても、なかなかの苦労であった。レイトンが、挨拶を終えると、ほっとした表情でホーンブロワーの方を向いた。

「報告を聞きたいのだ、ホーンブロワー」

「書類にして、もってまいりました」

「ありがとう。しかし、口頭で一部なりとも聞きたい。ボルトン艦長の話では、敵船を拿捕したそうだな。どこへ行ったのだ？」

ホーンブロワーが説明を始めた——彼は、話が一足飛びに作戦行動の報告になったので、東インド会社の船団と別れた時の事情を話さなくてすむのがありがたかった。まず、リャンサにおけるアメリー号と小型船舶の一団の拿捕について話した。ホーンブロワーの行動によって自分の財産が千ポンドほどふえたことを聞くと、提督のいかつい顔に生気がうかび、最後に拿捕した船——セトの近くにいた沿岸航行船——を焼き払わなければならなかった事情を聞くと、同情を示してしきりにうなずいていた。ホーンブロワーが、リャンサの砲台を破壊されて、今やフランス船の避難場所がなくなった以上、ポール・ヴァンドルとロサスの間を監視することが、戦隊としては得策ではあるまいか、と言葉に注意しながら提案した。しかし、その言葉を聞いて、提督の眉間《みけん》にかすかにしわが寄るのを見ると、すぐさま話題を変えた。明らかにレイトンは、下級者からの提案を歓迎しない提督のようである。

ホーンブロワーは、急いで、翌日の南西方面における行動の説明を始めた。

「ちょっと待った、艦長」レイトンがいった。「きみは一昨夜、南下したというのかね？」

「イエス、サー」

「夜のうちに、この集合位置の近くを通ったのにちがいないな？」

「イエス、サー」

「きみは、旗艦が到着しているかどうかを、確認しなかったのだな？」

「とくに慎重に見張るよう、命令しました」

　レイトンの眉間のしわが、今やはっきりしてきた。提督たちは、封鎖任務についている間に、とかく指揮下の艦長連中が、なにかと口実を作っては持ち場を離れ、単独に行動したがる傾向があるのに悩まされている。賞金獲得を目ざしている場合が多い。どうやら、レイトンは、そのような傾向に強硬に対処する決意でいるだけでなく、夜間に集合位置をそれて通過するよう、ホーンブロワーが慎重に針路を決めたことを察知しているらしい。

「ホーンブロワー艦長、きみがあえてそのような行動をとったことに、わたしは非常な憤りを感じている。わたしは、きみを行かせたことについて、すでにボルトン艦長を訓戒したのだが、今度は、きみが二日前の夜、ここから十マイルと離れていない位置にいたと知っては、不満の表現に苦しむくらいだ。きみは知らないかもしれないが、わたしは、その日の朝、この集合位置に到着したのだ。きみのその行動によって、国王陛下の戦列艦二隻が、きみが集合位置に帰る気になるまでの四十八時間を、なすこともなく過ごさなければならなかったのだ。いいかね、ホーンブロワー艦長、わたしは非常に立腹しているし、わたしとしては自分の不快のほどを地中海艦隊司令長官に報告して、必要なる処置については、閣下の判断に委ねるつもりだ」

「イエス、サー」ホーンブロワーは、悔恨の表情をできるかぎり装ったが、内心では、これは軍法会議にかけられるような事柄ではない、と判断していた――自分はボルトンの命令によって責めを免れる――し、レイトンが、上層部に報告するというおどしを実行するかどうかは疑わしいと思った。

「続けたまえ」レイトンがいった。

ホーンブロワーは、イタリアの二個師団に対する攻撃の模様を説明し始めた。レイトンの表情を見ていて、相手が、敵の士気に与えた影響の重要性をほとんど無視していること、強力な敵を前にしての不名誉な逃走がイタリア兵に与えた影響を推し測るだけの想像力を持ち合わせていないことを見て取った。敵は少なくとも五百人の将兵を失ったと思われる、というホーンブロワーの報告に、レイトンはそわそわと体を動かしてシルヴェスターと目を見合わせた――信じていないことは明らかであった。ホーンブロワーは、慎重を期して、イタリア軍が落伍者、逃亡者という形でさらに少なくとも五百人の兵員を失った、という推算は口に出さないことにした。

「たいへん興味深い話だな」レイトンが心持ち調子を合わせるような口ぶりでいった。

エリオットがノックをして入ってきたので、その場の雰囲気が和らいだ。

「気象状況がたいへん悪くなりました」エリオットがいった。「ホーンブロワー艦長が艦に帰るのであれば、と思いまして――」

「そう、そうだな」立ち上がりながら、レイトンがいった。

甲板に出ると、黒雲が風に抗して急速に広がっているのが、風下方向に見えた。

「ぎりぎりで帰り着けるだろう」ホーンブロワーが送迎艇《バージ》に乗り移る支度をしていると、エリオットが空を見上げていった。

「そうですな」ホーンブロワーがいった。彼の頭を占めていたのは、ヴィリェナ大佐を後に残して行くことを、誰にも気づかれないうちに旗艦を離れることであった――英語の会話がまったく理解できない大佐は艦尾甲板にとどまっていて、ホーンブロワーは、誰も大佐のことを思いつかないうちに送迎艇《バージ》に乗り移ることができた。

「おもて離せ」坐り終わるか終わらないうちにホーンブロワーがいい、すぐさま艇が旗艦の舷側から離れた。

たとえ三層艦とはいえ、提督と彼の幕僚が乗っていては、すでに部屋の割り振りがかなり窮屈になっているはずである。スペイン陸軍の大佐の出現で、誰か不運な海尉がたいへん不自由な思いをするにちがいない。しかし、ホーンブロワーとしては、見知らぬ海尉の災難に同情する気持ちはなかった。

16

ホーンブロワーがサザランド号の甲板に戻った時には、すでに水平線のあたりで遠雷が轟いていたが、今のところは暑気が和らぐ形跡はまったくなく、しかも風が弱まって無風に近い状態になっていた。黒雲がほとんど頭上近くまで広がっていて、わずかに残っている青空が、固い金属的な色合いをおびていた。

「もうすぐやってきますな」ブッシュがいった。いかにも満足そうな表情で空を見上げていた。彼の命令で、艦の帆はトプスルを残してすべてたたみ込まれており、そのトプスルも、いま掌帆手の手で縮帆されている。「しかし、どの方角からやってくるか、見当がつきませんな」

彼はひたいの汗を拭っていた。暑さが厳しく、風がなくて支えを失った艦は、落ち着かない感じの海面で大きく上下に揺れている。艦が傾くと、滑車がカタカタと大きな音をたてる。

「さっ、はやくこい!」ブッシュが唸った。

煉瓦焼の窯《かま》から噴き出たような熱風が忍び寄って、艦が一瞬安定した。続いて、より熱い風がより強く吹いてきた。

「いよいよきた！」指さしながら、ブッシュがいった。

黒い空が、目の眩むような電光に引き裂かれ、ほとんど同時に物凄い雷鳴が耳を圧したかと思うと、激しい突風が襲いかかった。灰色の海面に固い、金属のような線が見えた。もう少しで裏帆にされかけたサザランド号が艦体を震わせて艦首をグーッと下げた。ホーンブロワーの命令で操舵手が艦首を風下におとすと、艦が安定した。かんだかい唸りを発している風が雹《ひょう》を運んできた。さくらんぼくらいの大きさの雹が体を打ち目をふさぎ肌を刺し、甲板にぶっつかって騒音を発し、ほかの騒音をしのいで聞こえるほどの音をたてて海面を叩き、まわり一面の海が発酵したかのように泡立った。ブッシュは、防水着の広い襟を顔のまわりに立て、防水帽のふちで目をおおっていたが、ホーンブロワーは、強風がこの上なく気持ちよく、雹に打たれる痛みを感じなかった。彼の防水着と防水帽をもって駆け上がってきたポルウィールは、それを身に着けさせるのに、彼の肘をグイッと引っぱって注意を引かなければならなかった。

漂駐《ヒーブツー》しているプルートウ号が、サザランド号の右舷艦首方向四百ヤードのあたりへ押し流されてきた。図体の大きい三層艦は、サザランド号にもまして扱いにくく、押し流され方が大きい。ホーンブロワーは、その旗艦を見守りながら、まわりじゅうが騒々しく軋んでいる下方に押し込められたヴィリェナ大佐は今どんな気持ちでいるだろう、と考えた。たぶん、聖人に魂を委ねているのだろう。カリグラ号は、トプスルを縮帆して相変わらず風上側におり、風に吹き流された軍艦旗が棒のようにつっぱっている。三隻の中では、風上に詰めて走る性能がいちばんすぐれている艦で、それも、イギリスの設計者たちが、暴風に対応できる軍艦を造ることを主要目標にしたからである。旗艦プルートウ号の場合は、与えられた長さと幅の中にできるかぎりの大砲を詰め込むことが狙いであり、サザランド号の場合には、オランダの設計者たちは、最小限の耐波性と最小限の吃水を両立させることを要求されていた。

ほとんどなんの予告もなく、風が急に四ポイントも変わり、サザランド号は、不意に艦首をつっこんで傾き、荒天帆《ストームスル》が砲声のような音を発してばたついたが、すぐさま艦首を風下におとした。今では滝のような雨が雹にとってかわっており、強風で横なぐりに吹きつけている。とつぜんの風向の変化で海面にかたまりのような波が立ち、サザランド号はぎごちない上下動を続けていた。ホーンブロワーが旗艦の方に目を向けた——プルートウ号はもう少しで裏帆にされかけていたが、エリオットが操作を誤ることなく艦首を風下に向けて切り抜けた。ホーンブロワーは、三十二ポンド砲を含めた砲九十八門を備え、一級艦の給料のつく扱いにくい三層艦よりは、底の平らな老艦サザランド号の艦長をしている方がましだ、と思った。

また風がかんだかい唸りを発して彼に襲いかかり、もう少しで防水着を引きはがしそうになった。このような強風の中で横に傾くサザランド号の動きは、牛がワルツを踊ろうとしているのと同じで、いかにもぶざまである。ブッシュが彼になにかどなっていた。ホーンブロワーが〈予備舵取り《リリーヴイング》テークル〉という言葉を聞きつけてうなずくと、ブッシュの姿が下方に消えた。舵輪についている四人の操舵手は、強力な舵輪の胴の梃子作用で、はねまわるような艦の動きに抗してなんとか操舵できるかもしれないが、操舵用ロープに強大な力がかかるので、用心のために砲列甲板《ガンデッキ》の予備舵取りテークルに六人ないし八人の人間をつけて、舵輪とロープにかかる力を減殺する方が無難である。予備テークルの男たちに大声で指示を伝えるために、舵輪にもっとも近い格子口に下士官を配置しなければならない――高度の熟練を要する仕事で、そのことを考え、ホーンブロワーは、思い切って東インド会社の船団から船乗りを強制徴募してよかった、とつくづく思った。

風上の水平線は真珠色のもやにおおわれて世にも美しい光景を呈しているが、風下の方はさほどもやがかかっておらず、青い広がりが空に達している――スペインの山々である。その方角にロサス湾があるが、今の南東の強風では避難の役にたたないし、フランス軍の砲台があるので、いずれにしてもイギリスの軍艦は近づけない。ロサスは、フランス軍が包囲し占領した要塞で、一年前にコックリンが戦功をあげた場所である。

ロサス湾の北端にクレウス岬があり、サザランド号は、その岬の風上側を通ろうとしていたアメリー号を拿捕したのである。クレウス岬の向こう側は海岸線が再び北西に湾曲していて、戦隊が嵐を避けることのできる広々とした海面がある。地中海の夏の嵐は、勢いこそ激しいが長続きはしない。

「旗艦が発信しています」当直の士官候補生が叫んだ。「三十五番。気象に応じて帆の調節をせよ」

プルートウ号は、いっぱいに縮帆したトプスルのほかに荒天用支索帆《ストーム・ステースル》をかけている。提督は、危険なまでにクレウス岬に接近していると判断して、緊急事態に備えてもう少し風上側へ出るつもりでいるようだ。利にかなった措置である。操舵手と予備舵取りテークルの男たちが、艦首が風上に向こうとするのを押えるのが精一杯の状態でいるところへ、ホーンブロワーが、旗艦と同じ針路をとるよう命じた。砲手たちが、艦の揺れで索が切れるのを防ぐために、砲の駐退索《ブリーチング》を二重にするのに大わらわになっている一方、すでに二台の鎖ポンプに男たちがついて排水作業を続けている。まだ艦の動きで大量の水が溜まるところまではいっていないが、緊急排水が必要になった場合に備えて艙水溜の水をできるだけ少なくしておく、というのがホーンブロワーの信条であった。カリグラ号は、すでに遠く風上方向に出ている——ボルトンは、風上への切り上がり性能のよさを最大限に利して、きわめて当然ながら、危険な海域からできるだけ離れている。しかし、サザランド号とプルートウ号は、思わぬ事故の可能性はつねにあるにしても、まずは安全であった。円材《スパー》が一本折れたり、砲の一門の駐退索が切れたり、とつぜん水漏りが激しくなったりすれば、状況は一変するが、今のところは安全である。

頭上で雷が絶え間なく鳴り響いているので、ホーンブロワーはもはや気にならなかった。黒雲の中を走る電光は目が眩むように明るく美しかった。この調子では、嵐はあまり長くは続かないにちがいない。天候が急速に落ち着きを回復し始めている。しかし、まだ突風が何回か吹くであろうし、地中海の水深の浅いこの一角では、風ですでに海がかなり荒れている。サザランド号が横に揺れるたびに、大量の海水が甲板を洗う。ここ数日の窒息するような暑さの後では、空気は、豪雨や舷縁を越える水しぶきも含めて、いかにもすがすがしく、風による索具《リギン》の唸りは、音痴のホーンブロワーにすら快く響く音楽のようである。ポルウィールが夕食を告げにきた時、彼は、すでにそんな時間になっているのに驚いた——もっとも、厨房《ギャレー》の火が落とされているので、夕食といえるほどのものではなかった。

彼が甲板に戻った頃には、風がはっきりと弱まっていて、風上方向に点々と鋼のような緑青色の空が見え、雨はやんでいたが、海の荒れ方はかえってひどくなっていた。

「かなり急速に勢力が衰えましたな」ブッシュがいった。

「そうだな」ホーンブロワーは答えたが、内心では、まだそう思い込んでいたわけではなかった。空のあの鋼色は、嵐が去る時の青さではないし、彼の知るかぎり、地中海のこのような嵐が最後の一暴れをしないでおさまったことがない。それに、いまだに、風下の水平線上のクレウス岬が気になってならなかった。鋭い目つきでまわりを見まわすと、風下の旗艦プルートウ号はしぶきでかすんでおり、はるか風上のカリグラ号は荒海の彼方にその帆がわずかに見えるだけであった。

その時、彼が恐れていたことが起きた――激しい唸りを伴って突風が襲い、サザランド号が大きく傾斜すると、今度は驚くようなはやさで風向きを変えた。ホーンブロワーは、大声で命令を発しながら、後檣の静索につかまっていた。短時間であったが、その勢いは強烈であった。一瞬、艦が二度と起き上がれないかに思えた次の瞬間、今度は逆帆にされて艦尾から海につっこんでゆきそうになった。風が、咆哮しながら、それまでに見せたことのない激しさで荒れ狂った。その風に抗してさんざん苦労したあげく、ようやく艦首を風上に向けて漂駐《ヒーブツー》することができた。風向がひっきりなしに変わるので、波の間隔がますます狭く不規則になり、艦は、長年海上生活をしてきた人間ですら体のバランスがとれないような狂気じみた揺れ方をしていた。しかし、一本の円材、一本のロープも損傷しなかった――プリマス工廠の技術、ブッシュやハリソンの指導による整備のたまものである。

いま、ブッシュがなにかどなりながら後方を指さしているので、ホーンブロワーがその方向に目を向けた。プルートウ号の姿がなく、一瞬ホーンブロワーは、乗組員全員を乗せたまま沈んでしまったのにちがいない、と思った。次の瞬間、波頭が砕けて、横倒しになったむきだしの艦底を灰色の波がのりこえ、帆桁《ヤード》が空を向き、風下側の白い泡の中で黒く見える帆や索具がチラッと目に映った。

「たいへんだ！」ブッシュが叫んだ。「みんなやられてしまった！」

「メン・トップマスト・ステイスルをもう一度展《ひら》け！」ホーンブロワーがどなり返した。

旗艦はまだ沈んでいない。何人か生存者がいるかもしれない――この荒海の中で生き延びて、サザランド号の甲板から投げられたロープにまだつかまれる者や、波にもみ殺されないうちに救い上げることができる者が。旗艦の乗組員千人のうちの一人でも生きている可能性は百に一つもないが、なんとしても救助を試みなければならない。ホーンブロワーは、サザランド号をゆっくりと旗艦に近づけて行った。旗艦は、半潮時に海面に顔を出した岩のように波がのりこえてはいるが、まだ生きている。ホーンブロワーは、旗艦上の光景を想像した――甲板が垂直に近く、動くものはすべて滑り落ち、こわれるものはすべて粉みじんになっている。風上側では大砲が駐退索にぶらさがっている。砲の固定具にわずかの弱みでもあれば、砲は甲板を滑り落ちて反対側に大穴をあけ、旗艦はあっという間に沈んでしまう。下方の甲板では乗組員たちが暗闇の中を這いまわっており、上甲板《メンデッキ》では、海中に放り出されなかった者が、窓ガラスにとまった蠅のように甲板にしがみつき、波がのりこえるたびに水浸しになっている。

望遠鏡が、プルートウ号の、こちらにさらけ出した舷の上方の黒点を一つ捉えた——動き、のりこえる大波に耐えている黒点を。ほかにも点がいくつかあって、規則的な動きに合わせてなにかがキラッ、キラッと光っている。誰か屈することを知らない男が作業班を編成して、メンマストの風上側の横静索《シュラウド》を切断させており、サザランド号が近づいて行くうちにその索が切れ、さらにフォアマストの横静索も切れた。身を震わせながら転がる感じで、プルートウ号が鯨のように海中から起き上がった。排水口から滝のように水が流れ落ち、サザランド号の方へ艦体を起こしたとたんに、ミズンマストも反対側へ倒れた。トップ・ハンパー（高所にあるマスト、帆桁《ヤード》、索具などで復原性を妨げるもの）の巨大な圧力から解放された旗艦は、海軍の伝統的規律と勇気のおかげで、横倒しになっている間に与えられた数秒間の余裕を利して生存の可能性をかちとったのだ。男たちが必死で作業を続け、舷側で波にあおられている円材や索具類から艦を切り離すべく、まだ切れていない索を狂ったように切っている姿が見えた。

しかし、旗艦は惨憺《さんたん》たる状態にあった。マストが甲板から数フィートの高さで折れている。斜檣《バウスプリット》すらもなくなっている。艦を安定させる重みを失ったために、裸の艦体が激しい横揺れ《ローリング》を続け、底の銅板が見えるまで傾いたと思うと、また同じように反対側へ傾き、直角よりはるかに大きな角度をわずか数秒で往復している。片側へ倒れ、そのままナインピンズ（ボーリングの原型）のピンのように転がらないのが不思議なくらいであった。艦内は、狂人の悪夢にも似た地獄のような状態にあるにちがいない。しかもなお、旗艦は、甲板上の少なくとも何人かの生存者を乗せて浮き、生き続けている。頭上で最後の雷鳴が轟いた。西の方、風下方向では、雲に切れ間すらできて、スペインの太陽がその間から抜け出ようとしている。今では、風はやや強めというにすぎない。旗艦の損害は、ハリケーンのような嵐の最後の一暴れによるものであった。

しかし、その最後の一暴れは、ホーンブロワーが思っていたより長く続いていたらしい。彼は、とつぜん、水平線上にクレウス岬が大きく浮かび上がっていて、風が艦からまっすぐその岬に向かって吹いているのに気がついた。あと一、二時間で、裸になった旗艦が押し流されて、確実な破滅が待ち構えている岬のふもとの浅瀬にのり上げる――岬の上では、無力と化した旗艦を思いのままに粉砕すべく、フランスの砲台がてぐすねひいていて、その破滅をますます確実なものにしてくれる。

「ミスタ・ヴィンセント」ホーンブロワーがいった。「次の信号を送ってくれ。〈サザランドから旗艦へ。これより救援に向かう〉」

それを聞いて、ブッシュがとび上がらんばかりに驚いた。風下に岸を控えたこの荒れ狂っている海で、サザランド号が自分の二倍もの大きさのマストを欠いた旗艦に手をかすのは、非常な難作業である。ホーンブロワーがブッシュの方を向いた。

「ミスタ・ブッシュ、主錨索を艦尾舷門から出してもらいたい。できるだけ急いでくれ。旗艦を引っぱって岸から離すつもりだ」

ブッシュは、諫《いさ》めたい気持ちを表情にあらわすのが精一杯であった——艦長の性質を熟知しているので、言葉にすることはできなかった。しかし、旗艦の救援を試みることが、サザランド号を無意味な危険にさらすことになるのは、誰の目にも明らかだった。作業は初めから事実上不可能に近い。荒波にもまれて前後左右に激しく不規則に揺れているプルートウ号に錨索を渡すこと自体が困難である。しかし、ホーンブロワーのその表情を読み取るか取らないうちに、ブッシュの姿が消えた。風で着実に陸地の方へ押し流されている今は、一秒たりとも無駄にできない。

底が平らでトップ・ハンパーをすべて風にさらしているサザランド号は、旗艦よりかなりはやい速度で風下に押し流されている。ホーンブロワーは、この上なく慎重に艦を操り、詰め開き《クロースホールド》で風上に向かっておいて船脚をとめ、押し戻される格好で後退しなければならない。過ちが許される余地はほとんどない。風は相変わらず強く、わずかでも操艦を誤って帆か円材《スパー》を損傷したら、たちまち危険に見舞われる。裏帆にしたり風をはらませたりして、風上に切り上がっては開きを変え、難破船の上を旋回しているかもめのように、マストのない旗艦のまわりをまわるよう艦を操っているホーンブロワーの命令で、絶え間なく非常な労力を強いられている檣楼手《トップマン》は、風が冷たい上に間断なく雨が降っているにもかかわらず、たちまち流れるような汗をかいていた。その間にも、クレウス岬がどんどん近づいてくる。下方から、下の砲列甲板《ガンデッキ》で力をふりしぼって二十インチのケーブルを艦尾へ引いているブッシュの作業班の、規則正しい足音にまじって、なにかを引きずる音が聞こえてくる。

今、ホーンブロワーは、きわめて慎重に距離を目測し、風向を見定めていた。彼は、旗艦をそのまま沖へ引いて行くことは、考えていなかった――サザランド号としては、艦自体を風上に進めるのが精一杯である。彼が考えているのは、時間的な余裕を作り出すと同時に、岬を避けることによってらくに操艦できる海面に出られるよう、旗艦をわずかに横へ引き寄せることだけであった。災厄を先へ延ばすことは、いつの場合でも有益である。風が弱まるかもしれない――たぶん弱まるであろう――し、変わるかもしれない。時間的な余裕さえあれば、プルートウ号の乗組員は、応急マストを立てて、多少なりとも艦の動きを制御することができるはずである。クレウス岬は真西に近く、風は真東の北寄り、ほんのわずか北寄りから吹いている。それらを考え合わせると、プルートウ号を南へ引っぱるのが最良の策だ――そうすれば岬の風上寄りを通過する可能性が増大する。しかし、クレウス岬の南方にはロサス湾があり、ロサス湾の南端にブガール岬があって、その方角に向かって漂流すればロサス砲台の射程内に入るやもしれず、砲台のそばにいる砲艦の攻撃にさらされて、結局は今よりひどい結果を招来することになるかもしれない。北方にはそのような危険はない。リャンサの砲台が修復されているとはとうてい考えられないし、いずれにしても岬の先端からリャンサまでは二十マイルにわたって広い海域がある。ホーンブロワーが確実に岬を回避することができさえすれば、北方はより安全なのだった。充分な資料をもとに、予想される流落と、与えられた時間内にサザランド号がマストのない三層艦を引っぱって行ける距離を計算すべく、想像力を最高度に駆使していた。資料が不充分なところは、想像力にたよった。北へ進むべく決意した時、若い水兵が息を切らして艦尾甲板に駆け上がってきた。

「ミスタ・ブッシュが、あと五分でケーブルの準備が完了する、とのことです」

「よろしい」ホーンブロワーが答えた。「ミスタ・ヴィンセント、〈細綱《ライン》受け取り方用意せよ〉と信号してくれ。ミスタ・モーケル、わたしの艇長《コクスン》を呼んでくれ」

細綱《ライン》！　艦尾甲板の士官たちが顔を見合わせた。プルートウ号は、波間できわめて不規則に前後左右に大きく揺れ続けている。相変わらず、底の銅板が見えるくらい傾いたかと思うと、今度は反対側へ、砲門の間の白塗りの部分が海面につかるまで傾く上に、海面の不規則な波で前後にも大きく揺れ、その気まぐれな動きはまったく予測がつかない。大揺れの甲板上の固定索の切れた大砲同様に、接近するのは危険きわまりない。この荒海で万が一にも両艦が衝突したら、双方ともまちがいなく海中の藻屑と消えてしまう。

ホーンブロワーが、自分の前に立っているブラウンの隆々たる筋肉を見まわしていた。

「ブラウン、わたしは、通りがかりに旗艦に細綱《ライン》を投げる役目に、お前を選んだ。この艦の人間で、お前より適している者を知っているか？　さっ、正直に答えろ」

「知りません。いるとは思えません」

彼は、ブラウンの自信にみちた陽気な口調に大いに元気づけられた。

「それで、なにを使うつもりだ？」

「索止め栓《ビレイ・ピン》を一本と、もし使わせていただけるなら、測鉛用の細綱《ライン》を一本」

ブラウンは決断のはやい男である――今に始まったことではないが、ホーンブロワーは心が温まる思いがした。

「では、用意しろ。わたしは、艦尾を、危険でない程度に、できるだけ旗艦の艦首に近づける」

その時、サザランド号は、ストーム・ジブと縮帆したトプスルで、プルートウ号の風上側二百ヤードのあたりをゆっくりと前進していた。ホーンブロワーの頭が再び計算機と化して、サザランド号とプルートウ号の距離が縮まってゆく速度、プルートウ号の酔っ払ったような揺れ方、サザランド号の現在の進行速度、波による艦体の上がり方、横からの横断波に邪魔をされる可能性、などを考え合わせた。計算した瞬間がくるまで二分間待たなければならない。旗艦を凝視しつつ、双方の位置がぴったりと望みどおりになるのを待っていた。

「ミスタ・ジェラード」ホーンブロワーは、頭が全速回転をしていて、恐怖心など入り込む余地がなかった。「メン・トプスルを裏帆にせよ」

サザランド号の前進が停まった。サザランド号が旗艦の方へ押し流されて、たちまち両艦の距離が縮まり始めた——その間に、波頭が砕け散っている灰色の荒れ狂う海面がある。幸いにもプルートウ号は、左右に首を振ることなく、波間にあってかなり向きが安定している。時折、思いがけない大波がぶっつかって前後に動いているだけだ。ブラウンは、艦尾手摺り《タフレール》に仁王立ちになって、見事に体のバランスを維持している。測鉛索が横の甲板上で輪になっており、先端に結びつけたビレイ・ピンを手首から垂らしてゆっくりと振子のように振っている。空を背景に彫像のように突っ立って、不安のかけらも感じられない表情で両艦の距離が狭まるのをじっと見ている。そのような瞬間ですら、ホーンブロワーは、ブラウンの見事な体格とたくましい自信にかすかな羨望を感じた。

サザランド号が急速に旗艦に近づいている——旗艦の波に洗われた艦首楼《フオクスル》で人の一団が細綱《ライン》をつかむべく心配そうに待ち構えているのが見えた。ホーンブロワーは、ブラウンの助手たちの方を見て、測鉛索により頑丈な索が結びつけてあるのを確かめた。

「うまくいくぞ！」ジェラードがクリスタルにいった。

ジェラードの考えはまちがっていた——現在の押し流され方では、両艦は、邪魔な細《ラ》綱《イン》を引いたビレイ・ピンがやっと届くと思える距離より、さらに少なくとも十ヤードは離れてすれちがうことになる。

「ミスタ・ジェラード」冷静な口調でホーンブロワーがいった。「ミズン・トプスルに裏帆を打たせろ」

水兵たちがすでに転桁索《ブレース》についていて、命令が下されるか下されないうちにヤードをまわした。サザランド号は今やわずかに後進を続けていて、両艦の距離が相変わらず縮まっている。旗艦のそそりたっているような艦首楼《フオクスル》が、波でもち上がり、こちらにおおいかぶさってきそうな感じがする。ジェラードとクリスタルは、魅入られたように見守りながら、自分がなにをいっているのかまったく気づかないまま、口をそろえて低い声で呪いの言葉を吐き続けていた。ホーンブロワーは、冷たい風が両肩に吹きつけているのを感じた。ブラウンに、投げろ、と声をかけたいのをやっとの思いで抑えた。すべてをブラウンの判断に任せるべきだ。次の瞬間、波でサザランド号の艦尾がグーッと上がった時に、ブラウンが投げた。風に波打つ細綱《ライン》を引きながらビレイ・ピンが飛んだ。ピンは、旗艦の最前端に達し、折れた斜檣《バウスプリット》の残っている部分に巻きついた。ぼろぼろの服をまとい円材にまたがっていた水兵が、腕を大きく振って細綱《ライン》をつかんだ。その瞬間に波がおおいかぶさったが手を離さず、彼が細綱《ライン》の端を艦首楼で待っている連中に手渡すのが見えた。

「やったぞ！」ジェラードがどなった。「やった、やった、やった！」

「ミスタ・ジェラード」ホーンブロワーがいった。「ミズン・トプスルの風下側ブレースをいっぱいに張ってくれ」

旗艦の方で引き入れるにつれて、甲板の細綱《ライン》のコイルがみるみるうちに小さくなってゆき、間もなく太い綱が旗艦の方へ延び始めた。しかし、時間の余裕があまりなかった。押し流され方が違うので、そのような強風の中で両艦の距離をつねに一定に保つことは不可能であった――不可能であり、危険であった。漂駐《ヒーブツー》しているサザランド号はプルートゥ号より速く風下へ流される。艦は一杯開きでわずかに前進しているが、その二つの要素を勘案して両艦の距離の開きを最小限にくいとめるのがホーンブロワーに課せられた仕事であった――収斂《しゅうれん》級数による代数の問題であるが、ホーンブロワーは、それを算術の問題にかえて暗算で解かなければならなかった。

とつぜん、理由もなく、プルートゥ号がサザランド号の方へ突進してきて、みんなが息を殺して衝突を待っているその瞬間に、彼は計算をやり直していた。ジェラードが、旗艦を押しのけるべく、丸太をもたせた水兵を二組待機させ、古い帆にハンモックの束を巻き込んだ防舷物を用意していたが、三千トンもある艦体に対してさして役にたつはずはなかった。旗艦の艦首楼でもさかんに人々が動きまわっていたが、まわりじゅうで呪いの言葉が吐かれている最後のギリギリの一瞬に、マストを失った旗艦が急にそれて行き、ホーンブロワーを除いた全員が大きく息を吸い込んだ。旗艦があのような格好で突如つっこんでくるのであれば、同様に、不意にグーッと離れて行くこともありうる。細綱《ライン》で二十三インチの大綱《ケーブル》を引き入れている時にそのように離れて行ったら、細綱《ライン》は確実に切れて、すべてをやり直さなければならなくなる——しかも、今ではクレウス岬がすぐそばに迫っている。

「カリグラが信号を送っています」ヴィンセントがいった。「〈手伝うことありや？〉」

「〈待て〉と答えろ」ホーンブロワーが肩越しにいった。彼はカリグラ号の存在をすっかり忘れていた。ボルトンが、危険な岸に向かって風下へ引き返してきたら、愚か者というほかはない。

艦尾から大きな水しぶきが上がったのは、下甲板のブッシュが、旗艦がグイッと離れて行った場合に備えてたるみをつけるために、大索《ホーサー》を舷門から送り出したのにちがいない。が、逆効果になる恐れがある。大索は麻綱なので、水に沈んで延ばしすぎると、引き入れている細綱《ライン》に余分な重量がかかって切れるかもしれない。ホーンブロワーが、激しく上下に揺れている艦尾からのり出した。

「ミスタ・ブッシュ！」

「はい！」下の舷門からブッシュの返事が聞こえた。

「送り出し止め！」

「アイ・アイ、サー」

今や細綱《ライン》に重みがかかり、大綱《ケーブル》がなにかウミヘビのようにゆっくりとプルートウ号の方へ延びて行った。ホーンブロワーが見ていると、大綱《ケーブル》がピンとのびた――ここが、精密な計算を要する場面である。彼は、両艦と海と風に目を配りながら、送り出せ、待て、と大声でブッシュに命令をくり返した。大綱《ケーブル》の長さは二百ヤードだが、そのうちの五十ヤードは艦首から艦尾まで引いてきた部分として艦上に残る――だから、両艦が百五十ヤード以上離れないうちに作業を完了しなければならない。大綱《ケーブル》が弧を描いて海面から立ち上がり、プルートウ号の艦首に達して、向こう端が艦上に取り込まれ固定されたことを告げる旗が振られるのを見て、ホーンブロワーは初めて安堵の息をついた。

彼は、迫ってくる陸地を見やり、頬に当たる風の感じを確かめた。彼の最初の計算が正しかったことがしだいに立証されていて、このまま進めば、両艦は陸地を避けることができるにしても、ロサス湾に入り込んでしまう。

「ミスタ・ヴィンセント。旗艦に信号だ、〈当方、回頭準備中〉」

ジェラードが驚愕した。ホーンブロワーが不必要な難事を手がけて、両艦を危険にさらそうとしているように、彼には思えた――彼は、クレウス岬の向こうのことは念頭になく、陸地さえ避ければこの海域は安全だ、としか考えていない。船乗りの本能で、風下の陸地との間に充分な距離をおいて、両艦の動きが制御できるようになることしか望んでおらず、そこから先のことには考えが及ばなかった。陸地を見、風を感じ、それらの条件に対して本能的に反応するだけだった。

「ミスタ・ジェラード」ホーンブロワーがいった。「舵輪についてくれ。大索《ホーサー》が張りつめたら――」

ジェラードにそれ以上説明する必要はなかった。後方に三千トンの重みを引っぱっているサザランド号は、操舵手がこれまでに経験したことがないような動きを示すはずであるし、艦首を不意に風上に向けるのを避けるために、ありきたりの常識どおりの処置では役にたたない。大索《ホーサー》はすでに張り始めている。中間部分がゆっくりと海面から上がって棒のようにまっすぐになり、滝のように水を振り落としている。下方でなにかが軋《ケー》んで大音を発しているのは、こちらの固定部分が圧力に耐えているのだ。間もなく、大綱《ブル》がわずかにゆるみ、下方の音が小さくなり、サザランド号が旗艦を引き始めた。わずかなりとも前進すればするほど、旗艦の風下への押し流され方が少なくなってゆく。旗艦が舵に反応を示し始めれば、サザランド号の舵輪にかかる圧力がそれだけ減る。

下での任務を果たして、ブッシュが艦尾甲板に戻ってきた。

「ミスタ・ブッシュ、艦をまわす時、きみが操艦してくれ」

「アイ・アイ、サー」ブッシュがいった。陸地を見やり風を確かめた彼の考えは、ジェラードとまったく同じ方向をたどったが、今ではブッシュは、艦長の航海術に関する判断を疑うようなことは、夢にも考えていなかった。今や彼は、ホーンブロワーが正しいと思っているのであればそうにちがいなく、自分が疑念を抱く必要は毛頭ない、と信じていた。

「転桁索《ブレース》につかせろ。わたしが合図をしたら、間髪を入れずに操作しなければならん」

「アイ・アイ、サー」

旗艦がしだいに前進速度を上げており、このまま南に向かって進む距離は、両艦が北に向きを転じた時に、それだけ損失になる。

「ミズン・トプスルに裏帆を打たせろ」ホーンブロワーが命じた。

サザランド号の速度が落ちて、プルートウ号が惰力でしだいに迫ってくる。何事が起きたかを自分の目で確かめるべく、エリオット艦長が艦首へ駆けつけるのが見えた。ホーンブロワーの考えを推し量ることができないようであった。

「ミスタ・ヴィンセント、〈上手回し〉の信号旗を結びつけて、いつでも揚げられるようにしておけ」

プルートウ号がすぐそばまできている。

「ミスタ・ブッシュ、ミズン・トプスル・ヤードをまわせ」

サザランド号の速力がまた上がった——大索《ホーサー》のたるみによって、速度と方向転換という二つの要素が互いに相殺し始めないうちに、速度を上げ、回頭するに足るだけの距離が辛うじて得られた。ホーンブロワーは、大綱《ケーブル》を見つめつつ、艦の速度を推測していた。

「いまだ、ミスタ・ブッシュ！　その信号旗だ、ミスタ・ヴィンセント！」

下手舵で、ヤードがまわり、レイナーがフォア・トップマスト・ステースルの掌帆を指揮している。艦がまわり始め、風にまともに向かうと帆がはじけるような大音をたててはためいた。プルートウ号艦上では、すでに信号を読み取って同じように下手舵をとっており、今では舵効速度がついているのでわずかにまわって、ホーンブロワーが操作しうる余地を多少広げてくれた。いま、サザランド号は開きを変えてしだいに速度を増しているが、プルートウ号はまだ中途までしかまわっていない。間もなく、グーンと引かれる激しい衝撃が伝わってくるはずだ。ホーンブロワーは、しだいに張り始めた大綱《ケーブル》が海面から上がってくるのを見ていた。

「ミスタ・ジェラード、用意！」

いま、その衝撃をうけて、サザランド号が艦体を激しく震わせた。艦尾から斜めに延びている大綱《ケーブル》の引く力が、艦の信じ難いような動きを誘発している——ジェラードが、操舵手に、続いて格子口から下甲板の予備舵取りテークルの男たちに、続けざまに命令を発している。心臓が凍るような一瞬、艦は後ろへ引き戻されて左右いずれにも回頭できなくなるかに見えたが、舵輪のジェラード、転桁索のブッシュ、艦首のレイナーが艦に力をふりしぼらせている。サザランド号は、艦体を震わせると、また風下に艦首をおとし、それにつれてプルートウ号が回頭した。両艦はどうにか開きを変えて、少なくとも北へ、比較的安全なリオン湾に向かって進み始めた。

ホーンブロワーは、左舷正横のわずか前寄りの方向で、すぐそばまで迫っている緑におおわれたクレウス岬を見ていた。危険と紙一重という状態になりそうだ。サザランド号自体の風落に加えて旗艦の重みで風下に引かれており、安全海域に向かう速度も旗艦の重みで減ぜられている。まさに間一髪の状態になりそうだ。ホーンブロワーは、風に吹きまくられながらその場に突っ立って、もう一度、流速と距離の計算をした。プルートウ号の方を振り返ると、前進力がついた今は、さほどひどい横揺れは起こしていない。曳索は、サザランド号の艦体から斜め後方に延びており、その先のプルートウ号とこちら向きの鈍角をなしている。エリオットが舵の効率を限度いっぱいに利用してくれることはまちがいないが、それにしてもサザランド号にかかっている後ろへ引く力は、巨大なものであるはずだ。もう少し艦の速度を上げるよう手を講じるべきだが、この強風ではこれ以上帆を広げるのは危険だ。一枚の帆、一本の円材といえども損傷したら、両艦ともあっという間に岸へ打ち寄せられてしまう。

彼はもう一度陸地の方を見て距離を目測したが、その時、二百ヤードほど離れた海面から幽霊のように警告の水柱が立った。波の側面から六フィートほどの高さの水柱で、立ち上がった時と同じようにとつぜん消えてしまった。ホーンブロワーは自分の目を疑ったが、表情を殺したクリスタルとブッシュの顔をちらっと見て、錯覚ではなかったのを知った。風が強いので砲声も聞こえず砲煙も見えなかったが、砲弾があそこに落下したのだ。クレウス岬の砲台が砲撃してきており、艦は射程内に入りかけている。もうすぐ、四十二ポンド砲弾に見舞われることになる。

「旗艦から信号です」ヴィンセントがいった。

プルートウ号艦上では、折れたフォアマストの先端になんとか滑車を取り付けて、信号旗を揚げるのに成功していた。はためいている信号旗がサザランド号の艦尾甲板からはっきりと見えた。

「旗艦よりサザランド号へ」ヴィンセントが読み取った。「〈必要あらば——曳索——放て〉」

「答えろ、〈必要なし〉」

もっと速度をあげなければならない——その点は疑いの余地がない。わずかばかりの可能性という点では興味深い問題だが、ホイスト愛好者というよりは冒険愛好者の気を引くような問題だ。帆をふやすことは、両艦が安全海域に達する可能性を増すと同時に、両艦の航行上の危険を増すことになる。とはいうものの、帆をふやして円材を一本失ったにしても、たぶんサザランド号はなんとか危地を脱することができるであろうし、このさい恥ずべきことではあるが、曳索を放したところで、プルートウ号はすでに失われたも同然の存在である。

「ミスタ・ブッシュ、フォア・トプスルの縮帆部を解かせてくれ」

「アイ・アイ、サー」ブッシュがいった。彼は、すでにその必要を予想していたし、艦長が危険の多い途を選ぶことを予測していた――この歳で、いまだにブッシュは急速にいろんなことを学びつつあった。

檣楼手《トップマン》が索具《リギン》を大急ぎで上り、トプスル帆桁《ヤード》に沿って展開している。強風の中で揺れている足場索《フットロープ》に立ち、帆桁に両肘をかけてつかまったまま、縮帆索《リーフ・ポイント》と取り組んでいる。帆が破裂するような音を発して広がり、増大した風圧で艦がグーッと傾いた。ホーンブロワーが見ていると、艦尾から延びている大索《ホーサー》の懸垂曲線がやや平らになったが、新たな張力で切れそうな感じはまったくなかった。艦の横傾斜が大きくなったにもかかわらず、操舵手たちは、舵輪を操るのが多少らくになった。大きなフォア・トプスルの前進力が、後方からうけている抗力を減殺してくれるからである。

彼が陸地の方に目を向けた瞬間に、クレウス岬の頂上から煙が上がり、すぐさま強風に吹き流されて消えた。弾着が見えも聞こえもしなかったので、砲弾がどこに落下したかはわからなかった。海が荒れているので、水柱が見分けにくい。しかし、砲台が砲撃しているという事実から判断して、少なくとも両艦は射程内に入りかけているのであろう――両艦は破滅の周縁を通っている。とはいうものの、サザランド号は速度を増しており、振り返ると、プルートウ号の甲板で応急のメンマストを立てる作業の準備が進められているのが見えた。いかにわずかなりともプルートウ号が帆をかければ、サザランド号の負担は非常に軽くなるし、あと一時間もすればその作業が完了するかもしれない。さらに、あと一時間たてば闇が訪れて砲台の目から陰蔽してくれるはずだ。いずれにせよ、一時間のうちに両艦の運命が決まる、すべてが、あと一時間以内の出来事にかかっている。

今では、太陽が西の雲から抜け出て、スペインの山々を灰色から金色に変えている。ホーンブロワーは、その間の焦燥に耐えるべく心を引きしめたが、両艦とも無事にその一時間を過ごし終えることができた。その頃には、両艦ともクレウス岬の風上側をまわって北上しており、風下の陸地との距離が、一マイル半からとつぜん十五マイルに変わった。夜のとばりが下りた時には両艦とも無事で、ホーンブロワーは綿のように疲れていた。

17

「上陸部隊は、ホーンブロワー艦長が指揮をとる」最後に、レイトン提督がいった。

旗艦プルートウ号の艦長室で会議用テイブルを囲んでいたエリオットとボルトンは、はっきりとうなずいて同意を示した。三隻の戦列艦から集めた六百人の上陸部隊、当然艦長が指揮をとるべき規模の部隊であり、その任にもっとも適した艦長がホーンブロワーであることも、明白であった。プルートウ号が修理を完了してポート・マオンから戻り、レイトンが将官旗をカリグラ号からプルートウ号に戻した時から、艦長たちはそのような作戦が開始されることを予期していた。ヴィリェナ大佐がさかんに岸と往復していたことも一因となっていた。この三週間、カリグラ号とサザランド号はカタロニア沿岸を航行しており、そこへプルートウ号が、待望の新鮮な食糧とサザランド号の拿捕船回航員のみならず、各艦に十人あまり配分される新たな人員をのせて戻ってきた。かくして各艦の定員が満たされたために、まとまった兵力で敵に攻撃をかけることが可能になり、もしロサスを占領することができたら、カタロニア地方の制圧を目ざすフランスの計画全体が大混乱をきたすことは疑う余地がない。

「そこで、なにか意見はないか？」提督がきいた。「ホーンブロワー艦長は？」

ホーンブロワーは、クッションのついたロッカー、卓上の銀器、大量の料理に満腹しているエリオットとボルトン、紙とインクを前にしたシルヴェスター、自分が一語も理解できない英語で会話が行なわれている間、所在なげにあたりを見ている派手な黄色の制服姿のヴィリェナ大佐と、広い部屋の中を見まわした。彼の正面の隔壁に、ぎょっとするほどよく似ているレディ・バーバラの肖像画がかかっている——ホーンブロワーは、今にも彼女の声が聞こえてきそうな気がした。戦闘準備でものを取り片付ける時、あの絵をどうするのだろう、といつの間にか考えている自分に気づき、考えをむりやりレディ・バーバラから引き離して、できるだけ巧妙婉曲に、全計画に対する不安を表明するのに意を集中した。

「わたしとしては」ようやく、彼が口を開いた。「スペイン陸軍の協力にすべてを託すのは危険ではないか、という気がしてなりません」

「すぐにも進軍を開始することのできる七千人の兵力がある」レイトンがいった。「しかも、オロトからロサスまでは三十マイルたらずだ」

「しかし、その間にヘロナがあります」

「大砲をもたない軍隊なら通行可能な、あの町を迂回する道路がある、とヴィリェナ大佐がわたしに断言した。きみも知っているように、大佐自身がその道を四回も通っているのだ」

「そうですね」ホーンブロワーがいった。単騎の騎馬者を送ることと、七千人の軍勢が山道を進むことは、まったくの別問題である。「七千人の兵力というのは、まちがいないのでしょうか？　それに、彼らが必ずくる、と考えていいのでしょうか？」

「包囲攻撃は四千人で足りる」レイトンがいった。「それに、わたしは、進軍するという確約をロヴィラ将軍から受けている」

「それでも、彼らはこないかもしれません」ホーンブロワーは、スペイン人の約束が信用できないことを身をもって経験したことのない人間、山岳地帯で三十マイルも離れている二つの軍勢に共同作戦をとらせることの困難さを思いうかべるだけの想像力のない人間とは、いくら議論しても無駄であるのに気がついた。案の定、レイトンの眉間にしわが現われた。

「それでは、ホーンブロワー艦長、きみはどうしたらいいと考えているのだ？」作戦を再検討する格好になったことに対するいらだちをあらわに、提督がきいた。

「わたしは、スペイン軍の援助に期待をかけることなく、戦隊自体の戦力の範囲内に作戦を限定する方がいい、と思います。リャンサの沿岸砲台が再建されました。あれを襲ったらいかがでしょう？　六百人の兵力なら強襲することができると思います」

「わたしに与えられた指示は」レイトンが重々しい口調でいった、「スペイン軍との最緊密な協力態勢のもとで行動せよ、ということなのだ。ロサスには二千人足らずの守備兵力しかなく、三十マイルと離れていないところに、ロヴィラの七千の軍勢がいる。フランス軍の第七軍団の主力は、バルセロナの南にいる——われわれがロサスになんらかの打撃を与えるのに、少なくとも一週間の余裕がある。わが戦隊は、重砲とその砲手、さらに、敵の防衛線に突破口を開いた時の突撃隊の先頭に立つ兵員を提供することができる。わたしとしては、共同作戦を展開するのにまたとない機会であるように思えるし、きみが反対する理由がなんとしても理解できないのだ、ホーンブロワー艦長。しかし、今ではきみもさほど強く反対していないのかもしれんな？」

「わたしは、お求めに応じて、考えを述べたまでです」

「わたしは、有益な提案を求めたのであって、反対意見を求めたのではない。きみにはもっと忠誠心を期待していたのだが、ホーンブロワー艦長」

その言葉で、議論の余地がまったくなくなってしまった。レイトンがたんに迎合的な意見を求めているのであれば、これ以上話を続けても無意味である。彼がすでに考えを決めているのは明らかであり、一見しただけでは、たいへん筋の通った考え方である。ホーンブロワーは、自分の反対意見が論理よりも勘に基づいているのを知っていたし、一艦長が提督に対して、自分の方が経験が深いことを主張するわけにはいかないことも、充分に承知していた。

「わたしの忠誠心に関しては、ご懸念は無用です」

「よろしい。ボルトン艦長？　エリオット艦長？　意見はないか？　それでは、ただちにとりかかろう。命令書は、ミスタ・シルヴェスターが諸君に手渡す。今回のスペイン戦争で、スペイン東岸における最大の成功を目前に控えているもの、とわたしは確信しておる」

ロサス陥落は、それを達成することができれば、非常な成功であることはたしかだ。海と直接連絡がとれる町であるので、支援する強力なイギリス戦隊がそばにいる以上、フランス軍が奪回することはまずありえない。町は、フランス軍の兵站線を絶えず脅かすことになるうえに、半島の各地からスペインの軍隊を運んできて上陸させることのできる基地となる。その存在がきわめて重要であるために、フランスの第七軍団は、カタロニア地方の制圧を諦めて、町の奪回あるいは監視に全力を集中せざるをえなくなる。しかし、すぐ救援にかけつけられる範囲内にフランスの野戦軍がいない、というのは、あくまでスペイン側の情報である。ロヴィラ将軍がオロトから山を下って町を包囲攻撃するというのは、スペイン側の約束であり、上陸地点から攻城砲隊を引いて行く牛馬を用意するというのは、あくまでスペイン側の約束である。

しかし、レイトンは決意しており、全力を尽くして計画を実行する以外に途はない。

万事が順調に運べば、大成功を果たすことができるであろう。ホーンブロワーは、共同作戦で万事が予定通りに進行したという例はいまだかつて聞いたことがなかったが、そうなることを期待することはできるし、その期待に基づいて重砲の揚陸計画をたてるほかはなかった。

二日後の夜、戦隊は、はるか彼方にクレウス岬のある半島の山と断崖がかすかにうかんでいる夕闇の中を、静かに陸に接近して、最良の上陸地点ということで意見の一致をみたセルヴァ・デ・マールのそばの砂浜のある入江に投錨した。四マイル西方にリャンサの砲台がある。五マイル東方にクレウス岬突端の砲台があり、真南へ六マイル、クレウス岬が先端をなしている半島のつけ根を横断したところに、ロサスの町がある。

「ご成功を祈ります」ホーンブロワーがまさに送迎艇《バージ》に乗り移ろうとした時、艦尾甲板《コーターデッキ》の闇の中に黒い姿を現わしたブッシュがいった。

「ありがとう、ブッシュ」ホーンブロワーが答えた。このような公の会話でない場合には、時に堅苦しい〈ミスタ〉を省略してもかまわない。しかし、ブッシュが大きな固い手でホーンブロワーの手を探り当て、握りしめたことは、ブッシュが今回の作戦に対して非常な不安を抱いていることを、如実に示していた。

無数の星を映している静かな海面を、送迎艇《バージ》が素早く渡って行った。間もなく、静かな波が砂浜に砕ける音の方が、あたりをはばかるような部隊の上陸準備の物音より大きく聞こえ始めた。接近する艇に対して、浜から鋭い誰何の声がとんだ。その言葉がスペイン語であったので安心した。上陸を阻止するためにフランス軍が布陣している可能性はなくなった。たぶん、約束どおりの民兵の一団なのだろう。ホーンブロワーが岸に下り立つと、星明かりでかすかに見えるコートをまとった姿の一団が、浜へ下りてきた。

「イギリスの艦長ですか？」一人がスペイン語できいた。

「ホレイショ・ホーンブロワー艦長です」

「わたしは、カタロニア山岳銃士隊第三連隊のホワン・クラロス大佐です。ロヴィラ将軍にかわって歓迎申し上げます」

「ありがとう。ここにきている兵力は？」

「わたしの連隊です。つまり、千人です」

「牛馬は？」

「馬五十頭、らば百頭」

重砲を牽引するためにカタロニア北部全域の牛馬を集める、とヴィリェナは約束した。ここからロサスまで、山道を四マイルと平地を一マイル進まなければならない。山道を二トン半もある二十四ポンド砲一門を引くのには、五十頭の馬が必要である。馬の数がいま相手がいった数より少なかったら、ホーンブロワーはその場を一歩も動かないつもりでいたが、スペイン人は、ぎりぎり最小限の頭数を用意している。

「送迎艇《バージ》で艦へ帰れ」ホーンブロワーがロングリー少年にいった。「予定どおり上陸を開始してよいと伝えろ」

今度はクラロスの方を向いた。

「ロヴィラ将軍は、どこに?」

「カステリョンの向こう側で、ロサスに向かって兵を進めています」

「彼の兵力は?」

「わたしの連隊をべつにして、カタロニア北部で銃をかつげる男を一人残らず引き連れています。少なくみても七千人はいます」

「なるほど」

その点は、計画どおりであった。警報が発せられるやいなや、一瞬の遅滞もなく攻撃が開始できるよう、スペイン軍は夜明けまでに城壁外に達し、攻城砲はできるかぎりの速さで合流することになっている。フランス軍の本隊がバルセロナから北上してくるまでにロサスを降伏させねばならず、ぎりぎりの時間的余裕しかない。スペイン軍がかくも正確に役割りを果たしているからには、自分もあらゆる努力を尽くしてこちらの役割りを果たさねばならない、とホーンブロワーは感じた。

「ロサスを監視している偵察隊は?」彼がきいた。

「正規軍の騎兵一個大隊です。敵が要塞から出撃してきたら、ただちに警報を発することになっています」

「それはけっこう」

夜明けまでは、大砲を浜からさして遠くまで移動することはできないが、それまでにロヴィラがロサスを包囲しているはずで、なにか手違いがあった場合には騎兵隊が連絡してくれる。なかなか見事な組織になっている。ホーンブロワーは、自分はスペイン人に対する判断を誤っていたのかもしれない、と思った。あるいは、カタロニアの不正規軍はスペイン正規軍より優秀な兵隊なのかもしれない——その可能性はなくもない。

整然としたオールの水しぶきの音が、大隊をのせた短艇の接近を告げた。先頭の艇が浜に達して男たちが次々と下り、海面にかすかな燐光をかきたてている。海兵隊員の白い十字肩帯が、かすかな明かりの中で黒く見える赤い上衣とハッと驚くほど対照的に、うかび上がっている。

「レアード少佐！」

「はい！」

「一隊を連れて崖の頂上に上がってくれ。適当と思われる場所に前哨を配置するのだが、命令を忘れないように。全員、声の聞こえる範囲内にまとめておくことだ」

ホーンブロワーは、規律正しい堅実な部隊を前衛に出しておきたかった。奇襲に対するスペイン人の警戒ぶりが信用できないのでなく、暗闇の中で、しかも、スペイン語、カタロニア語、英語と三種類の言葉が使われているので、手違い、誤解の危険を絶対に冒したくないからだ。それは、経験のない提督には理解できない技術的難題の単なる一例だ。砲を積んだ長艇《ロング・ボート》が沖合いの浅瀬で底についた。男たちは、早くも円材《スパー》をつなぎ合わせ、まわりに浮きがわりの樽を取り付けた揚陸用筏《いかだ》の用意をしている。ホーンブロワーが前もって作らせておいたものである。プルートウ号の副長カヴェンディシュが、ホーンブロワーを煩わすことなく整然と作業を進めている。

「馬とらばはどこにいるのですか、大佐？」

「上の方に」

「もうすぐ、こちらへ下ろしてもらいたい」

二十四ポンド砲弾千発——一門あたり一日の消費量百発——は、重量が十トン以上もあるが、それらを含めた機材弾薬の大半を揚陸するのは数分間の作業ですむ。水兵三百人、海兵隊員三百人が海軍のきびしい規律のもとで作業をすれば、十トンの砲弾とそれに見合う火薬樽、一日分のビーフと乾パンくらいなら、あっという間に岸に揚げてしまう。いちばん手がかかるのは、大砲だった。十門の二十四ポンド砲の最初の一門が、今ようやく筏にのせられている。艦から運ばれてくる間、艇の漕手座の上に造られたかんたんな台板《ランプ》の上に、今にも転げ落ちそうな状態でのせられていた砲を、船縁《ガンネル》越しに筏にのせるのは、非常な難作業である。筏が砲の重みで沈んで、上面が水浸しになった。ももまで海中に入った二百人の男たちが、柔らかい砂の中になんとか足場を求めて、もがき、水をはね上げながら、砲に取り付けてある引き綱をつかんで、筏をゆっくりと岸の方へ引き寄せている。

　ホーンブロワーがこれまで見た数多くの大砲と同じように、その砲も、強大な力を誇って人間をからかっているような感じで、人間の思いどおりに動くことを強情に拒否している。でこぼこの地面を進むのをできるだけ容易にするために、ホーンブロワーの命令でとくに大きな台車にのせられているにもかかわらず、筏の円材を越えるのに、何回となく引っかかって動こうとしなかった。カヴェンディシュと部下たちが、闇の中で梃《ハン》子棒《ドスパイキ》や鉄梃子《バール》をこまめに使って、筏のでこぼこの上を砲を転がしている。そのうちに、砲が急に向きを変えたので、厄介な砲がそのまま海中に落ちるのを恐れたカヴェンディシュがどなり、みんなが慌てて手を止めた。さんざん苦労をしてもとの位置に押し戻しておいて、男たちがまた綱を引き始めた。あれが十門あるのだ、とホーンブロワーは考えた。それを、起伏のある小道を四マイルも引っぱって行かねばならない。

　彼は、砂浜が険しい谷の岩底にかわっているところまで、筏や材木を並べさせて桟橋を延ばしておいた。その谷の崖は頂上に続いている。闇の中でもはっきり見える布を頭につけた男が一人ずつ横について、馬とらばの大きな群れが谷の入口で待っていた。大砲を引きにきたことを知っていながら、スペイン人たちは、それに必要な引き具をまったく用意していなかった。

「そこの者ども」そばで待っている水兵の一団に、ホーンブロワーがいった。「あそこに索がたくさんある。馬を砲につなげ。探せばキャンバスが見つかるはずだ」

「アイ・アイ、サー」

水兵たちの器用さは、まったく信じ難いほどであった。彼らは、勇んで仕事に取りかかり、綱を結んだりつないだりし始めた。彼らが馬を所定の位置へ引きまわすのに使う英語は、馬の耳には奇妙に聞こえたかもしれないが、なんとか役にたっているようだった。馬のそばでさかんにカタロニア語を喋っていた男たちも、押されたり引っぱられたりしているうちに、足手まといというよりは手助けができるようになった。十あまりのカンテラもさして役にたたない闇の中で、いなないたりひずめを鳴らしたりしながら、馬たちがようやく列をなした。キャンバスを当てたロープ製の首輪が馬にかけられ、ロープ製の引き具が延ばされて、砲の台車のアイボルトに通された。

「待て!」引き具に力が加わりそうになった瞬間に、水兵の一人がどなった。「こいつの右舷の脚が綱の外に出てるんだ」

二門目の砲が波打ち際に達した頃には、最初の一門の牽引準備が整っていた。鞭が鳴り、水兵たちがどなった。馬たちは砂に足をとられてつんのめりそうになったが、台車の下の材木を大音で軋ませながら、砲が動き始めた。がくがくした断続的な動きで、急斜面にかかると、それすらも止まってしまった。栄養不充分で馬体の小さいスペインの馬二十頭では、砲を引いて斜面を登ることはできなかった。

「ミスタ・ムア」いらだたしそうに、ホーンブロワーがいった。「あの砲を引き上げさせてくれ」

「アイ・アイ、サー」

馬二十頭のほかに百人が引き綱につき、さらにその後に、車輪をこじ上げたり、人馬ともども一歩も進めなくなった場合に輪止めの岩を車輪に当てたりするために、鉄梃子をもった男たちの一団がついた。頂上に達して、夜のうちに上げられた十門の砲の列、資材食糧の山を、海の方からわずかに夜が明け始めた薄明かりの中で見まわした時、ホーンブロワーは、一大難事を達成したような気がした。

夜明けの光がしだいに明るくなって、彼はまわりのようすを見ることができた。下方に、上陸部隊の作業班が点々と見える金色の浜があり、その向こうは青い海で、錨泊している戦隊の艦がゆっくりと揺れている。彼が立っている位置から前は、半島の頂上が岩だらけのでこぼこした広がりになっている。右の方では、岩が、テイブルのように頂上の平らな大きな丘の中に没しているが、南の、これからたどらなければならないロサスの方向には、低いつつじのやぶの中を細い山道がうねうねと延びている。明るいところで見る傍らのクラロス大佐は、タバコ色に日焼けし、真っ白な美しい歯並みの上に黒い口ひげをぴんとのばした痩形の男で、その白い歯を見せて笑みをうかべていた。

「あなたに馬を用意しておきました」

「ありがとう、大佐。お心遣い、感謝します」

いくつかの茶色い姿が、岩の間を元気なく動きまわっていた。低い峰と峰の間のくぼみには茶色のかたまりがあって、日の光をうけると、よりそって眠っていた一つのかたまりが、眠そうな男たちの小さなかたまりに変わっていった。男たちは、体に毛布を巻いたまま、当てもなくあちこち歩きまわっている。ホーンブロワーは、同盟軍の兵士たちを、いかにも不快そうな表情で見ていた。予期していたとおりの状態であるにしても、その不快感はいっこうに薄れず、かえって、自分が不眠の一夜を過ごしたことによって強まっていた。

「お願いしたいのだが」彼がいった、「ロヴィラ将軍に伝令を派して、われわれはこれからロサスに向かって出発し、少なくとも砲の何門かが正午までに到着するようにしたいと思っている、と伝えていただきたい」

「承知しました、艦長」

「それと、砲と食糧弾薬を運ぶのに、あなたの部下の助けをかりなければなりません」

クラロス大佐は、その点についてはあまりはっきりしなかったが、砲を引くのに四百人、二十四ポンド砲弾を一人が一個ずつロサスまで運ぶのにさらに四百人必要だと聞くと、ますます返事をしぶった。ホーンブロワーはややきびしい口調で相手の反対を押し切った。

「そして、大佐」彼がいった。「その後、彼らは、さらに砲弾を運ぶために戻ってこなければならない。わたしは、必要な頭数の駄馬を用意する、と約束してもらった。もし、あなたが必要なだけの四本足を揃えてくれないのであれば、わたしは二本脚を使わざるをえない。では、失礼して、部隊を出発させる」

それぞれの砲に、馬あるいはらば十頭と、綱を引く人間百人がついた。百人が先行して、石を除いたり穴を埋めたり、道路の状態を改善する。四百人が砲弾を運んだり、火薬樽を背にのせた駄馬を引く。クラロスは、自分の連隊の人間が一人残らず作業を分担するのに、ホーンブロワーが海兵隊員二百人を作業に加わらせないつもりでいるのを知ると、ますます不満そうな表情になった。

「わたしはそのように手配したいのだ、大佐。それが気にいらなかったら、スペイン人の攻城砲隊を見つけることですな」

ホーンブロワーは、不測の事態に備えて、訓練精到な部下のかなりの人数を、そばに待機させておく決心でいたし、その決意のほどは、クラロスの抗議を封じるに足るほど歴然としていた。

早くも、後方のらばに荷物を載せているあたりから叫び声が聞こえてきた。ホーンブロワーがクラロスを伴って歩いていくと、スペインの将校が剣を抜いてグレイを威嚇しており、その将校の背後でみすぼらしい姿の民兵たちがマスケット銃を構えていた。

「なんだ？　いったい何事が起きたのだ？」ホーンブロワーが、初めに英語で、続いてスペイン語で、詰問した。みんなが彼の方を向いて、遊び場で口喧嘩をしている子供たちのように、いっせいに喋り始めた。将校の語気の激しいカタロニア語がまったく理解できないので、グレイの話を聞いた。

「こういうことなんです」手にした火のついた葉巻を見せながら、航海士が説明した。「このスペイン人の少尉が、らばに荷物を載せながら、これをすってたんです。それで、丁寧な口調で、〈火薬庫では禁煙です〉といったんですが、理解できなかったのでしょう、いっこうにやめないんです。そこで、〈マガジノ、ノー・スモーキング、セニョル〉といったら、煙を吐き出して、こっちに背を向けたんです。それで、葉巻を取り上げたら、いきなり剣を抜いたんです」その間にクラロスは将校の説明を聞き、クラロスとホーンブロワーが向き合った。

「あなたの水兵が、わたしの将校を侮辱した」クラロスがいった。

「あなたの将校は、非常に不注意だった」ホーンブロワーがいった。

　水かけ論になりそうであった。

「これを見てください」とつぜん、グレイがいった。彼が、おとなしいらばの脇腹で揺れている火薬樽を指さした。樽の板がわずかにめりこんでいて、黒い粉が少しばかり流れ落ちていた。らばの脇腹と地面に火薬が散っていた。火が危険であることは明らかで、カタロニア人の将校にもはっきりわかったにちがいない。こぼれた火薬を見たクラロスは苦笑を禁じえなかった。

「わたしの水兵の行動は性急でした」ホーンブロワーがいった。「しかし、大佐、無理もない点があったことは、あなたもお認めになると思う。彼には心から謝罪させますが、あなたから、火薬のそばで煙草をすわないよう、きびしく命令しておいていただきたい」

「わかりました」クラロスがいった。

ホーンブロワーがグレイの方を向いた。

「この将校に、〈神よ、わが仁慈深き国王陛下を助けたまえ、セニョル〉といえ。つつましやかにいうのだ」

グレイがびっくりした。

「さっ、いえ」ホーンブロワーがいらだたしげにいった。「いわれたとおりにしろ」

「神よ、わが仁慈深き国王陛下を助けたまえ、セニョル」つつましい感じではないにしても、少なくとももったいぶった口調で、グレイがいった。

「この男が、心からおわびを申している」ホーンブロワーが将校に説明すると、クラロスが満足げにうなずいて、二言、三言、口早に命令を下し、その場を離れた。危機が去り、どちらの側も気持ちを傷つけられることなく終わった。水兵たちは陽気な笑みをうかべており、カタロニア人たちは、誇らしげな表情で、気楽そうな海の男たちを見下していた。

18

ホーンブロワー艦長は、果てしなく続いていた岩だらけの起伏の最後の頂きで馬をとめた。頭上で八月の太陽が火のかたまりのように輝いており、無数の蝿が、彼と馬と同行者たちを悩ませていた。傍らには、馬にまたがったクラロスがいる。三人のスペイン軍参謀と並んで、ロングリーとブラウンが、落ち着かないようすで骨だらけのみすぼらしい馬に乗って、後ろについていた。はるか後方の山道は、びっしりと緋色で埋まっていた。レアード少佐と部下の海兵隊員が、前衛の役を果たしている。灰緑色の丘のここかしこに緋色の点が見られるのは、奇襲に備えて彼が配置した哨兵である。海兵隊の後方に、砲の台車のために道を整備している上半身裸の男たちの列が見え、そのさらに後方で、黒い点を引いている二列の蟻のように見えるのは、ようやくその位置まで達した最初の砲である。五時間で三マイルほど進んだだけであった。ホーンブロワーは、太陽を見上げて、約束の時間までにあと一時間半しかないのを知った——その間に、山道をあと一マイルと、眼下の平地をさらに一マイル、砲を引いて行かねばならない。たぶん、砲の最初の何門かが行き着くのが多少予定より遅れ、夕方の五時か六時にならなければ城壁に対する砲撃が開始できなくなるだろうと考えて、彼はかすかな良心のとがめを感じた。

澄みきった空気のためにかなり近く見えるが、眼下の一マイル先に、ロサスの町がある。ホーンブロワーは、地図に記してあるいろいろな目印をすべて見分けることができた。右手に、市街を見下ろしている城郭がある——この丘の頂きからは、青い海を後ろに控えた灰色の塁壁の、五角形の輪郭が見える。中央は町自体で、海沿いに細長い道が一本通っており、その陸地側を一連の土塁が防備している。左手に、城郭の反対の側面を防衛しているトリニダード要塞の高い塔が見える。いちばん弱い部分が中央であることは明らかだが、城郭と要塞がそれぞれ個別に抵抗できるので、中央を攻撃してもなんの役にもたたない。思いきって心臓部をつくことにして、海寄りの側から城郭を攻撃し、突破口を開いて一気に占領するのが最良の策であろう。城郭が奪われたら、トリニダード要塞がさらに抵抗を続けるにしても、町自体を守ることはできない。

ホーンブロワーは、いつの間にかその方に気を奪われていた。ロサス制圧の作戦をたてるのに集中して、町全体がいかにも平穏な感じに包まれていることにすら、気がつかなかった。城郭と要塞の旗竿の上方で三色旗がゆっくりとはためいており、町全体で戦争を思わせるものはその二つの旗だけであった。樹木のない平地部には、攻城軍の影も形もなかった。反面、あと何時間もたたないうちに、非常に貴重な機材を運んでいる輸送隊がすぐ近くにいて、それを護衛している兵力がきわめて少ないことに、守備隊が気づくにちがいない。

「カタロニアの軍勢はどこにいるのですか？」ホーンブロワーが怒りをあらわに、クラロスにきいた。相手は困ったように肩をすぼめただけであった。

「わたしにはわかりません、艦長」

ということは、ホーンブロワーにとって、彼の貴重な兵器弾薬、それよりもっと貴重な上陸部隊の兵員が、延々三マイルにわたる長蛇の列をなしていて、ロサスの総督がそのつもりになれば、たちまち彼の軍隊の攻撃にさらされることを意味している。

「あなたは、ロヴィラ将軍が昨夜ロサスに向かって進軍を開始した、とわたしにいったはずだ！」

「遅れているようですな」

「あの伝令――夜明けに急派するといった伝令――は、戻ったのか？」

クラロスは、眉をスッと上げ、首をグイッとまわして、参謀長に答えを求めた。

「伝令は行きませんでした」その将校が答えた。

「なにっ？」ホーンブロワーが英語でいった。「なぜだ？」スペイン語で話すには、驚きを抑え思考の乱れを立て直さなければならなかった。

「任務を与えられた将校は無駄な苦労をすることになります」参謀長がいった。「ロヴィラ将軍は、こられるならきます。無理ならば、いくら伝令を出してもきません」

ホーンブロワーが右の方を指さした。丘のくぼみに、雑木につながれた馬が五十頭ほど並び、男たちが二、三組に分かれて腰を下ろして、昨日来ロサスを見張っている騎兵大隊の位置を示している。

「彼らは、なぜ、ロヴィラ将軍が到着しなかったことを、報告しないのだ？」

「指揮官は、到着した時に報告せよ、とわたしに命令されているのです」クラロスが答えた。

彼は、侮蔑をかなり露骨に示しているホーンブロワーの表情に腹をたてているようすはなかったが、ホーンブロワーの方は、この作戦を無にしないでなんとか生かし続けるために、必死で憤怒を抑えていた。

「ここにいるわれわれは、非常な危険にさらされています」彼がいった。

クラロスは、イギリス人の臆病をあざけるかのように、また肩をすぼめた。

「わたしの部下は、山地に慣れています。守備隊が出撃してきたら、われわれはあの道を通って逃げられます」彼方のテイブル状の山頂の崖よりの方角を指さした。「彼らは、あそこを通ってわれわれを追跡するようなことは絶対にしないし、たとえ追ってきたところで、われわれをつかまえることはできません」

「しかし、わたしの大砲はどうなのですか？　わたしの部下は？」

「戦争に危険はつきものです」クラロスが立派な口をきいた。

ホーンブロワーは、それに答えずに、ロングリーの方を向いた。

「すぐに引き返せ」少年にいった。「大砲を止めろ。輸送隊を止めろ。全員その場に止まっているように伝えるのだ。わたしの命令がないかぎり、一ヤードといえども前進してはならん」

「アイ・アイ、サー」

ロングリーが馬首をめぐらせて駆け去った。少年は、海軍に入る前にどこかで馬術を身につけていたらしい。クラロスと彼の幕僚、ホーンブロワーとブラウン、みんなが少年が駆け去るのを見ていて、互いに顔を見合わせた。スペイン人たちは、彼の命令内容を推察したようであった。

「あの平地にロヴィラ将軍の軍勢が現われるまで」ホーンブロワーがいった、「わたしの砲は一門といえども動かない。今から伝令を出してくれませんか？」

クラロスは、口ひげを引っぱりながらしばし考えていたが、やがて、部下に命令した。部下の将校たちは不服そうに顔を見合わせていたが、そのうちに、一人が、参謀長がなにか書いた紙片をもって出発した。明らかに、みんなは、焼けつくような陽光を浴びながら、ロヴィラの軍勢を捜して二十マイルも馬を駆るのは、気が進まないらしい。

「食事の時間が近づきました」クラロスがいった。「わたしの部下に食事を支給するよう、命令してくれませんか、艦長？」

その言葉に、ホーンブロワーは、思わずぽかんと口をあけた。これ以上、どんなことが起きても驚かないつもりでいたが、それはまちがいだった。クラロスのタバコ色の顔には、戦隊から苦労して揚陸した補給品から、自分の千人の部下が食糧の支給をうけるのはきわめて当然と考えているような表情しか見られなかった。ホーンブロワーは、もう少しで頭から拒絶しかかったのを思いとどまった。もし食糧を支給しなかったら、クラロスの部下たちは食べ物を求めてどこかへ消えるであろうし、ロヴィラが到着して包囲攻撃が開始される可能性が、かすかながらまだ残っている。その可能性を生かしておくためには、この場は譲歩して、敵に存在を発見されるまでの数時間の余裕を最大限に利用する方が賢明だ。

「命令しましょう」彼がいい、大佐のいかめしい顔は、ついいましがた、もう少しで口論しそうになった相手のイギリス人に、恩恵を要求したり受けたりすることによる表情の変化を、まったく見せなかった。

間もなく、水兵もカタロニア人も、腹いっぱい食べ始めた。遠くにいる騎兵隊までが、はげたかのように食べ物のにおいをかぎつけ、ロサスの監視を続ける不運な数人を残しただけで、全員が馬を駆って大急ぎで戻ってきた。クラロスと彼の幕僚は、一団をなして当番兵の給仕をうけていた。そして、案の定、食事《コミダ》の後は昼寝《シエスタ》であった――満腹すると、スペイン人たちは一人残らず、やぶの蔭にあおむけに横たわり、あいた口のまわりを飛びまわる蠅をまったく気にすることなく、いびきをかき始めた。

ホーンブロワーは、食事も睡眠もとらなかった。馬をブラウンに預けると、苦渋にみちた気持ちで丘の頂きを歩きまわりながら、ロサスの町を見下ろしていた。彼は、提督あてに、前進を一時停止した理由を慎重に述べた手紙を書いた――何事にも困難な要素を見いだす種類の士官と思われることのないように、慎重をきわめた――が、それに対する返事に、彼は憤然とした。現在指揮下にある千五百人の兵力をもって、要塞に対して何か試みることはできないのか、とレイトンはいっていた。ロヴィラ将軍はどこにいるのだ？　ロヴィラが現われないのは、なんらかの意味でホーンブロワーに落ち度があるのではないか、といいたげな文句である。ホーンブロワー艦長は、イギリスの同盟国の軍隊とこの上なく緊密かつ誠実な協力関係を維持することが絶対に必要であることを忘れてはならない。戦隊は長期にわたってロヴィラの軍勢に食糧を供給することはできない。ホーンブロワーは、将軍が自身の補給品によって軍勢の用を満たすことの必要性について、その気持ちを傷つけることなく注意を喚起しなければならない。イギリス戦隊の出現を、大いなる戦果によって敵兵および住民に広く知らしめることはきわめて重要であるが、上陸部隊の安全を危険にさらすような作戦はいっさい行なってはならない。

レイトンの手紙は、目前の事態に関してはなんの役にもたたない完全に空虚なものであるが、その目前の事態について何一つ知らない審査裁判の裁判官たちの目には、きわめて冷静で、当をえているかのように映るにちがいない。

「失礼します」とつぜん、ブラウンがいった。「下の方で、蛙どもが動き始めております」

ハッとして、ホーンブロワーはロサスを見下ろした。そこから蛇が三四、這い出している——城郭、町、トリニダード要塞の三個所から、軍隊の長い縦列が平地部に出始めている。スペインの騎兵隊から鋭い叫び声が聞こえた。彼らもそのことに気づいたのにちがいない。少数の馬の一団が持ち場を離れて、散在しているスペイン軍の方へ駆け戻ってきた。ホーンブロワーは、さらに二分間、見続けていた。縦列はいっこうに切れるようすがなく、くねくねと果てしなく延び続けている。二本はこちらを目ざしており、城郭から出てきたもう一本は、スペイン軍の内陸への退路を遮断する企図を明白に示して、右手の方角に向かっている。ホーンブロワーの目が、マスケット銃の銃身のきらめきを捉えた。隊列はまだ出てきている——各隊列とも、少なくとも千人はいる。守備隊の兵力を最大限二千人と推定したスペイン側の情報は、ほかのすべての事柄と同じように、でたらめであった。

クラロスが幕僚を従えて馬を乗りつけ、平地を見下ろした。彼は一瞬のうちに事態を読み取った——彼に同行していた連中が一人残らず、側面迂回を図っている隊列を指さした。大佐がパッと馬首をめぐらせて、馬を走らせた。大佐が向きを変えた時、ホーンブロワーと目が合った。相変わらず無表情であったが、ホーンブロワーには彼の意図がはっきりとわかっていた。大佐は、輸送隊を放棄して、平らな台地《メサ》に向かって大急ぎで部下を行軍させれば、わずかに逃げおおせる余裕があり、そうすべく意を決したのだ。その瞬間に、ホーンブロワーは、たとえカタロニアの不正規兵たちに、圧倒的に優勢な敵を相手に後衛の役を果たす堅い意志があったにしても、輸送隊の退却の掩護を大佐に求めるのはまったく無益であるのを知った。

上陸部隊を無事に退却させるには、あくまで自らの努力に頼るほかはなく、もはや一刻たりとも無駄にできない。フランス軍の隊列の先頭はすでに平地部の中央あたりに達しており、ほどなくその一部は丘の急斜面を登り始めるだろう。ホーンブロワーは、馬にとび乗って、クラロスの後を追うように走り出した。そして、レアード少佐と海兵隊員がすでに戦闘隊形をとっている地点に近づくと、馬の速度をゆるめた。慌てたり心配しているようすを見せるのは絶対にまずい。隊員たちを動揺させるだけである。

しかも、非常に困難な決断を下さなければならなかった。誰が考えても最善の方法は、大砲をはじめ食糧弾薬など、いっさいを放置して、浜を目ざして一目散に部下を退却させることである。熟練した水兵は非常に貴重で、かんたんに犠牲にするわけにはいかないのだ。常識的に考えてそうすれば、フランス軍が追いつかないうちに全員を無事帰艦させることができる。たんに数字の上で価値を比較しても、たとえ数人の水兵といえども、二十四ポンド十門と弾薬、揚陸した食糧いっさいより、はるかに貴重である。しかし、戦争においては、常識的な考え方がつねに優先するとはかぎらない。砲および補給品を放棄して一目散に艦へ逃げ戻れば、将兵の士気が極度に低下することは、目に見えている。戦いながらさしたる損害もなく撤退を完了することができたら、逆に士気はいやが上にも高揚する。彼は、決断を下して、レアード少佐のそばで馬を止めた。

「レアード、あと一時間ほどで、三千ほどのフランス軍が攻め寄せてくる」彼が平静な口調でいった。「われわれが武器弾薬を艦へ収容するまで、敵をくいとめてもらわねばならない」

レアードがうなずいた。彼は、やや太りぎみで、髪が赤く、長身、赤ら顔のスコットランド人である。羽根飾りのついた制帽をあみだに押し上げて、日ざしの中では赤い上衣と飾帯とはおよそ不似合いな薄紫色の絹のハンカチで顔の汗を拭った。

「いいですとも」彼がいった。「くいとめますよ」

ホーンブロワーは、一瞬をさいて、十文字に白いベルトをかけ、筒形の歩兵帽の下から日焼けした素朴な顔をのぞかせている二列横隊の海兵隊員を見まわした。鍛え上げられた隊員の落ち着いた態度に、意を強くし力を得た。彼は、駄馬に一蹴りくれて、小道を走り始めた。向こうから、馬をあおってロングリーがとんできた。

「浜へ走れ、ロングリー。兵員および砲、弾薬を撤収する必要が生じたので、戦隊の短艇を用意するよう、提督に伝えてくれ」

スペイン兵の一団が、雑然とした隊列ですでに小道を内陸に向かって急いでいた。スペインの下士官が残りの部下を集結させており、彼らが一門の砲から一連の輓馬を切り離して引いて行こうとしているのを、イギリスの下士官が不思議そうに見ていた。

「待て！」ホーンブロワーが叫び、もう少しで手遅れになるところへ馬を乗りつけて、急いでスペイン語の文句を考えた。「馬はわれわれが使う。さっ、シェルドン、ドレーク、あの馬たちを連れ戻せ。ブラウン、走り続けろ。士官全員に、スペイン兵は行かせていいが、一頭のらばも馬も連れて行かせてはならん、と伝えろ」

スペイン人たちは、むっつりした顔をしていた。全土が二年間も戦争で荒らされた国では、駄馬や輓馬はかけがえのない貴重な財産である。民兵の中の貧しい農民たちはそのことを知っている。馬やらばを失えば、一月先にでも新たな作戦が開始された場合、自分たちが食糧に事欠くことになるのを知っていて、抵抗の態度を示した。しかし、イギリスの水兵たちは一歩も譲らなかった。必要とあらばいつでも使う意気込みで、ピストルや短剣を構えていた。スペイン人たちは、自分たちの退路を遮断すべく迂回しているフランス軍のことを思い出し、みんな黙り込んで、馬やらばを残して離れて行った。

ホーンブロワーは、疲れきった馬に一蹴り加えて小道を走って行き、あれほどまで苦労して引いてきた大砲や補給品を、浜に向けて撤退させた。谷の縁に達すると、急斜面を浜に向かって下りて行った。その静穏な午後、海はエナメルのように青くなめらかであった。沖合いに戦隊がのんびりと錨泊しており、下方に金色の砂浜が広がっている。そのエナメルのような海面を、巨大な水すましのような艇が走っている。まわりじゅうできりぎりすが耳を聾するばかりに鳴いている。浜に残っていた作業員は、すでに浜に積んであったビーフの樽や乾パンの袋を艦に送り返していた。その仕事は安心してカヴェンディシュに任せておけるので、馬をめぐらせて、また斜面を登った。谷の上方に、輸送隊の第一陣がきていた。荷おろしが終わりしだい、馬やらばを戻すよう命令しておいて、馬を走らせた。

いちばん先の砲は、谷から半マイルたらずのところにいて、男たちと馬が力をふりしぼって小道を引き上げていた。そこから先の半マイルは、崖の頂きから内陸に向けて、かなり急な下り勾配になっている。男たちが彼を見ると歓声をあげたので、彼は、いかにも馬に慣れているかに見えるよう苦労しながら、手を振って答えた。後ろについているブラウンは乗馬がもっと下手なので、自分の方が上手に見えるはずだ、と心を慰めた。その時、遠くの方から銃声が聞こえてきた。空気が熱しているのでいつもとは音が違っていたが、いよいよレアードの後衛部隊が交戦を開始したことを告げていた。

彼は、ブラウンとロングリーを従えて小道を馬を駆り、あちこちの斜面で苦労している輸送隊の横を通り抜けて、交戦の場に向かった。その途中に、敵の来襲を知ってスペイン人たちが放り出した砲弾の長い列があった。あの砲弾は捨てざるをえない——艦へもって帰ることは不可能だ。彼は、思ったより早く、前線に達した。そこは、短い起伏が続いていて、岩だらけの地面をびっしりと密生したやぶがおおっており、銃声が響く中で相変わらずきりぎりすが音高く鳴いている。レアードは、そのあたりでいちばん高い稜線に部下を展開していた。ホーンブロワーが行き着くと、左右で銃声が響いている中で、片手に例の薄紫色のハンカチ、一方に剣をもって、山道を見下ろす小さな岩の上に立っていた。戦いをいかにも楽しんでいたらしく、芸術鑑賞を妨げられたような不機嫌な表情で、ホーンブロワーを見下ろした。

「万事、順調かね?」ホーンブロワーがいった。

「アイ」レアードが答え、あまり気の進まない口調で、「ここへきて、ご自分で見てください」

ホーンブロワーは、馬から下りて岩に上がり、滑りやすい足もとに気をつけながら、少佐と並んで立った。

「ごらんのように」レアードがもったいぶった口調でいった。「このような地形では、隊列を維持するためには小道を通らなければなりません。それだけでなく、別動隊の散兵はたちまちのうちに方角を見失ってしまうし、このとげのはえたやぶは、行動を束縛するのに理想的な代物なのです」

岩の上から、ホーンブロワーは、下方の緑の広がりを見まわした。スペインの地中海側の石だらけの山肌をおおっているほとんど通り抜け不能に近い灌木のやぶで、その間に散開している赤上衣の海兵隊員は、肩のあたりまで隠れていて目につかない。あちこちのやぶの上面に白い煙が漂っていて、ついさきほど銃が発砲されたことを告げている。正面の丘の斜面にも煙が漂い、やぶの間に動きが見える。白い顔、青い上衣がホーンブロワーの目に映り、時には、とげだらけのやぶを通り抜けようともがいているフランス兵の白い短ズボンすら見える。その後方の小道上には待機しているフランス兵の隊列の一部が見える。マスケット銃弾が二、三発、唸りながら頭上を越えて行った。

「ここにいても、安全ですよ」レアードがいった、「敵が側面にまわるまでは。右の方を見ていただけば、フランスの連隊が、これと平行している小道を進んでいるのが見えるはずです。彼らがあのさんざしの木に達したら、われわれは退却して新たな散兵線につき、連中はまた同じことをくり返すことになります。幸いに、この道は、行き先のわからない山道にすぎません。敵はいつまでたってもあのさんざしの木に行き着くことができないかもしれません」

ホーンブロワーが、レアードの指の方向を見てゆくと、灌木の上で上下しているフランス兵の筒形帽子の長い列が見えた。その列が右に左に大きく曲がりくねっているところを見ると、レアードがいうように、方角のさだかでない偶然にできた山道であるにちがいない。また銃弾が頭上を越えて行った。

「フランス軍の射撃の腕前は、わたしがジョン・ステュアート卿旗下の将校として参加する栄に浴したマイダの戦いの頃より、さらに低下しています。あの連中は、この三十分間、さかんにわたしを狙っているのに、いっこうに当たりません な、まぐれ当たりの可能性すらない。しかし、ここに二人いると、命中の確率が倍になります。失礼ですが、ここを下りて、輸送隊の撤退を速める方に専念していただく方がいいと思います」

二人は、鋭い目で見合った。ホーンブロワーは、後衛部隊の指揮はレアードの任務であり、その任務が充分に果たされているかぎり、自分が口出しをすべきでないのを、充分に承知していた。下りるのをためらったのは、こわがっていると思われることを恐れたからである。そのまま立っていると、彼の三角帽が激しい一撃をうけてねじれ、脱げ落ちた。彼は本能的にその帽子をつかんだ。

「あの迂回部隊が」レアードが落ち着いた口調でいった。「もうすぐ、さんざしの木に達します。わたしは、指揮官としての立場で――」終わりの部分をとくに強調した、「――部下に退却を命ずる前に後方へさがっていただくことを、おねがいいたします。われわれの退却は大急ぎで行なわれるのは必至ですから」

「よろしい、少佐」思わずニヤッと笑いながらホーンブロワーがいい、できるだけ威厳をたもって、岩から滑り下り、馬で小道を引き返していった。三角帽を調べると、銃弾が正面の金モールに当たり、頭上二インチのところを貫通しているのを知り、誇らしい興奮を覚えたが、恐怖心はまったく感じなかった。その小道が次の尾根に達すると、手綱を引いた。後方の銃声が急に激しさを増した。彼が待っていると、モリス大尉を先頭に、海兵隊の一隊が小道を走ってきた。彼らは、彼に敬意を表するいとまもなく小道の両側のやぶにとびこんで、戦友の退却を掩護するのに適した場所を捜していた。とつぜん、銃声がわきおこり、次の瞬間、レアードを先頭にして彼らが走ってきた。最後についている若い少尉と五、六人の隊員が、後ろを振り向いては威嚇射撃をしていた。

後衛の行動が有能な指揮官によって整然となされているのを確信すると、ホーンブロワーは、斜面のふもとでいっこうに動こうとしない最後の砲のそばへ馬を走らせた。疲れ果てた馬たちが、水兵たちにせきたてられて、岩の表面で足を滑らしながら懸命に頑張っているが、浜から引き上げてきた時の五十人のスペイン兵はおらず、今はわずかに五、六人の水兵がついているだけであった。彼らは、一歩、一歩、挺子で砲をこじ上げるしかなかった。裸の上半身を――ほとんどの者がシャツを脱ぎ捨てている――汗が流れ落ちている。ホーンブロワーは、その場に適した文句を考えるのに苦労した。

「みんな、がんばれ。ボウニーは、こんな優秀な砲はもっていないのだ。イタリア軍が、彼の誕生日の贈り物にするようなことがあってはならんぞ」

今では、台地の急斜面を長いミミズかなにかのようにくねくねと登って行くスペイン軍の隊列が見える。彼らは無事逃げおおせた。ホーンブロワーは、その姿を見ていて、とつぜん、彼らと、彼らに代表される人種に、激しい憎しみを感じた。彼らは、誇り高い国民ではあるが、他人からの恩恵を潔しとしないだけの自尊心は持ち合わさず、同胞を憎むよりわずかに強く外国人を憎み、無知で、悪政に苦しみ、天から与えられた富を誤用している。スペインは、強国の餌食となる条件をそなえている。今回、フランスが征服を企図し、それを阻んでいるのは、イギリスの妬《ねた》み心にすぎない。将来、いつの日か、この国は改進派と保守派の争いでばらばらになり、その争いの間に、ヨーロッパ各国がその断片を強奪するであろう。スペイン人自身が国を立て直さなかったら、今後何世紀も、内戦と外国の侵略が続くにちがいない。

彼は、将来に関する無益な想像を振り払って、当面の些事に注意を向けた――浜から引き返してくるらばや馬に砲を引かせ、まだ残っている大量の補給品をさっさと運ぶために、疲労の激しい水兵たちを配置がえしなければならない。後方の銃声が、砲その他を敵の手から守るために、味方が傷つき死んでいることを告げている。それらを守ることに、彼らの命に換えるだけの価値があるのだろうかという疑念をきびしく払いのけて、力が尽きかけている馬に一蹴り加え、小道を走った。

砲の半数がやっと浜に達していた――最後の、谷の急斜面から砂浜に下りる部分は、労力を要しない――し、残りの砲も急速に谷の上方に近づきつつある。浜に揚陸されていた補給品はすべて片付いており、最初の砲が早くも敷き板の上を引かれている。浜の作業を指揮しているカヴェンディシュがそばへやってきた。

「馬やらばはどうしますか？」

百五十頭を艦に送り届けるのは、砲の場合に劣らない難作業であるし、艦にとって非常な邪魔物になるはずである。しかし、なんとしてもフランス軍の手に落ちることがあってはならない。現在、スペインでは、馬やらばはもっとも貴重な戦利品である。常識的には、浜で解体するのが最良の策である。しかし、それらはきわめて貴重なのだ。艦に送り届けて、なんとか数日間生かしておくことができれば、再び陸に揚げてスペイン軍に返してやれるかもしれない。哀れな動物を解体することは、砲を失うのと同じような悪影響を士気に及ぼすにちがいない。艦上では、砕いた乾パンを食べさせればよい――馬やらばの今のようすから判断すると、ここしばらく食べたことのない上等の餌であるはずだ――し、真水も解決し難い問題ではない。後方では、レアードが相変わらず無事に後衛任務を果たしているし、陽が急速に丘陵の彼方に落ちている。

「ほかのものといっしょに艦へ送り届けてくれ」ようやく、ホーンブロワーが答えた。

「アイ・アイ、サー」カヴェンディシュがいった。馬やらばをなだめすかしながら、小さな艇に乗せ、さらに艦に引き上げるのは、大砲よりはるかに困難であると信じていたが、そのことはかけらすら面に表わさなかった。

作業が続けられた。砲の一門が、大砲族独特の悪意にみちたいやがらせで、谷に下る途中、横倒しになって台車からはずれたが、男たちはそんなことで作業を遅らせるようなことはしなかった。鉄梃子で巨大な鉄のかたまりを押し上げ、樽のように砂浜まで転がして行き、そのまま敷き板を通って待機している長艇《ロング・ボート》に送り込んだ。艦の滑車装置をもってすればその程度の重量は問題なく、いともかんたんにまた台車にのせることができる。ホーンブロワーは、艇に乗りこませるべく馬を渡してから歩いて崖を登り、砂浜と、レアードが最後の防衛線を張るはずの崖の頂上とが見渡せるあたりを行ったり来たりしていた。

「レアード少佐のところへ走って行け」彼がブラウンにいった。「すべて、浜に下りている、と伝えてくれ」

十分後に、とつぜん、事態が急進展した。ブラウンは、最後の退却をしている海兵隊と途中で出合ったのにちがいない。赤上衣が次々に小道を駆け戻ってきて、崖の頂上に沿って、ホーンブロワーのそばまで達する散兵線を展開した。そのすぐ後にフランス軍が続いていた。やぶの間を動きまわっている敵の制服が見え、散兵線のマスケット銃がいっせいに火を噴いた。

「艦長、あぶない！」とつぜん、ロングリー少年がどなった。少年が、艦長の脇腹を激しい勢いで押して、立っていた平たい岩の上から突き落とした。ホーンブロワーが姿勢を立て直そうとした時、頭上を二、三発の銃弾が飛び、同時に、五十人ほどのフランスの歩兵がやぶの間からとびだして、二人の方へ駆け寄ってきた。敵兵は、ホーンブロワーといちばん近い位置にいる海兵隊の中間を走っていた。逃げるには断崖の急斜面を下るほかなく、彼は一秒ほどのうちに考えを決めねばならなかった。

「こっちです！」ロングリーがかんだかい声で叫んだ。「ここを下りるのです！」

ロングリーが、猿のように下方の幅の狭い棚にとび下りて、手を振った。青上衣の歩兵が二人、銃剣を水平に構えて迫ってきた。一人が、ホーンブロワーに理解のできないことをわめいていた。彼は向き直ると、ロングリーの後を追ってとび下りた。両足が辛うじて十フィートあまり下の岩棚にのり、高さ百フィートの垂直の絶壁の途中で体が揺らいだ。ロングリーが、彼の腕をつかむと、身をのりだして、きびしい目つきで、しかし驚くほどの冷静さで、絶壁の下方を見まわしていた。

「あれがいちばんいい道です。あのやぶが見えますか？　あそこまで行き着けば、向こうへ行けるはずです。谷に通じる溝があります。わたしが先に行きましょうか？」

「そうだな」

頭上でマスケット銃が鳴り、彼は銃弾による空気の動きを感じた——フランス兵が崖の縁からのりだして二人を狙っている。ロングリーが、身構え、壁面に沿って思い切って跳び、土煙と小石をはね上げながら滑り下りて、ホーンブロワーにさし示したやぶをつかんだ。すぐさま、慎重にそのやぶから離れて足がかりを見つけ、そこから艦長を手招いた。ホーンブロワーは、とび下りようと身構えて、臆した。また銃声が鳴って、足のすぐ横のあたりに当たった。ホーンブロワーは、崖に顔を向けて、とび下りた。滑り落ちている間、衣類が岩に引き裂かれるのを感じた。次の瞬間、やぶにぶっつかり、必死でつかまり、足がかりをさがした。

「今度はこっちです。そのかたまりを両手でつかんでください。足をその割れ目に。ちがう！　その足じゃない！　反対の足です！」

自ら断崖を横這いに進みつつ、艦長に手足の置き場を指示している興奮で、ロングリーの声がこうもりの鳴き声のようにかんだかくなった。ホーンブロワーは、窓ガラスにはりついた蠅のように、崖の表面にしがみついていた。両手、両腕が早くも疼き始めていた——二日二晩の不眠不休の活動で、すでに力が尽きていた。一発の銃弾が、彼と士官候補生の間の岩に当たり、破片が彼の膝にぶっつかった。下を見て、その高さに頭がスーッと、軽くなった。力尽きたいまは、手を離して墜落し、そのまま死んでもいいような気持ちになった。

「さっ、はやく！」ロングリーがいった。「もうすぐです。下を見ないでっ！」

彼は、ようやく我に返った。一寸刻みに足場と手の位置をずらせながら、ロングリーの指示に従って横這いに進んだ。

「ちょっと待ってください」ロングリーがいった。「気分は大丈夫ですか？　ここで待っててください、行ってようすを見てきます」

ホーンブロワーは、痛む腕と脚で、崖にはりついていた。疲労と恐怖でぼーっとなったまま、崖に顔を押しつけていた。間もなく、ロングリーが戻ってきたのが聞こえた。

「大丈夫です。面倒なところが一個所あるだけです。あの出っ張りに足をのせてください。そこの、草のかたまりのところです」

二人は、崖の突出部を通り過ぎなければならなかった。一瞬、ホーンブロワーは足がかりを失い、両脚を垂らしたまま、手を伸ばしてべつの手がかりをつかんだ。

「ここは敵の方から見えません。よかったら、少し休みましょう」ロングリーが心配そうにいった。

ホーンブロワーは、手足の力を抜くことのみを意識して、絶壁のわずかなくぼみにうつぶせにしばし横たわった。が、すぐさま、いっさいを思い起こした——自分の体面、浜での作業、崖の上での戦い。起き上がって下を見た。下にわずかな突出部があるだけで、もはや目がまうようなことはなかった。宵闇が濃さをました浜には、すでに大砲はなく、わずかに何頭かの馬が艇に乗せられるのを待っている。上方の戦闘はしばし止んでいるようであった。フランス軍が、これ以上なにも達成できないと諦めかけているのか、最後の一押しに備えて戦列を立て直しているのであろう。

「さっ、行こう」不意にホーンブロワーがいった。

あとの下りはらくであった。砂に足がつくまで、滑り下りるだけですんだ。心配そうなブラウンがそばに現われ、ホーンブロワーの姿を見ると、パッと顔が明るくなった。カヴェンディシュは、浜に立って、最後のカッターを送り出す作業を監督していた。

「よくやった、ミスタ・カヴェンディシュ。次に水兵を行かせたまえ。武装艇の用意はできているかね？」

「イエス、サー」

今では暗くなりかかっていて、海兵隊が谷を駆け下りて浜に出た頃には、空はかすかな明るみしかとどめていなかった。海兵隊のしんがりが水を蹴散らかして乗り込む間に、水ぎわの二艘の長艇が、舳先に据えてある四ポンド砲で、長かった撤退のしめくくりをつけた。長い真っ赤な火炎が、浜を目ざして駆け下りてくるフランス兵の黒ぐろとしたかたまりを照らし出し、ぶどう弾が飛んで行くと、なぎ倒された敵兵の密集部隊から胸がスッとするような悲鳴の合唱が聞こえてきた。

「たいへん見事な作戦でしたな」艦尾でホーンブロワーの横に坐っているレアード少佐がいった。

疲労で居眠りしそうになっていたホーンブロワーは、同意を表明したかったが、ずぶ濡れのズボンの冷たさに震え、両手のすり傷、切り傷がひりひりし、その他の個所は慣れない乗馬のおかげで、火にあぶられるような痛みにさいなまれていた。馬のいななきが聞こえ、すでに馬小屋のようなにおいを放っている、いつもとまるでようすの変わった艦に向かって、艇が静かな海面を滑っていった。

ホーンブロワーは、やっとの思いで甲板に達した。カンテラの光を向けている掌帆手が、彼のボロボロの軍服と青ざめた顔を、不思議そうな表情で盗み見ていた。彼は、手探りに近い状態で、甲板の環つきボルトにつながれている馬やらばの黒ぐろとした列の横を通り抜け、自分の部屋に達した。提督に報告しなければならない——いや、夜明けまで放っておいてもかまわん。床が規則正しく上下動をくり返しているような気がした。部屋にポルウィールがいて、ろうそくをともしたテイブルに食事の支度がしてあったが、ホーンブロワーは後になって、なにかを食べた記憶がまったくなかった。ポルウィールに助けられて寝台に入ったことはかすかに覚えていたし、閉めたドアの向こう側でポルウィールが衛兵と議論していたことの記憶がはっきりといつまでも頭脳に残っていた。

「あれはなにも、ホーニーが悪いんじゃないいんだよ」生徒に教えるような口調で、ポルウィールがいった。

次の瞬間、眠りがホーンブロワーを襲い、押し包んでしまった。しかし、その眠りの間じゅう、体をさいなんでいる苦痛や疼き、その日遭遇した危険と、崖を下る時の恐怖を意識し続けていた。

19

サザランド号は、灰色の空の下で、まわりじゅうの波頭が白く砕けているリオン湾を、荒波にもまれながら進んでいた。艦長は、フランス地中海沿岸の乾いた冷たい北西風の唸りを楽しみながら、激しい上下動を続けている艦尾甲板《コーターデツキ》に立っていた。スペイン本土での悪夢のようなあの冒険からすでに三週間たっており、二週間前に馬やらばを揚陸して、馬小屋のようなにおいは消えかかっていたし、甲板がまた元の白さを取り戻していた。それよりもっと重要なのは、サザランド号が、はるかツーロンにいたるフランス沿岸を偵察せよという命令をうけて、分遣されたことである。彼は、提督の権威をたてにした束縛から再び解放されて、自由の身となった奴隷にも似た喜びをかみしめながら、身を刺すような冷たい風を楽しんでいた。バーバラの夫は、仕えることに楽しみを覚えるような男ではない。

その解放された気持ちが、全艦に行き渡っているようであった——もっとも、みんなが、あれほど長く続いた穏やかな天候、静かな海と対照的な、現在の荒天を楽しんでいるのであれば話はべつである。ブッシュが、手をすり合わせ、いかつい顔に笑みをたたえて、やってきた。

「ちょっと吹いてきましたな、止むまでには、もっと強くなるでしょう」

「そうだろうな」ホーンブロワーがいった。

彼は、高揚した気持ちを抑えきれないようなうきうきした表情で答えた。強風に逆らい荒波を蹴立てて航海していることがこんなに気分のいいものであるとは、信じ難いほどであった。いちばん近くにいる提督とすら百マイルも離れているとあっては、なおさらであった。フランス南部では、この同じ風が人々を不快、不機嫌にし、フランス人たちは外套を体に巻きつけているにちがいないが、ここ海の上では、たとえようもなく爽快である。

「乗組員に、適当に作業をさせていいぞ、ミスタ・ブッシュ」分別が頭をもたげて、ホーンブロワーがおおような口調でいい、とかく寛いだ会話をしたくなりがちな気持ちを抑えた。

「アイ・アイ、サー」

ロングリー少年が、毎時の測定をするために砂時計をもって艦尾へやってきたのを、ホーンブロワーは目の隅からそれとなく見守っていた。少年は、今では態度が自信に満ちていて、臆することなく命令が下せるようになっている。士官候補生全員の中で、一日の勤務で行なう諸計算が正確に近いといえるのは彼一人であり、例の絶壁での行動からみて、決断の素早い若者である。今回の洋上勤務が終わりに近づいた頃、適当な機会をみて海尉見習いに任命してやろう、とホーンブロワーは心の中で決めていた。彼は、この一時間の航走距離を記入すべく記録盤の上にかがみこんでいる少年の姿を見ながら、自分は将来のネルソンを、いつの日か戦列艦四十隻の大艦隊を指揮する提督を見ているのではあるまいか、という奇妙な気持ちに襲われた。

ロングリーは、見栄えのしない小男で、髪がごわごわで猿のような顔をしているが、しかもなお、彼を見ると愛情に似た好感を感じないではいられない。もし、小ホレイショが、サウスシーのあの下宿屋に移って三日目に天然痘で死んだあの子が、このような少年に成長していたら、自分は大いに誇らしく思ったにちがいない。場合によっては自分は——いや、このように爽快な朝、かつて愛していた子供のことを思って憂鬱な気分になるのはよくない。今度家に帰った時には、べつの子供が生まれているはずである。ホーンブロワーは男の子であることを願っていたし、マリアもそう願っているにちがいない、と思った。もちろん、男の子でありさえすれば小ホレイショの代わりになる、というわけではなかった——ホーンブロワーは、病気でしだいに気分が悪くなっていたあの夕方、小ホレイショが、「パパ！　パパだっこ！」といい、自分の肩に顔をよせかけていたのを思い出して、またしても暗い気持ちに襲われた。彼は、憂鬱を振り払った。

自分が望みうるもっとも早い時期にイギリスへ帰れるとすれば、今度の子供は、赤ん坊特有の懸命の努力で床を這いまわっているにちがいない。場合によると、多少は物が言えて、見慣れないパパの出現に恥ずかしそうに顔を伏せるかもしれない。そうなれば、子供の信頼と愛情をかちとるという仕事が待っていることになる。楽しい仕事になるであろう。

マリアは、名付親になってくれるよう、レディ・バーバラに頼むつもりでいる——レディ・バーバラが承知してくれたら、こんな嬉しいことはない。ウェルズリー家の影響力を後ろ楯にした子供なら、安定した将来が期待できる。レイトンが、現在不手際な指揮ぶりを示している戦隊の司令官になりえたのがウェルズリー家のおかげであることは、疑う余地がない。さらに、今ではホーンブロワーは、自分が休職で半給を受ける日を一日も経ることなく、引き続きこの戦隊の一隻の艦長に任命されたのは、ウェルズリー家の影響力によるものであると確信していた。レディ・バーバラの動機についてはいまだに確信がなかったが、かくも爽快な朝なので、それは彼女が自分を愛しているからだ、とあえて信じたいような気持ちになっていた。たんに自分の職業的能力に対する彼女の評価のためでなく、自分に対する愛のためであってくれる方がはるかに嬉しい。あるいは、たんに、自分を愛していることがわかっている下級者に対する、彼女の面白半分の寛容な親切心にすぎないのかもしれない。

そう考えると、激しい反感がわき上がってきた。かつて自分がそのつもりになれば、彼女を自分のものにすることができたのだ。自分は、彼女を抱き、接吻した。彼女を自分のものにするのがこわかったことは別にして——今は腹だちのあまり、その時の記憶をわざとゆがめた——彼女が誘いかけ、自分が断わった。かつては懇願した彼女だ、今になって自分の後援者のような真似をする権利はない。屈辱にかられて、荒い足どりで艦尾甲板を歩きまわった。

しかし、その直観的洞察力も、彼の理想主義的性格のゆえに、たちまち鈍ってしまった。冷ややかで落ち着いたレディ・バーバラ、客に対する完璧な女主人、提督の高貴な妻といった記憶を、男が思わず息をのむような美貌の持ち主、優しく愛情豊かなレディ・バーバラの心像が圧倒してしまった。彼女への思慕に胸が張り裂けるような気がした。彼女に対する、彼が胸に描いている善意にみちた優しく親切な天使に対する欲望のたかまりに、気が重く、悲しく、寂しくなった。サファイアの首飾りがさがっているあの真っ白な胸を思い出すと胸がときめき、欲情が彼女に対する少年のような愛情をますますかきたてた。

「帆が見えるぞ！」檣頭《マストヘッド》の見張りの叫びに、包み紙をはぎとるように、ホーンブロワーの夢見心地が一瞬にして拭い去られた。

「どっちの方角だ？」

「風向真正面で、急速に近づいています」

現在のように強い北西風が吹いている時は、マルセイユやツーロンの封鎖を突破しようとするフランス船にとっては、理想的な気象条件である。脱出する船にとっては順風で、港から出て夜のうちに遠くまで走ることができる一方、封鎖戦隊は風下へ押し流される。これは、封鎖を突破した船である可能性が充分にあるが、風下にサザランド号が控えていては、逃げおおせる見込みはまずない。これがまたしても賞金をもたらす敵船であるとしたら、この前の分遣任務の時に恵まれたのと同じような幸運にめぐり合わせることになる。

「針路を維持せよ」ブッシュの問いかけるような表情に答えて、ホーンブロワーがいった。「ミスタ・ブッシュ、総員を呼集してもらいたい」

「デッキ！」見張りがどなった。「フリゲート艦で、それもイギリスの艦のようです」

期待を裏切られた。イギリスのフリゲート艦がこの海域で現在の針路をとっていることは、いくらでも説明がつくが、そうだとすると、敵船の接近と違って、活躍する機会は得られない。すでに、灰色の空に白くうかんでいる相手のトプスルが見えてきた。

「失礼します」艦尾甲板左舷のカロネード砲の照準手がいった。「ここにいるステビングズが、あの艦を知っているような気がするそうです」

ステビングズは、東インド会社の輸送船団から強制徴募した一人で、あごひげに白いもののまじった中年の男である。

「三十二門艦、カサンドラ号のように思えます。この前の航海の時に、護衛してくれました」

「フレデリック・クック艦長です」艦籍簿を急いでめくって、ヴィンセントがいった。

「番号をきいて、確認せよ」ホーンブロワーが命じた。

クックは、彼より六カ月遅れて勅任艦長《ポスト・キャプテン》に昇進した。共同作戦の場合には、彼が先任士官になる。

「はい、カサンドラにまちがいありません」フリゲート艦のフォア・トプスル桁端に信号旗が揚がると、望遠鏡に目を当てたまま、ヴィンセントがいった。

「帆脚索《シート》をゆるめっ放しで走っています」興奮した口調でブッシュがいった。「奇妙ですな」

旗による信号が実用化されるはるか以前から、シートをゆるめっ放しにするのは、世界じゅうで行なわれた、艦隊接近を警告するための慣習的手段であった。

「また信号を送っております」ヴィンセントがいった。「旗がまっすぐこちらへ吹き流されているので、なかなか読み取れません」

「なんということを」ブッシュが怒った。「目を使え、さもないと、目が使えない理由を聞かせてもらうぞ」

「数字。四。文字。十七——艦尾——風上側——南西」暗号簿を見ながら、ロングリーが解読した。

「ミスタ・ブッシュ、戦闘準備。直ちに下手回しだ」

四対一の不利な条件で戦いを挑むのは、サザランド号の任務ではない。イギリス軍艦が敵艦を追跡しているのであれば、敵艦拿捕を可能ならしめるために、敵の行く手に立ちふさがって少なくとも二隻を航行不能にすることはできるが、事態がもっとはっきりするまでは、できるかぎり敵を避けなければならない。

「きいてみろ、〈付近にイギリスの軍艦ありや?〉」彼がヴィンセントにいった。ブッシュが艦をまわしたので、艦がグーッと傾き、やがて水平に戻って、今度は追風帆走にうつった。

「答えは、否定、です」一分後に、戦闘準備の取り片付けの騒ぎの中で、ヴィンセントがいった。

となると、彼が思っていたとおりであった。封鎖戦隊が風下へ押し流されている間に、フランスの戦列艦四隻が、夜陰に乗じてツーロン港を脱出したのだ。沿岸見張り役のカサンドラ号のみが敵艦を見つけ、監視を続けるために敵の前方を走っている。

「きけ、〈敵はどこだ?〉」ホーンブロワーがいった。できるだけ少ない数の信号旗を使って文章を綴るのは、暗号をどれくらい暗記しているかに左右される興味深い課題である。

「六——マイル——後方——針路——北東」ヴィンセントが番号を読み上げるのを、ロングリーが暗号簿を見ながら解読した。

なるほど、敵艦は真後ろから風をうけて走っている。敵はたんに、ツーロン港封鎖戦隊との間にできるだけ距離をおきたがっているのかもしれないが、それが狙いにもっともかなっていないかぎり、敵の指揮官が、まっすぐ風下に向かって突っ走るような無駄な真似をするはずがない。目的地がシシリー島、アドリア海、あるいは東地中海である可能性はまったくなく、敵の針路は、バルセロナ近くのスペイン沿岸からその先のジブラルタル海峡を目ざしている。

ホーンブロワーは、艦尾甲板に立ったまま、テュイルリ宮殿にいるボナパルトと同じ考え方で考えてみるべく努めた。海峡の向こうは大西洋で、世界が開けている。しかし、フランスの戦列艦四隻が大西洋に出て行って、有益な目的が果たせるとは、とうてい考えられない。フランス領西インド諸島は、ほとんど全域がイギリス遠征軍に制圧されており、喜望峰はすでにイギリスの手中にあり、モーリシャスは陥落寸前の状態にある。そのフランス戦隊はたんに通商破壊を目ざしているのかもしれないが、その場合には同数のフリゲート艦の方がはるかに安上がりで効果的である。ボナパルトはそんなことはしない。一方、レイトンの戦隊がカタロニア沿岸に出現し、その結果、食糧弾薬が不足をきたしていることが、テュイルリに報告され、そこからツーロンに命令が届くのに要する時間は、すでに充分に経過している。その命令には、ボナパルトの性格がはっきりと表われているはずである。なに、カタロニア沿岸にイギリスの軍艦が三隻現われた？　それなら、フランスの軍艦を四隻派遣せよ。ツーロン港で朽ちている船から選り抜きの乗組員を集めて乗せよ。バルセロナがうるさく要求している補給品を満載せよ。まぎれて脱出し、バルセロナに向かい、できればイギリス戦隊を粉砕し、運がよければ一週間あれば無事に戻ってこれるはずだが、もし不運にして——とにかく、帰港せよ。卵を割らなければオムレツは作れないのだ。

それがフランス側の考え方であるにちがいなく、自分の考えが当たっているかいないか、全財産を賭けてもいい。あと残っている問題は、いかにしてフランス戦隊の狙いを阻止するか、という点だが、最初になすべきことは決まっている。まず、自分は、フランス戦隊と相手の目標の中間にいなければならないし、できるだけ長い間、フランス戦隊の目につかぬよう水平線のこちら側にひそんでいることが望ましい——フリゲート一隻だけでなく、かなりの戦力を有する艦《ふね》もいると知ったら敵は驚くはずであるが、海戦の勝敗は相手の虚をつくことによって半ば決まるといってよい。となると、自分が初めに本能的にとった処置が正しかったわけであり、目下サザランド号は、その二つの目的を達成するのに最適の針路をとっている——ホーンブロワーは、自分が熟慮したあげく今ようやく達した結論は、実は意識下の思考が本能的に到達していたことなのではあるまいか、と考え、なにか落ち着かない気持ちになった。あとなすべきは、旗艦プルートウ号とカリグラ号を呼び寄せることだけである。イギリスの戦列艦三隻とフリゲート艦一隻なら、相手が選り抜きの乗組員であろうとなかろうと、またボナパルトがどう思っていようと、敵戦隊と充分以上に戦える。

「戦闘準備完了」ブッシュが敬礼して、報告した。戦闘に対する期待感に目を輝かせている。ホーンブロワーは、残念ながらそこに、自分とはまったくべつの形の闘士を見た——戦うことの喜びそのもののために戦いを楽しみにしている男、肉体的な危険を愛し、自分がおかれた不利な条件を考えてためらうことなどまったく知らない男である。

「非直員を解散させてよろしい」ホーンブロワーがいった。

戦闘開始がまだはるか先のことであるのに、総員を配置につかせておくのは無意味である。その言葉を聞いてブッシュの表情が変わったのに気がついた。非直員解散ということは、サザランド号が四倍の戦力の敵を相手に直ちに戦闘を開始するのではない、という意味だ。

「アイ・アイ、サー」ブッシュがしぶしぶと答えた。

ブッシュの考え方にも一理ないわけではない。艦を巧みに操って戦えば、少なくとも敵艦二、三隻の円材《スパー》を吹っとばして、遅かれ早かれイギリス海軍に確実に拿捕されるよう、航行に支障をきたさしめることはできるかもしれない。しかし、そのためには、サザランド号を犠牲にしなければならないであろう。その方は、後でもう一度考えてみてもいい。今日の順風が明日は逆風になるかもしれないし、獲物接近を知らせることさえできれば、プルートウ号とカリグラ号が間に合うかもしれない。

「その暗号簿をよこせ」彼がロングリーにいった。

彼は、ページをめくって、随意信号の表現に関する記憶を新たにした。長文の信号を送る場合、誤解の危険がつきまとう。彼は、あごをなでながら、信号文を綴った。退却する場合のイギリスの海軍士官はみなそうだが、自分は今、動機を誤解される危険を冒している。たとえ、勝利に飽くことを知らない狂わんばかりのイギリス大衆といえども――と不快そうに自分に言い聞かせた――四対一の不利な戦いを避けたことをとがめることはできないはずであるにしても。しかし、万が一にもなにか手違いが生じた場合、ウェルズリー家が生けにえを必要とすることになるかもしれない。自分がこれから送信しようとしている命令が、成功と失敗、審査裁判にかけられるか、議会から感謝状をうけるか、を決める要素となるかもしれない。

「この信号を送れ」彼がぶっきらぼうな口調でヴィンセントにいった。

一連また一連と信号旗がマストに揚がっていった。カサンドラ号は、可能なかぎりの帆を広げ、フリゲート艦の高速を利して西に向かい、プルートウ号とカリグラ号の両艦を見つけ——両艦の正確な位置はホーンブロワーにもわかっていなかった——バルセロナへ連れてくる。一句、一句、カサンドラ号が受信を確認した。送受信が終わって、一瞬、間をおくと、望遠鏡を目に当てていたヴィンセントが報告した。

「カサンドラが送信しております。〈謹んで申し上げる——〉」

その言葉が自分に向けて使われたのは、ホーンブロワーにとって、それが初めてであった。彼はこれまで、その言葉を、提督や先任艦長に対する信号でしばしば使ってきたし、報告書にも何回となく使ったが、今やほかの士官が彼に対する信号の冒頭にその言葉を使っている。それは、彼の先任順位がしだいに高くなってきたことの明確な証拠であり、勅任艦長《ポスト・キャプテン》に昇進して初めて他艦の乗組員に舷門で号笛礼を受けた時にまさる感激を味わった。しかし、当然ながら、〈謹んで申し上げる〉の後に抗議が続いた。カサンドラ号のクック艦長は、そのようにして大いに楽しみのもてる戦いの場からの離脱を命ぜられるのは、この上なく不満であった。カサンドラ号が敵艦の視界内にとどまっている方がいいのではあるまいか、という意見を述べた。

「〈受信確認せし命令を実行せよ〉といえ」ホーンブロワーがきっぱりした口調でいった。

クックはまちがっており、自分が正しいのだ——クックの抗議によって、彼の計画がいっそう明確なものになった。フリゲート艦の役目、造られた目的は、戦列艦を戦いの場に導入することにほかならない。カサンドラ号は、追ってくる敵艦のどれかの、一回の片舷斉射に耐えることすらできないが、プルートウ号、カリグラ号の両艦を戦いの場に導くことができれば、艦の存在価値を最高に発揮することになる。自分の考えが正しいという確信がもてるだけでなく、自分が決定した方針に相手を従わせることができるのが、なによりも嬉しかった。先任順位における六ヵ月の差で、クックは彼の命令を守らなければならず、しかも、二人のその関係は一生続くのである――かりに、クックと彼が同時に将官旗を掲げることになったにしても、彼がクックの先任者になる。彼は、カサンドラ号が、縮帆していたトプスルを展《ひろ》げ、速度における五ノットの優越性を最高度に活用すべく、西に向かって疾走するのを見送っていた。

「ミスタ・ブッシュ、帆を減らしてくれ」

敵戦隊は、カサンドラ号が水平線の彼方へ消えて行くのを見ているはずである。サザランド号は、敵に気づかれることなく相手の監視を続けうる可能性がある。彼は、望遠鏡をポケットに押し込み、後檣の索具《リギン》をゆっくりと、多少苦労をすらしながら、上り始めた。乗組員全員が彼より素早くマストを上ることができるのに、そのような姿を見せるのは威厳にかかわるが、なんとしても後方の敵を自分の目で見ておきたかった。艦が後方からの波で大きく上下動を続けており、耳もとで風がかんだかい唸りを発していた。途中で休むような不面目なことをしないで上り続けるのには不屈の気力を要したが、思いのままの速さでゆっくりと上るのは艦長として当然の権利であり、なにも、臆病でも不器用なわけでもないことを示すために、休むことは許されなかった。

やっとの思いで、後檣トップマストの横材にたどりついて安全な足場をえると、上下に揺れている水平線に望遠鏡を向けた。メン・トプスルをたたんだために艦の速度がかなり落ちており、間もなく敵艦が見えてくるはずであった。案の定、見えた——長方形の白い帆が一枚、わずかに水平線にのぞき、間もなくその横に次々と帆が現われた。

「ミスタ・ブッシュ！」彼がどなった。「もう一度メン・トプスルを展げろ。そして、ミスタ・サベッジをここへよこしてくれ」

敵艦四隻が、半マイルほどの長い間隔をおいた横一線という、フランス海軍らしいぶざまな隊形で走っている——艦長たちは、それ以上接近したら、衝突の危険があるとでも思っているのであろう。敵の見張りが、微小な点としか見えない部分をのぞかせているだけのサザランド号に気づく可能性は、百に一つあるかなしかだ。サベッジが大急ぎでそばにきた。稲妻のような速さで段索《ラットライン》を上ってきたにもかかわらず、息を切らしているようすは見られなかった。

「この望遠鏡を使え」ホーンブロワーがいった。「フランスの戦隊が見えるな？　彼らが針路を変更したり、向こう、あるいはこちらが距離を縮めたら、ただちに知らせてくれ」

「アイ・アイ、サー」

今のところなしうることはこれですべてなし終えたので、甲板に戻った。あとは、明日まで、辛抱強く待つだけである。明日は、勝算のない戦いを開始するか、あるいはまったく戦いが起きないかのいずれかだ——戦いが起きない場合には、敵戦隊を見失ったということであり、自分は軍法会議にかけられる。彼は、慎重に平静を装い、待つことの緊張をまったく感じていないように見えることを願った。長年のしきたりに従って、今夜は部下の士官たちを夕食に招き、ホイストをやることにした。

20

今は、いかなる艦長といえども眠りを妨げられずにはいられない事態である。風上にいる敵の戦列艦四隻を絶えず監視していなければならず、敵の目的地到達を阻むのに間に合うよう、カサンドラ号がレイトン提督を連れてくるかどうか、その公算に関する計算が、絶えず意識下から意識に上ってくる。それに、気象条件も不安材料の一つであった――夕方には強風に近いまでに勢いを増した風が、夜中までは弱まっていたのが勢いを盛り返したのに、今は、地中海の風独特の気ままさで、着実に衰えている。

ホーンブロワーが眠れることなど期待していなかったのは、けだし当然である。眠るには、あまりにも気がたかぶり、思考が活発に働きすぎていた。夕方の当直交替時に、体を休めるつもりで寝台《コット》に横たわったが、眠れるはずがないと思い込んでいたために、当然とはいえ、かえって深い眠りに落ち込み、夜中にポルウィールに肩を揺さぶられて、ようやく目がさめた。甲板に出ると、ブッシュが羅針儀のそばに立っていた。

「暗すぎて、なにも見えません」ブッシュがいい、興奮と焦燥のあまり、ふだんの堅苦しい言葉遣いを忘れて、呻いた。「まるで、あごひげのように真っ黒だ」

「敵の姿を見かけたかね？」

「三十分前に、見かけたような気がしたのですが、確信がもてるほどではありませんでした。それに、風が弱まっています」

「そうだな」ホーンブロワーがいった。

洋上では珍しいことではないが、待つ以外に手の施しようがない。上甲板《メンデッキ》で、おおいをつけたカンテラが二つ揺れている。その上甲板では、当直員たちが砲のそばの持ち場で横たわっている。風が索具《リギン》を鳴らし、艦が、後方から波をうけて、真横の風をうけている時の動きしか見たことのない者にはとうてい信じられないような軽い優雅な動きで上下に揺れている。待つ以外、なにもできない。甲板にとどまっていると、いらいらするばかりで緊張のほどをさらけだすにすぎないから、部屋に戻って、幕で仕切られている寝台に入り、緊張していることを人にさとられないようにした方がいい。

「敵を見たら、すぐさま知らせてくれ」ことさらに無頓着を装っていい、彼は部屋へ戻った。

一度眠った以上、二度と眠れるはずがないことがわかっているので、あれこれ考えながら寝台に横たわっていた。眠れないものと頭から決め込んでいたために、またしても睡魔に不意をつかれ、カサンドラ号のことを考えながら眠りに落ち込んでいった。別世界から話しかけているようなポルウィールの声を聞いた時は、まだ二分くらいしかたっていないような気がした。

「ミスタ・ジェラードからの伝言です。夜が明け始めました」

目をさまして寝台から下り立つのに、非常な努力を要した。眠気がさめやらぬまま立ち上がった時、ようやく、ポルウィールが起こしにくるたびに嘘偽りなく熟睡していてよかった、と気がついた。戦闘を目前に控えて全艦がわきたっている時に、子供のように熟睡できる艦長の神経の図太さについて、ポルウィールが仲間に話しているようすが想像できた。

「なにか報告に値することはないかね、ミスタ・ジェラード？」艦尾甲板《コーターデッキ》に出ると、彼がきいた。

「ありません。風が強くなったので、二点鐘の時に一時間ほど縮帆しました。しかし、今は急速に弱まって、南東に変わりつつあります」

「フム」ホーンブロワーがいった。

暗い空がかすかに明るみをおび始めていたが、まだ二百ヤード先はなにも見えない。南東の風となれば、バルセロナに向かうフランス戦隊にとっては逆風に近く、プルートウ号とカリグラ号にとっては完全な逆風になる。

「夜が明け始める前に、陸地がぼんやりと見えたような気がしました」ジェラードがいった。

「なるほど」ホーンブロワーがいった。夜の間にとった針路を進めば、あの苦々しい思い出のあるクレウス岬に近づいているはずである。彼は、羅針儀の横の記録盤を取り上げて、毎時の測程結果をもとに計算し、現在位置を岬の沖合い十五マイルと推定した。もし、フランス戦隊が夜の間同じ針路をとっていたとすると、彼らは間もなくロサス湾に達し、風下の安全がある程度保証されることになる――もちろん、彼らがその針路をとらず、闇を利して行方をくらましたとなると、考えることすら耐えられないような結果を自分にもたらすことになる。

明るみが急速に広がっていった。東方では、水平線のちょうど上あたりで湿めっぽい雲が薄れかかっているように見える。まちがいなく薄れている。一瞬、雲が割れて、その間の白い波頭が空に接しているあたりに金色の点が現われ、細長い陽光が水平に海面を走った。

「陸《ランド・ホー》が見えたぞ!」見張りがどなり、西方に、地球の曲面に沿ってうっすらとうかんでいるスペインの山々が、水平線上の青い汚れのように見えた。

ジェラードが、心配そうに艦長の顔をチラッと見て、指の関節をかじりながら甲板を一、二回往復していたが、そのうちに、なんとしてもいらだちを抑えることができなくなった。

「そこの見張りの者！　敵の姿は見えないのか？」

答えが返ってくるまでの間が、非常に長く思えた。

「なんにも見えません。陸地のほかは、何一つ見えません」

ジェラードがまたしても心配そうに艦長の顔を見たが、ホーンブロワーは、見張りの言葉が返ってくるまでの合い間に顔をきびしくひきしめていたので、表情は変わらなかった。今度は、ブッシュが艦尾甲板の方へやってきた。彼が不安にさいなまれているのは、誰の目にも明らかであった。もしフランスのあの四隻の戦列艦が戦いを避けて跡をくらましたのであれば、ホーンブロワーは、よくいっても、一生を休職処分の半給で過ごすことになる。ホーンブロワーは、石のように冷ややかな表情を維持していた。そうできることを、内心、誇らしく思っていた。

「ミスタ・ジェラード、艦をまわして、右舷開きにしてくれ」

フランスの戦隊は、夜のうちに針路を変えて、今では西地中海の中央部に出てしまっているのかもしれないが、ホーンブロワーはいまだに、その可能性はまずない、と考えていた。部下の士官たちは、長らく航海訓練をする機会のなかったフランス海軍のぶざまな航海ぶりを、あまり計算に入れていない。ジェラードが夜間にトプスルを縮帆しなければならなかったくらいなら、フランスの連中は漂駐《ヒーブツー》せざるをえなかったかもしれない。ブッシュもジェラードも、気をもみすぎている——夜のうちに、艦と敵戦隊の距離がさらに二十マイルも開いているかもしれないのだ。彼は、きた方角に引き返して行くことによって、再び敵艦を発見するものと確信していた。

ただし、それも、ホイストの名手としての頭脳が確信しているだけであった。彼は、胸中の絶望感も、鼓動の高まりも、抑えきれないでいた。顔を仮面と化し、甲板を歩きまわって不安をまぎらわせるかわりに、意志の力で静かにその場に立ったまま内心の苦悩を押し隠しているのが精一杯であった。そのうちに、不安をさとられることなく気をまぎらす方法を思いついた。

「わたしの当番を呼んでくれ」彼がいった。

両手が、ようやくひげが剃れる程度にしっかりしていたし、甲板のポンプで冷たい水浴をしているうちに、新たな力がわいてきた。清潔な衣類に着替え、薄れかけている髪をしごく念入りに分けた。ポンプの水を浴びている間、洗面を終えるまでに敵戦隊を発見するはずだ、と自分に言い聞かせていたからである。というわけで、これ以上使っている口実がなくなって櫛《くし》をおき、向き直って上衣を着る時もまだ敵発見の声が聞こえないことに、非常な失望感を味わった。ところが、梯子に足をかけたその瞬間に、見張り台のパーカー候補生の興奮した叫び声が聞こえた。

「帆を発見！　二つ――三つです。四つ！　敵戦隊です！」

ホーンブロワーは、ほかの者が気づいてくれることを願いながら、しっかりした足どりで梯子を上り続けた。ブッシュが望遠鏡をもって索具《リギン》の中途まで上っており、ジェラードが、喜びのあまり、とびはねんばかりに艦尾甲板を歩きまわっていた。彼らのようすを見ながら、ホーンブロワーは、自分の措置の正しさに対して自分が子供っぽい疑念を抱かなかったことを内心喜んでいた。

「ミスタ・ブッシュ、下手回しで艦をまわしてくれ。左舷開きにしよう」

話し好きな艦長なら、フランス戦隊とスペインの間に艦をおいておく理由をかんたんに説明して、命令を補足するかもしれないが、ホーンブロワーは、説明の文句が口から出かかったのを押さえ込んだ。不必要な言葉は一語たりとも口にしない。

「風が相変わらず南へまわっています」ジェラードがいった。

「そうだな」

それに、時間がたつにつれて非常に弱まってくるはずだ、と判断した。太陽が急速に雲の間を抜け出ていて、暖かい一日になることはまずまちがいないであろう——気圧が上昇し、風がほとんどない地中海の秋の一日になる。ハンモックが丸められて金網に押し込まれ、配置についていない当直員が、バケツと甲板砥石《ホーリーストーン》をもって甲板に集まりつつある。たとえ、今日の一日が終わらないうちに、彼らがいま磨いている甲板が血の海となる可能性がきわめて大きいにしても、海軍の日常作業を怠ることは許されない。水兵たちは冗談をいい、ふざけ合っている——その姿を見ていて、ホーンブロワーは、出港当時のむっつりと黙り込んでいた男たちのかたまりを思い出して、一瞬、誇らしい思いにかられた。海軍という報いられることの少ない仕事の場では、なにかを達成したという満足感が一種の報奨である。おかげで、彼は、今日か明日か——いずれにしてもほどなく——戦いの混乱がまわりで渦巻くなかで、自分が耐え難いまでに恥ずかしく思っている肉体的恐怖感をまたもや味わうことになるのだという不安を、一時的にせよ忘れることができた。

太陽が昇ってゆくにつれて、風がますます南へ変わりながら着実に弱まり、艦が陸地に近づくにつれて、スペインの山々がますます近くなり、その輪郭が鮮明になってきた。ホーンブロワーは、風向が変わるのに合わせて風下の転桁索《ブレース》を張り、できるかぎり針路を保持したあげく、最後には一時停船《ヒーブツー》して、敵戦隊の姿がゆっくりと水平線上に現われるのを待っていた。敵は、風向の変化で風上の位置を奪われた格好になった。こちらを攻撃するために近づいてきたら、こちらは北へ逃げることができ、敵がさらに追ってくれば、相手は、プルートウ号とカリグラ号がいる方角に向かって進むことになるが、敵がそんなことをするとは考えられなかった。封鎖戦隊の目をくらまして脱出したフランスの戦列艦は、目前の好餌にいかに気を引かれようと、まず任務を果たすべく目的地に急行するにちがいなく、任務を果たさないうちは戦いを避けるはずである。風向がこれ以上南へ変わらなければ、彼らはバルセロナに向かう針路を辛うじて維持することができるし、邪魔をされないかぎり、その針路を維持するはずである、とホーンブロワーは確信していた。敵戦隊について離れず、もし援軍が到着しなかったら、夜陰を利して、仲間から離れた敵艦を攻撃してやろう、と考えた。

「敵はさかんに信号を交わしておりますな」望遠鏡を目に当てたまま、ブッシュがいった。事実、彼らは夜明けからひっきりなしに交信していたのである。最初に信号旗が舞い上がったのは、自分たちが過去十五時間監視下にあったとは夢にも気づかず、初めてサザランド号を発見した時であろう、とホーンブロワーは的を射た想像をした。フランス人は海に出ても多弁癖を維持していて、フランスの艦長はみな、戦隊間で絶えず信号を交わしていないと落ち着かない。

艦は今ではクレウス岬のある半島をまわっていて、正横にロサス湾が開けてきた。プルートウ号がマストを失い、サザランド号に引かれて危険を脱出したのは、気象条件はまったく違っていたが、まさにこの海域であったし、ロサス攻撃が大失敗に終わったのは、あの灰色がかった緑色の斜面においてであった。望遠鏡をのぞいていたホーンブロワーは、クラロス大佐に率いられてカタロニア人たちが逃げて行ったあの台地《メサ》の急斜面が見えるような気がした。風向がさらに変わり続ければ、敵戦隊はロサス砲台の庇護のもとに避難することができるし、彼らを追い出すためにイギリス側が焼打ち船や爆破船を用意するまでは安全でいられる。事実、彼らにとっては、バルセロナの錨泊地よりはるかに安全な避難場所である。

彼は、檣頭《マストヘッド》ではためいている長旗を見上げた——風がますます南に変わっている。敵戦隊が現在の針路のままでパラモス岬の風上側が通れるかどうか、きわめて疑わしくなってきたし、こちらも間もなく艦をまわして陸地から離れなければならないが、その場合には敵戦隊の後方にまわり、不安定な気象条件のおかげで有利な位置を放棄することになる。しかも、今では、風が不規則な間をおいて吹き始めている——勢いがますます弱まりつつある証拠だ。彼は、敵戦隊のようすを見るべく、望遠鏡を向けた。桁端《ヤーダーム》に新たな一連の信号旗がはためいていた。

「デッキ！」見張り台のサベッジがどなった。

続いて、しばし間があいた。サベッジは、見えているものについて、確信がもてないようであった。

「なんだ、ミスタ・サベッジ？」

「はっきりしないのですが、敵の正横後方の水平線上に、べつの帆が見えるような気がするのです」

べつの帆！　進路を誤った商船かもしれない。さもなければ、レイトンたちか、カサンドラ号としか考えられない。

「その船から目を離すな、ミスタ・サベッジ」

ただ報告を待っているのは不可能であった。ホーンブロワーは、横静索《シュラウド》にとりついて、上り始めた。サベッジの横に立って、彼が指さす方向に望遠鏡を向けた。一瞬、フランスの戦隊が視野に現われたが、それを無視して捜し続けた。

「もう少し、こちらの方です。その辺だと思います」

きわめて微小な白い点であった。波頭にしては見えている時間が長すぎ、空の青さを背景にしている何片かの雲とは白さの色合いが違う。ホーンブロワーは、もう少しでなにかいいかけ、危うく口をつぐんで、「フ、フーム」というにとどめた。

「だいぶ近くなりました」望遠鏡をのぞいたまま、サベッジがいった。「船のフォア・ローヤルだと思います」

その点、疑いの余地がなかった。総帆を張った船が敵戦隊の後方にいて、敵の航跡をよぎるように陸側に寄っている。

「フ、フーム」ホーンブロワーがいった。それ以上は一言も発せず、パチッと望遠鏡をたたむと、下り始めた。

索を下ってくる彼を迎えに、ブッシュが横静索《シュラウド》から艦尾甲板にとび下りた。ジェラード、クリスタル、その他の者は、みんな艦尾甲板でホーンブロワーに目を注いでいた。

「カサンドラ号だ」ホーンブロワーがいった。「こちらに向かって、陸に寄っている」

そう断言することによって、彼は、体面を傷つける危険をあえて冒しながら、自分の目のよさを誇示した。何ぴとといえども、ローヤルをチラッと見ただけで、その船をカサンドラ号と推測することはできない。しかし、自分の判断力に非常な狂いが生じていないかぎり、あの針路をとる船はカサンドラ号以外にありえない。そうでないとわかった場合には、自分はいかにも滑稽に人目に映るであろう――しかし、サベッジが船とも雲とも確信すらできないでいる時に、カサンドラ号と見分けたかの如くに見せかけたい、という誘惑に勝てなかった。

士官たちは、カサンドラ号の出現がもつ意味を、すぐさま理解した。

「旗艦とカリグラはどこにいるのだ?」ブッシュが誰にともなく、いった。

「両艦ともこちらに向かっているのかもしれん」ジェラードがいった。

「そうだとすると、蛙どもは孤立するわけだ」クリスタルがいった。

プルートウ号とカリグラ号が沖合いに、サザランド号が陸寄りにいて、風上にパラモス岬があり、風向が右回りに急速に変わっているとなると、よほどの幸運に恵まれないかぎり、敵戦隊は戦いを避けることができないはずである。みんなの目がいっせいに敵の方に向けられた。今では、一杯開きで南微西に向かう艦体が水平線上に現われかけている。先頭に三層艦、その後に二層艦が三隻続き、先頭艦と三番艦の前檣にそれぞれ提督旗が揚がっている。澄みきった空気の中で、舷側を飾っている幅の広い白線が、くっきりとうかび上がっている。かりに、プルートウ号とカリグラ号がカサンドラ号のはるか後方にいるとして、敵戦隊が、サザランド号と同様に、その所在についてなにも知らないとすると、敵が相変わらず同一針路を維持していることの説明がつく。

「デッキ！」サベッジがどなった。「あの帆はカサンドラです！　トプスルが見えました」

ブッシュとジェラード、クリスタルの三人が、ホーンブロワーの鋭い視力を不思議がっているような尊敬の表情で、彼を見た。それを見ただけで、体面を危険にさらしたかいが充分あった。

とつぜん、帆が音高くばたついた。一陣の風のあとに無風に近い状態が続いたが、風向は以前にもまして南にまわっていた。ブッシュが、帆の調整操作《トリミング》を命ずるべく向き直り、ほかの者は、敵戦隊の反応を見るべく、サッと相手の方を見た。

「敵は回頭しているぞ！」ジェラードが大きな声でいった。

敵は当然そうするであろう。彼らは、開きを変えてパラモス岬の風上側を通ることはできるであろうが、沖合いに出れば、それだけイギリスの戦隊に近づくことになる——ただし、イギリスの戦隊がきていれば、の話である。

「ミスタ・ブッシュ」ホーンブロワーがいった。「艦をまわしてもらおうか」

「カサンドラが信号を送っております！」サベッジが叫んだ。

「二人とも、上がれ！」ホーンブロワーが、ヴィンセントとロングリーに命じた。それそれ望遠鏡と暗号簿をもって、二人が競争するように見張り台へ上って行った。艦尾甲板の者みんなが、報告を待ちきれないようすで二人を見守っていた。

「カサンドラが旗艦に信号を送っております！」ヴィンセントがどなった。

やはり、レイトンは水平線の向こう側にいるのだ——敵戦隊の行動から判断すると、敵からも見えないあたりに。ボナパルトは、三隻のイギリス軍艦と戦わせるために四隻の軍艦を派遣するかもしれないが、無事港外に脱出した上に、自分たちの乗組員の能力を皇帝よりはるかによく知っているフランスの艦長連中は、できることなら皇帝の命令を実行しないですませようとするはずである。

「カサンドラはなんといっているのだ？」ホーンブロワーが大声できいた。

「遠すぎて確信はもてませんが、敵の新たな針路を報告しているようです」

敵にあと一時間その針路を維持させておけば、彼らはロサス砲台から離れて孤立する上に、バルセロナに達しないうちに確実に味方に捕捉されるはずである。

「や、やっ、敵はまた艦をまわしてるぞ！」とつぜん、ジェラードが声をあげた。

みんな、無言のまま、四隻の敵艦が上手回しで開きを変えるのを見守っていた。すると、敵艦は、四隻とも、それぞれの三本マストが一直線になるまで回頭を続けた。四隻がまっすぐサザランド号を目ざして進んでくる。

「フ、フム」運命が迫ってくるのを見守りながら、ホーンブロワーがいい、もう一度、

「フ、フム」といった。

敵艦の見張りがレイトンの檣頭を発見したのにちがいない。ロサス湾が風下六マイルにあり、バルセロナはほとんど風上に近い方角で百マイルも離れているとあっては、水平線上の正体不明の帆に気づいたフランスの提督が決断を下すのに時間はかからなかった。彼は直ちに避難することに決めた。行く手にある一隻の戦列艦は、避けられないとあらば撃滅するほかはない。

その時、ホーンブロワーの胸中にわき起こった興奮と不安も、頭脳の計算を妨げるにはいたらなかった。敵戦隊は、順風で六マイル前進すれば事がすむ。今のこの瞬間、敵の旗艦を中心にした円のどの部分にレイトンがいるか、わかっていない。しかし、レイトンは少なくとも二十マイルは走らなければならぬはずであるし、もっとも有利な位置にあるにしても、風を――それも非常に勢いの衰えた風を――正横からうけて走ることになり、はるか後方にある場合には艦首左舷寄りから風をうけることになる。しかも、風向が今のようにまわり続ければ、二時間後には完全な逆風になる。提督が、ロサス砲台の射程内に避退しないうちに敵戦隊を捕捉する可能性は、二十対一だ、とホーンブロワーは推算した。それも、前例がないような風の変化が生じた上にサザランド号が、自ら無力と化するような損害をうけないうちにかなりの数の敵の円材《スパー》をふっとばすことができれば、の話である。計算に没頭していたホーンブロワーは、その時初めて、サザランド号が自分の艦であり、交戦を指揮するのが自分であるのを思い出して、わき上がる興奮に思わず生つばをのみこんだ。

ロングリーが、興奮に青ざめながら、トップマストの見張り台から甲板まで、後支索《バックステー》を伝って一気に滑り下りてきた。

「ヴィンセントからの伝言です。カサンドラが信号を送っていて、どうも〈旗艦よりサザランドへ、二十一番〉のようだ、といっています。二十一番は、〈敵と交戦せよ〉です。しかし、信号旗を読み取るのがたいへん困難です」

「よろしい。受信を確認せよ」

なるほど、レイトンは少なくとも、自分の責任において、一艦をして敵艦四隻と砲火を交えさせるだけの勇気はあったようだ。その点では、レディ・バーバラの夫たるにふさわしい男だ。

「ミスタ・ブッシュ、十五分間の余裕がある。その間に全員に食事をさせておいてくれ」

「アイ・アイ、サー」

彼は、ゆっくりと迫ってくる四隻の敵艦の方を見た。彼らを追い返すことはとうてい望めず、ロサス湾を目ざしての競争についていくことくらいしか望めない。自分が完全に航行不能な状態に陥れた敵艦は、レイトンの餌食となる。それ以外の敵艦は、小規模な造船施設しかないロサスでは修理ができないほどの手痛い損害を与えなければならない。そうすれば、敵艦は、船による焼打ちか、大規模な奇襲か、あるいは、慎重に組織された陸地からの要塞攻撃のいずれかによって、完全に撃砕されるまで、ロサスにとどまっていなければならなくなる。その程度のことはやれるはずだ、と考えたが、その間にサザランド号がどうなるかは、なんとしても考える気持ちになれなかった。彼は、ごくっとつばをのみこむと、第一回の砲撃の作戦を練り始めた。先頭の敵艦は、八十門艦だ——その八十門がすでに送り出されて、こちらを嘲笑うような感じの砲口を見せている。一方、いずれの艦も、まるでこけおどしのように、少なくとも四枚の三色旗をなびかせている。彼は、青い空を背景に檣上になびいているぼろぼろの赤い長旗を見上げると、当面の問題に全神経を集中した。

「ミスタ・ブッシュ、転桁索《ブレース》につかせてくれ。その時がきたら、電光石火の如くに艦を操るのだ。ミスタ・ジェラード！　照準がきまらないうちに発砲した砲手長は、一人残らず、明日、鞭打ちの刑に処する」

砲についている連中が、みんなニヤニヤ笑っていた。彼らは、鞭打ちなどとおどされなくても彼のために最善を尽くすはずであるし、みんなは、彼がそのことを承知しているのを知っていた。

艦首と艦首を向き合わせて、サザランド号は、ひるむ色もなく敵の八十門艦に近づいて行った。双方の艦長がそのまま針路を維持すれば、衝突して両艦とも沈んでしまうかもしれない。ホーンブロワーは、敵のためらいの徴候をわずかなりとも見逃してはならないと、敵艦を見つめていた。サザランド号は、能うかぎり風上に切り上がっていて、帆が今にもばたつきそうになっている。もし、敵の艦長が頭を働かせて艦を風上に向けたら、サザランド号は敵に決定的な打撃を与えることはできないが、敵が最後の一瞬まで決断を引き延ばしておいて、未熟な乗組員を擁している場合のもっとも容易な手段を選び、本能的に艦首を風下に向ける公算が大きい。距離が半マイルに狭まった時、とつぜん、敵の艦首のまわりに砲煙がわき上がり、一発の砲弾が唸りを生じて飛んできた。敵は艦首追撃砲《バウ・チェイサー》を撃ってきているが、応射するな、とジェラードに注意する必要はなかった——彼は、慎重に放った最初の片舷斉射の効果を充分に承知している。さらに距離が半分になった時、サザランド号のメン・トプスルに穴が二つあいた。ホーンブロワーは、敵の反応を見取ることに全神経を集中していて、敵弾が頭上を飛び越えて行く音に気がつかなかった。

「どっちへ行くつもりなんだ?」一方の手のひらを片方の拳で叩きながら、ブッシュがいった。

「どっちだ? あいつは思ったより長く、針路を維持している」

長ければ長いほどいい——回頭するのに、慌てれば慌てるほど、敵は収拾がつかなくなる。今や双方の艦首が百ヤードしか離れていなかった。ホーンブロワーは、上手舵、と本能的に命令しかかったのを、歯をくいしばって抑えた。その時、敵の甲板のあわただしい人の動きが見え、敵の艦首がサーッと離れていった――風下の方へ。

「まだ撃つな！」斉射を急ぎすぎてこの機会を無にするのを恐れて、ホーンブロワーがジェラードにどなった。ジェラードが、日焼けした顔に白い歯を見せ、帽子を振って答えた。いま、両艦はしだいに並び始めた。距離は三十ヤードもなく、敵の砲が照準をつけている。眩しいばかりの陽光の中で、艦尾甲板の士官たちの肩章のきらめき、照門をのぞいている艦首楼《フオクスル》カロネード砲の砲手たちの姿が見えた。いまだ。

「上手舵、ゆっくりと」彼が操舵手にいった。ブッシュの方をチラッと見るだけでよかった――彼はその命令を予期していた。サザランド号がゆっくりと下手回しでまわり始め、両舷が並ばないうちに敵艦の後方を横切るような格好になった。ブッシュがブレースとヘッドスル・シーツについている男たちに命令を下し始めた。その時、敵艦の片舷の砲が雷鳴のような轟音を発して、炎と煙を噴いた。艦がその砲撃の衝撃で震え、揺れた。ホーンブロワーの頭上で後檣横静索《ミズン・シュラウド》の一本が絃をはじくような音をたてて切れ、同時に、彼のそばの舷縁《ブルワーク》に穴があいて木片が飛び散った。しかし、サザランド号の艦首がすでに敵艦の艦尾に触れそうになっていた。艦尾甲板の恐慌状態がホーンブロワーの目に映った。

「そのまま、まわり続けろ！」彼が操舵手にどなった。

次の瞬間、サザランド号が敵艦の後方を横切るのにつれて、各班の砲が次々と狙いをつけて斉射し、一連の砲声が続いた。艦がそのたびにわずかに傾いた。放たれた砲弾は一発残らず、艦尾から艦首に向かって敵艦を貫いた。斉射につれて上甲板《メンデツキ》の砲から砲へと後方に向かって移ってきたジェラードが、艦尾甲板に跳び上がった。手前のカロネード砲の上にかがみ込んで素早く仰角を調整すると、引き綱をひき、ほかのカロネードの砲手長に手を振って、撃て、と合図した。カロネードが次々と轟音を発し、砲弾の上に装塡したぶどう弾で敵の艦尾甲板をなぎ払った。敵の士官たちがおもちゃの兵隊のようにバタバタと倒れ、索具が切れ、艦尾の大きな窓がカーテンを引きちぎったように、あっという間に消えてしまった。

「あれで思い知っただろう」ブッシュがいった。

それは、海戦で勝利を不動のものにする片舷斉射であった。あの一回の斉射で、敵を百人以上も殺傷し、五、六門の砲を台車から叩き落として、敵の戦意を半ば減殺したにちがいない。これが一対一の戦いであったら、敵は三十分とたたないうちに軍艦旗を下ろして降伏しているにちがいない。しかし、今は、サザランド号がまわりきらないうちにしだいに遠ざかって行き、少将旗を掲げた敵の二番艦が、風上側後方に迫っていた。普通帆をすべて広げて、急速に近づいている。もうすぐ、サザランド号が相手の僚艦に

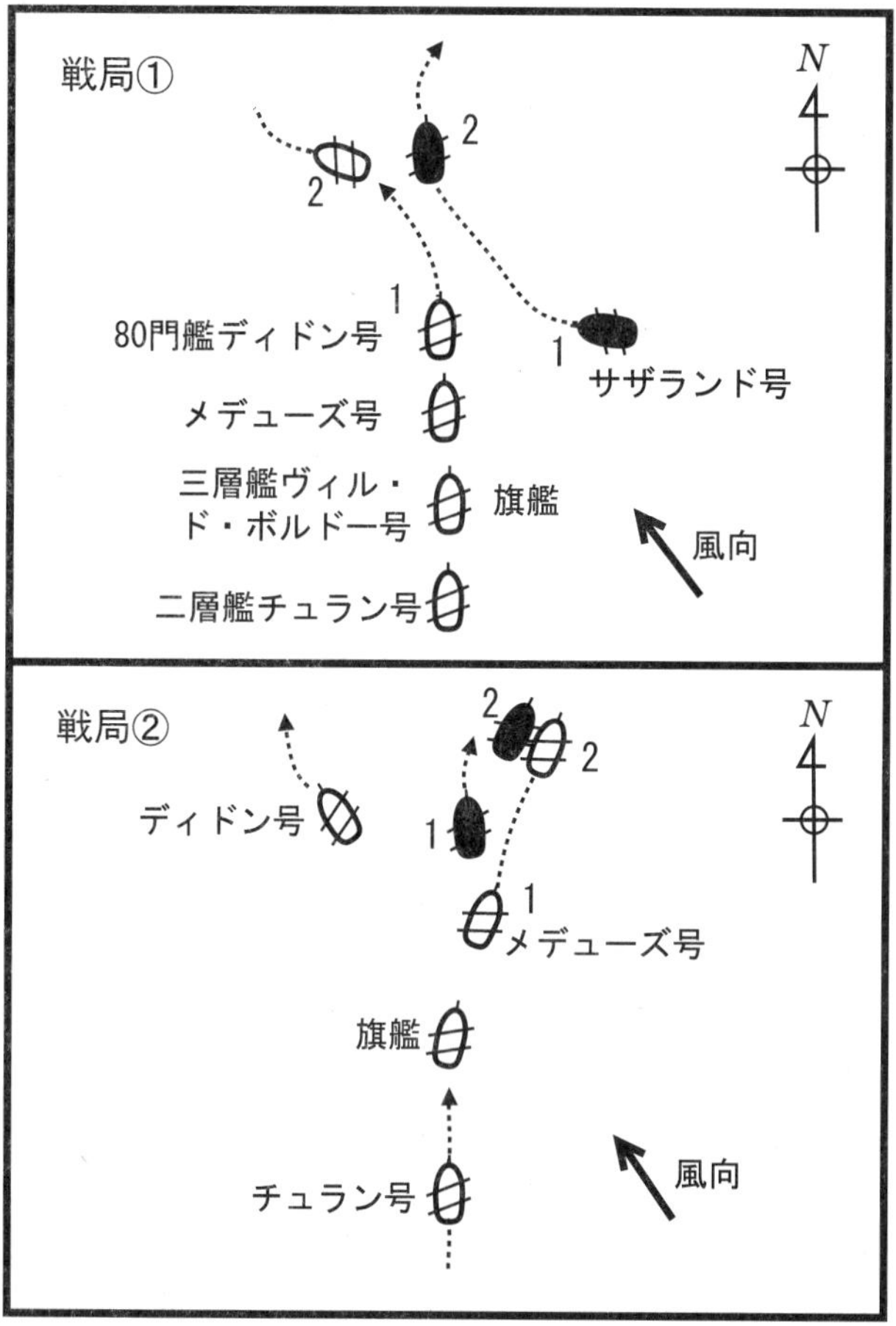
戦局①
N
2
2
1
80門艦ディドン号
1
サザランド号
メデューズ号
三層艦ヴィル・
ド・ボルドー号
旗艦
風向
二層艦チュラン号
戦局②
N
2
2
ディドン号
1
1
メデューズ号
旗艦
風向
チュラン号

加えたような斉射を、今度はこちらに放てる位置につく。

「右舵!」ホーンブロワーが操舵手にいった。「左舷砲列、砲撃用意!」彼の声が、砲声がおさまった静寂の中で、不気味なほどはっきりと響き渡った。

敵の二番艦は、進路を変えるようすもなく突き進んできた。舷舷相摩しての決闘を避けたがってはいるが、艦を操って避けようとはしていない。動きが機敏であることを立証したサザランド号を相手に、艦を操って戦いを避けようとすれば、避難所のロサスに到達するのがそれだけ遅れるからである。両艦がともに相手に近寄る格好になり、敵が追いついてくるにつれて距離が急速に狭まると同時に、サザランド号はしだいに敵の進路に近づいて行った。決定的瞬間まで砲撃をさせないよう砲手たちに命令を下しているフランス士官たちの興奮した叫び声が、サザランド号の艦尾甲板に達した。

しかし、士官たちの命令が徹底せず、興奮した砲手が発射すると、次々と砲声が轟いた——弾がどこへ飛んで行ったかは誰にもわからなかった。ホーンブロワーの一言で、サザランド号が艦尾をまわして敵艦と並行した。艦が新たな針路に落ち着くやいなや、ホーンブロワーが手を振って、ジェラードに砲撃開始の合図を送った。両艦の片舷斉射の間に半秒も差がなかった。サザランド号が、自艦の斉射の反動で傾き、敵弾の衝撃でさらに傾いた。砲煙が立ち上り、敵弾が舷側に命中して木片を飛散させる大音があたりを圧した。下方からの悲鳴や泣き声が損害のほどを告げた。

「撃ち続けろ！　思いのまま撃て！」ジェラードが叫んだ。

日頃のきびしい訓練の成果が今発揮されている。まだ硝煙が出ている砲口にスポンジが押し込まれ、そのスポンジが引き抜かれた時には、装薬、込め矢、砲弾の準備ができている。装塡が終わるか終わらないうちに、砲手が滑車装置《テークル》にとびつき、台車がゴロゴロと動き始めて砲が送り出される。送り出されるやいなや、砲が火を噴く。今回は、敵艦がまばらな斉射で応えるまでに、わずかながら間があった。砲を撃っている側に吹きつける微風で、砲煙が艦をおおっている。上甲板《メンデッキ》で必死の努力を続けている砲手たちの姿が、濃霧に包まれているようにかすかにしか見えないが、敵艦のマストや帆はいまだに青い空を背景にくっきりとうかび上がっている。敵艦の二度目の斉射と間髪を入れずにサザランド号の三度目の斉射が続いた。

「例によって、三対二ですな」冷静な口調でブッシュがいった。敵弾が一発、ミズンマストに当たってあたりに木片が飛び散った。「敵は相変わらず、前へ出ています」

まわりに死体が散乱し、狂ったような騒音が耳を圧する中で、はっきりと物を考えるのは困難であった。モリス大尉が、左舷舷側通路《ギャングウエー》に海兵隊員を並べて、敵艦の甲板に見える人間を一人残らず、マスケット銃で狙い撃たせている。敵艦との距離が、マスケット銃で撃ち合えるほどにせばまりつつあった。今では、サザランド号の斉射が不揃いになっている。熟練度の高い砲手たちが、ほかの連中より早く砲撃をくり返しているからだ。敵艦はバラバラに撃っていて、たまたま何門かが揃って発射されると、砲声が大きく響く。固い道を走っている四頭立ての馬車の馬の蹄の音のように、一瞬揃ったかと思うとまたバラバラになる。

「敵の砲撃の間があいてきたようですな」ブッシュがいった。「当然、予想されたことですが」

上甲板《メンデッキ》の死者の数から判断して、サザランド号はまだ致命的な損害をうけていない。このまま長時間戦い続けることができる。

「敵のメンマストを見てください！」ブッシュが叫んだ。

敵艦のトップ・マストがもったいぶった感じでゆっくりと前に傾き、トゲルン・マストはそれよりさらに前に傾いている。砲煙を通して、メンマストが後方へ傾いているのが見える。次の瞬間、円材と帆がぶざまなかたまりと化した。ハッと息をのむ一瞬、そのかたまりがS字形に宙にうかんでいたと思うと、激しい勢いで崩れ落ち、前檣《フォア》と後檣《ミズン》のトップ・マストが引かれるように落ちた。それを見て、ホーンブロワーは冷酷な満足感を味わった。――ロサスには、予備のメンマストはない。サザランド号の乗組員がかんだかい歓声を発し、艦が航行不能に陥った敵艦より前に出始めると、急いで最後の何発かを相手に撃ち込んだ。一分後には、耳をつんざく砲声が止み、かすかな風が砲煙を吹き払うと、乱れ果てた甲板に陽光が降り注いだ。

後方に、さきほどの敵が浮かんでいる。舷外に落ちた円材や帆の巨大なかたまりを引いており、下層砲列甲板《ローワー・ガンデッキ》の二番砲が砲口を空に向けていて、少なくとも一門は使用不能になったことを示している。四分の一マイル前方に、最初に砲火を交えた敵艦がいる。後方の決闘には目もくれず、総帆を展《ひろ》げてひたすらロサス目ざして逃げて行くところは、いかにもフランス人らしい。その敵艦の前方に、水平線を囲むような格好であの非情なスペインの山々が広がっており、金色の砂浜の上方にロサスの家々の白い屋根がはっきりと見える。サザランド号は、広い湾口に近づいている。艦とロサスの中間あたりの平らな青い海面に、巨大な水すましが二匹浮かんでいる——大櫂《スイープ》でロサスから漕ぎ出てきた砲艦《ガンボート》である。

そして、航行不能の敵艦のすぐ後方に、敵戦隊の他の二艦、中将旗を掲げた三層艦とその後に続く二層艦がいる。決断を要する一瞬であった。

「見張りの者!」ホーンブロワーがどなった。「旗艦はまだ見えないか?」

「見えません。カサンドラのほかは一隻も見えません」

艦尾甲板に立っているホーンブロワーにも、水平線上の真珠色の帆、カサンドラ号のローヤルが見える。プルートウ号とカリグラ号は、まだ二十マイル近く離れているのにちがいない——あるいは、なぎで進めなくなったのかもしれない。サザランド号をゆっくりと湾内に押し進めているかすかな風は、たぶん海風なのであろう——海風が吹くような暑さだ。レイトンがこの海戦に間に合うように到着するとは、とうてい考えられない。この際、艦をまわし、敵艦が邪魔をすれば追い払って、安全な海域に避退できるし、敵艦の行く手に立ちふさがることもできる。刻一刻とロサスが近づいているので、すぐにも決断を下さなければならない。戦えば、負傷者を収容するのに間に合うようレイトンが到着する可能性がかすかなりともあるが、まず間に合わないと考えていい。サザランド号は完全に撃砕されるであろうが、敵艦も、何日も、場合によっては何週間もロサスにとどまらなければならないような損害をうけるはずである。そうなるのがもっとも望ましいことなのだ。錨泊中の敵艦を攻撃する準備を整えるのに四、五日はかかるし、その四、五日間に敵が——少なくとも三隻が——ツーロン港を脱出したようにロサスを脱出する可能性がある。

ホーンブロワーは、頭の中で、イギリスが七十四門艦を一隻失うことと、フランスが四隻の戦列艦を確実に失うことを比較考量してみた。その瞬間に、とつぜん、自分があれこれ考えたのが無駄であったのを知った。もし避退したら、臆病のゆえにそうしたのではなかったかと、一生自分自身に疑念を抱くことになり、その結果、自分の精神に対する不安に何年も何年もさいなまれることが、はっきりと予見できた。その当否をとわず自分は戦う、と決め、いざ決断してみるとそれが正しい途であるのに気がつき、救われる思いがした。さらに一秒を費して、自分がこよなく愛している青い空を見上げると、今度はもろもろの感慨がわき起こってきて、ゴクッとつばをのみこんだ。

「ミスタ・ブッシュ、艦を左舷開きにしてもらいたい」

残りの敵艦と相対するのを知ると、少くとも半数が確実に死ぬことになるのに、乗組員がまたもや歓声をあげた。哀れな愚か者どもだ。ホーンブロワーは、彼らに対して、彼らの熱狂的な闘争心や栄光を求める気持ちに対して、憐れみ——それとも侮蔑？——を感じた。その命令を聞いてパッと顔を輝かせたところを見ると、ブッシュもみんなと変わりはなかった。彼は、相手がたんにフランス人であるがゆえに敵の血を求め、先に敵の脚を何本かへし折ることさえできれば、自分が片脚の身になっても意に介しない。

少将旗を掲げた航行不能の敵艦が漂ってきた——この微風は、損傷した艦をみんなロサス湾内へ、要塞の砲台の方へ押し進めるにちがいない。気が抜けたように破壊された残骸を片付けていた男たちが、顔を上げて、サザランド号の砲が自分たちに狙いをつけているのに気がつくと、作業を放棄して逃げた。相手が流れ去って行くまでに、サザランド号は、ほとんど一発の応射もうけることなく、三度、片舷斉射を加えた——砲の台車がゴロゴロと転がる音が止み、砲手たちが砲のそばに立ってあたりが静かになった時、ホーンブロワーは、意地悪く、これでまた五十人あまりのフランス人が死んで、ブッシュはさぞ満足していることであろう、と思った。いよいよ、見上げるような帆を張り、ニヤニヤ笑っているような砲口をのぞかせた、美しく不気味な三層艦が迫ってきた。その瞬間でさえも、ホーンブロワーは、職業的な関心から、敵艦の舷上部の内側への湾曲が、イギリスの造艦技師が考えている限度よりはるかに大きいのに気がついた。

「ミスタ・ブッシュ、ゆっくりと艦首を風下におとしてくれ」彼は、ブルドッグのように、敵の三層艦にかみつくつもりでいた。

サザランド号は、ゆっくり、ゆっくりとまわった。ホーンブロワーは、サザランド号のこの最後の操作が理想的な間合いで行なわれているのを見た。艦は、敵が真横にきた瞬間に、相手と同じ方向に向き直った。両艦の砲が百ヤードの距離をおいて同時に照準をつけ、同時に轟音を発し砲煙を噴いた。

これまでの一騎打ちでは、時間がゆっくりと過ぎてゆくように思えた。今は、時間が非常に早くたっているような感じがし、斉射の轟音が間断なく響き渡っているように思え、煙の中の人の姿が普通より二倍も速く動いているように見える。

「もっと敵艦に寄せろ」ホーンブロワーが操舵手にいい、かくして最後の命令を下すと、あとは狂気の騒ぎに没入することができた。敵弾がまわりじゅうの甲板を引き裂いているような感じで、板のあちこちに大きな穴があいている。彼は、悪夢のように鮮明な非現実感を味わいながら、ブッシュが倒れ、ふっとばされた脚の傷口から血が流れているのを見た。軍医助手の二人が彼を下に運ぼうと、その上にかがみ込んだ。

「デッキに残るんだ」ブッシュがいった。「このちくしょうども、手を離せ」

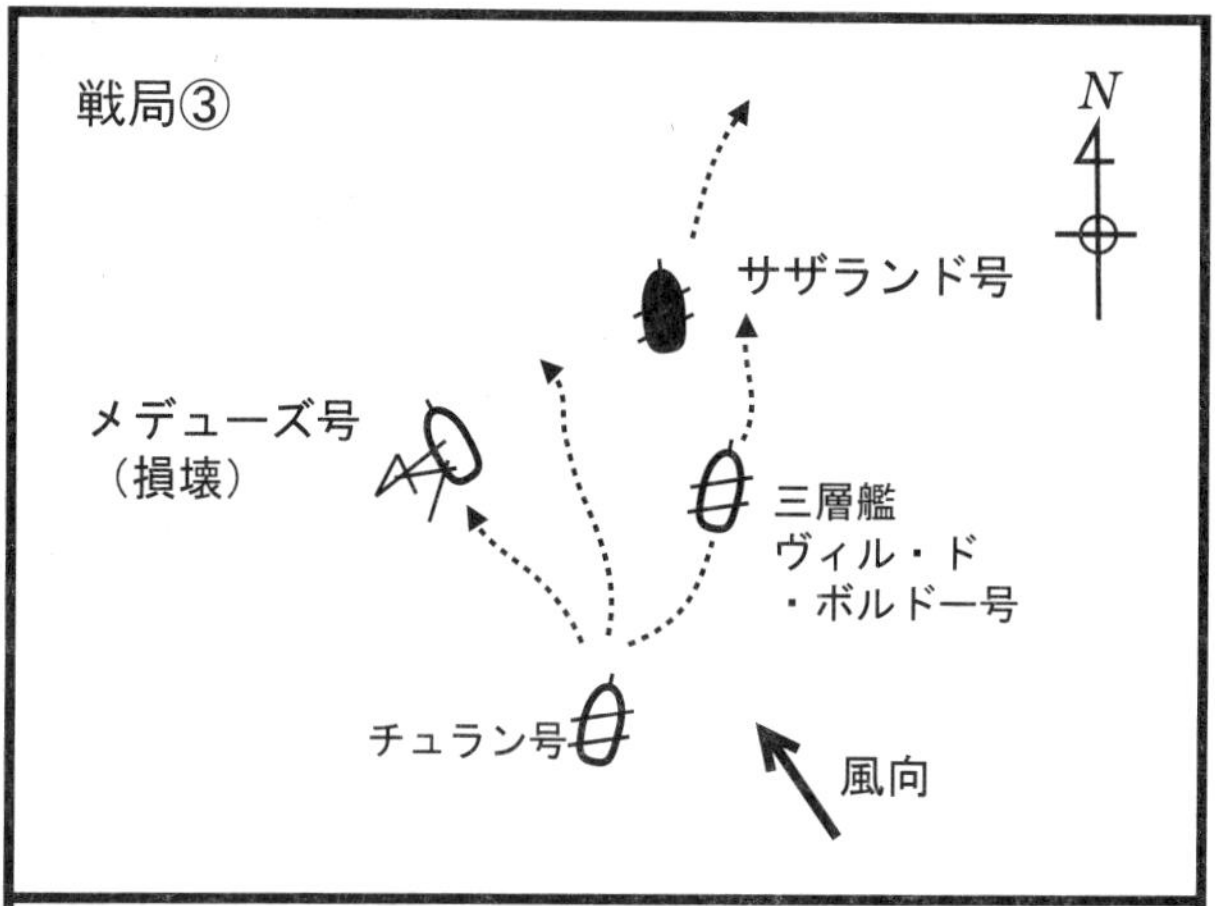
戦局③
N
サザランド号
メデューズ号
（損壊）
三層艦
ヴィル・ド
・ボルドー号
チュラン号
風向

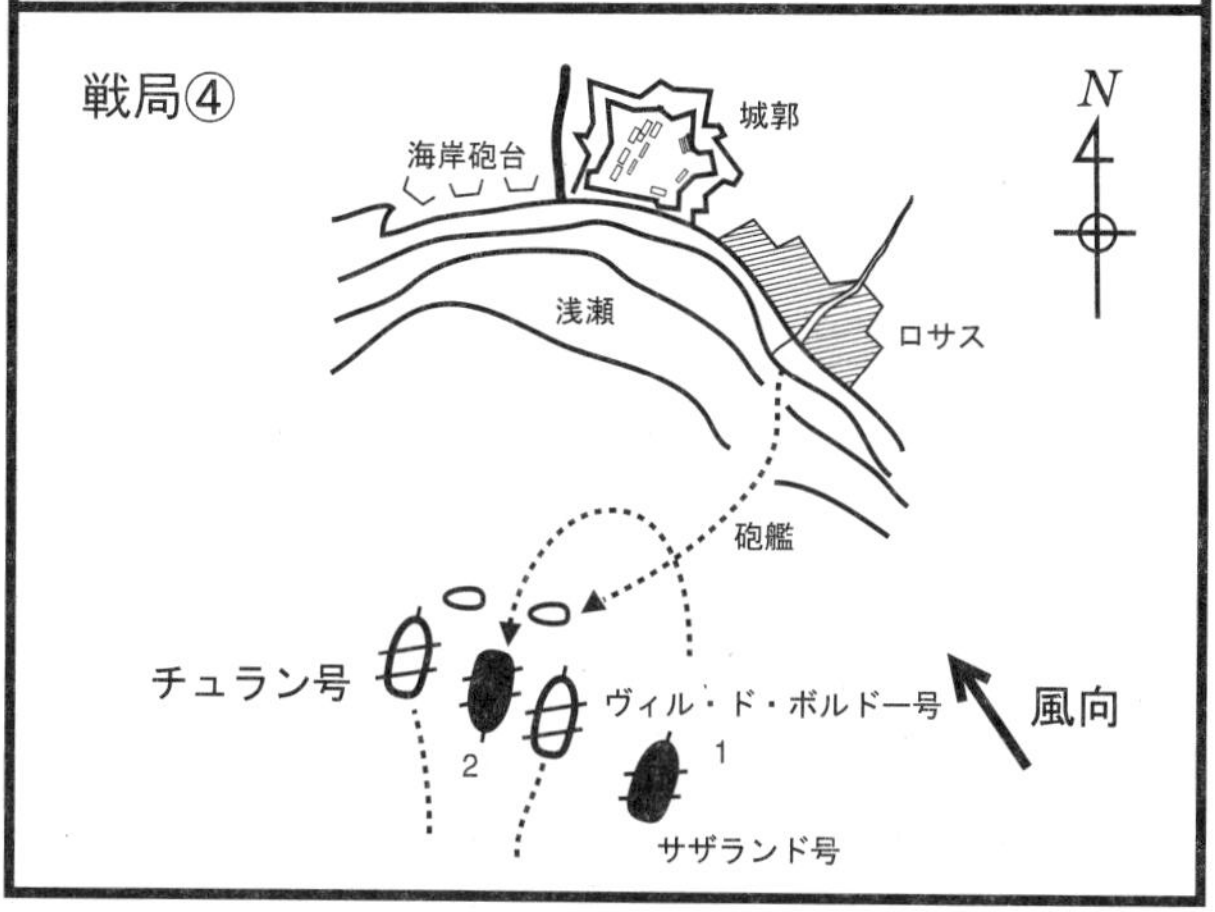
戦局④
N
城郭
海岸砲台
浅瀬
ロサス
砲艦
チュラン号
ヴィル・ド・ボルドー号
風向
2
1
サザランド号

「連れて行け」ホーンブロワーがいった。その荒々しい口調は、まわりじゅうの狂気の一部であった。彼は、命をとりとめる可能性のある安全な場所へブッシュを運ぶよう命令できたことを、ありがたいと思った。

後檣《ミズン》トップ・マストが折れ、円材やブロック、テークルがまわりじゅうにバラバラと落ちてきた——死が、舷の向こうからだけでなく、天から降り注いできたが、彼はまだ生きていた。今度は、前檣《フォア》トプスルの帆桁の中央部が撃ち抜かれた。砲煙を通して、それを修理するべく、フッカーが水兵の一団を率いて上って行くのがぼんやりと見えた。砲煙の中に、新たな、見慣れないものがぼんやりとうかんでいるのが、目の隅に映った——サザランド号の敵と交戦していない方の舷に迫っている敵の四番艦の姿であった。彼が無意識のうちに帽子を振ってなにかわけのわからないことを叫ぶと、部下たちが、右舷の砲を操作しながら喚声で答えた。砲煙がますます濃くなり、轟音が激しさを増し、全艦の砲を発射しているその反動で、艦がバラバラにならんばかりに震動した。

ミズン・トップ・マストが折れたにもかかわらず、奇跡的に生きていたロングリー少年が、真っ青な顔をしてそばへきた。

「おれはこわがっていない。こわがってなんかいない」少年がいった。上衣の胸のあたりが真横にちぎれているのを押さえながら、目に涙がうかんでいるのを必死で否定していた。

「もちろんだ、お前はこわがっていない」ホーンブロワーがいった。

次の瞬間、その手と胸が肉片と化して、ロングリーが死んだ。ロングリーの死体から目をそむけた拍子に、彼は、上甲板《メンデツキ》に送り出されていない砲が一門あるのに気がついた。その砲のことを誰かに告げようとした時、砲手たちのバラバラになった死体がその砲のまわりに散乱しているのを見た。見まわすと、もはや、その砲に配置できる人間はいなかった。間もなく、砲手のいなくなった砲がふえるはずだ。すぐそばのカロネード砲には、三人しかついていない——その向こうの二門も同じであった。上甲板《メンデツキ》では、海兵隊員が装薬や砲弾を運んでいる。ジェラードが命じたのだろう、火薬運搬係少年兵《パウダーモンキー》たちはほとんど死んでしまったのにちがいない。この騒音が止んで、考える余裕を与えてくれさえすれば!

そう思ったとたんに、耳を圧する騒音が何倍にもなっているような気がした。フォアマストとメンマストが、砲声を越えて聞こえるような大音を発して落下し、円材や帆のかたまりが右舷側の海面に落ちた。彼が駆けつけると、視界を遮られた砲の砲手たちを引き連れたフッカーが、すでに索具の切り離しにかかっていた。径三フィートのメンマストの一片が落ちて、砲の台車を圧しつぶし、砲手を殺していた。右舷側の二層艦の砲弾が、作業をしている男たちの間を飛び抜けて行き、舷側に垂れている帆に砲火で火がついて、早くも煙が立ち上り始めていた。ホーンブロワーは、死人の手から斧を取って、ほかの者といっしょに索具を切り始めた。最後のロープが切れて、炎を上げている帆のかたまりが海に落ちた後、急いで調べると、艦材には火が移っていなかった。彼は、ひたいの汗を拭って、新たな位置から艦上を見まわした。

甲板全体に、死体が折り重なり、肉片が散乱している。舵輪はなく、マストはすべて折れ、舷縁《ブルワーク》が打ち倒され、ハッチの縁材があったところは、ささくれた板が残っているだけであった。しかし、操作可能な砲は、数の減った砲手の手でいまだに砲撃を続けている。砲煙の中に両側の敵艦の姿がぼんやりとうかんでいるが、三層艦はトップ・マストを二本失っており、二層艦の方はミズンマストを失っていて、両艦の帆が裂け、索具が花綱のように垂れさがっているのが煙を通してかすかに見える。ホーンブロワーは、砲弾が飛び交う中を艦尾甲板の定位置へ戻ったが、自分がまだ生きているのはどのような奇跡によるものなのだろう、とぼんやり考えた。

断続的な風で、各艦の相対的な位置が変わりかけていた。三層艦は、艦首をこちらへ振って近づいている。三層艦の右舷艦首がサザランド号の左舷艦首へどしんとぶっつかった時には、ホーンブロワーはすでに、左舷艦首へ駆け出していた。脚が鉛でも詰めたように重かった。サザランド号の甲板にとび下りるべく、フランス人たちが集まっていた。ホーンブロワーは走りながら剣を引き抜いた。

「敵が乗り移ってくるぞ！」彼が叫んだ。「全員、敵兵を撃退せよ！　フッカー、クリスタル、そこのブームで突き離せ！」

三層艦がのしかかるようにそびえたっている。その舷縁からマスケット銃の銃声が聞こえ、ホーンブロワーのまわりの甲板に銃弾がめりこんだ。剣や手槍をもった男たちが三層艦の舷側を下っており、中砲列甲板からもサザランド号の舷側通路《ギャングウエー》を目ざしてとび下りてきた。ホーンブロワーは、いつの間にか、斬り込み刀《カットラス》、手槍、込め矢、挺子棒などを手にした、上半身裸の、硝煙で灰色と化したイギリスの水兵の一団に巻き込まれていた。みんなが、押し合い、足を滑らせ、もがいている。ホーンブロワーは、はねとばされて、帽子をいきに曲げてかぶった小柄なフランスの海尉とぶっつかった。一瞬、まわりの人間に押されて両腕が使えないでいる間に、フランス人が腰からピストルを引き抜こうと苦労していた。

フランス人は、ピストルを抜くと、「降参しろ《ラン・トワ》」と呻いたが、ホーンブロワーが膝で蹴上げると、彼は苦しそうに首をガクッと後ろに倒して、ピストルを取り落とした。

また吹いた一陣の風と、円材で突き離しているクリスタル、フッカーと水兵たちの力とで、三層艦がまたもや離れ始めた。フランス人の一部は艦へ跳び戻った。一部は海に落ちた。甲板に取り残された十人あまりが武器を捨てた――一人は、一瞬ためらったために、突き出された槍を止めるのに間に合わず、腹を刺された。断続的な風がまだ続いて、フランスの二艦がマストを失ったサザランド号から離れて行き、砲煙が押し転がすように吹き払われた。太陽が現われて、雲の背後から照らしているように、乗組員と見るも無惨な甲板をぼんやりと照らした。それぞれの艦の位置が変わったため照準がつけられなくなると、魔法のように砲声が止んだ。

まわりの男たちが捕虜を縛っている間、ホーンブロワーは剣をもったまま突っ立っていた。騒音がやんでも、願っていたような考える余裕は得られなかった――それどころか逆に、茫然としていて、疲労のあまりはっきりと物事を考えるのに懸命の努力がいるのを知った。風でサザランド号は湾の中へ押し流されており、プルートウ号とカリグラ号の姿はどこにもなかった――水平線上に帆だけ出して、手の施しようもなく戦いを見物しているカサンドラ号が見えるだけであった。砲撃で打ちのめされたフランスの二隻は、マストや帆、索具の損傷で、サザランド号同様に航行の自由がきかず、わずか前方に浮かんでいた。三層艦の舷側の排水口からなにか黒っぽいものが流れ落ちていた――人間の血であった。

二層艦はまだ回頭を続けていた。砲撃で損傷をうけた舷がしだいに見えなくなり、やがて艦尾を見せ、今度は反対側の舷をサザランド号の艦首に向けた。ホーンブロワーは、ぼんやりと敵艦を見ていた。次の瞬間――砲声が鳴り響き、斉射がサザランド号をとらえた。折れたフォアマストの残りの部分から木っ端が飛び散り、ホーンブロワーの横の砲身を弾がかすって、鐘のような音を発した。

「やめろ！」ホーンブロワーが呟いた。「いい加減にしろ！」

サザランド号の甲板では、男たちが身体を引きずって砲につこうとしていた。ジェラードの姿はどこにも見えなかったが、フッカーが――なかなかしっかりした若者だ――上甲板《メンデッキ》を歩いて、何門かでも発砲できるよう、砲に人員を割りふっていた。しかし、男たちは疲労でぼんやりしていて、今のところ、発砲できる砲は一門もなく、マストを失ったサザランド号は身動きのできない無力な状態に陥っていた。また、敵の斉射が艦を打ちのめした。騒音の低流のようなかすかな物音が、ホーンブロワーの耳に達した――艦のあちこちの隅で身を寄せ合っている負傷者の呻き声であった。敵の砲艦が大櫂《スイープ》を慎重に操って、サザランド号の艦尾の下に位置を占めた。もうすぐ敵は、艦の水線に四十二ポンド砲を撃ち込んでくるであろう。太陽、青い海、スペインの薄緑色の山々、ロサスの金色の砂浜と白い家並み――ホーンブロワーは絶望のまなざしであたりを見まわした、見るのが耐え難い苦痛であった。

また、敵の斉射――フッカーのそばの二人が血だるまになった。

「下ろせ」ホーンブロワーが自身に命じた。「旗を下ろすのだ」

しかし、サザランド号には、下ろすべき旗はもはや揚がっていなかった。ホーンブロワーは、艦尾へ歩いて行きながら、鈍った思考力をふりしぼって、方法を考えた。敵の砲艦一隻の四十二ポンド砲が轟音を発して、ホーンブロワーは、下方の舷側に激突した四十二ポンド砲弾が艦を揺るがすのを感じた。フッカーが、今はクリスタルと、船匠《だいく》のホウエルとともに、艦尾甲板にいた。

「艦底に四フィートほど水がたまっています」船匠がいい、「使えるポンプは一台もありません」と言い添えた。

「そう」ホーンブロワーがぼんやりといった。「降伏しよう」

士官たちの灰色の顔に同意の表情がうかんだが、誰も口をきかなかった。このまま艦が沈んでくれれば、すべて解決されるのだが、それはとうてい望めないことであった。敵の無情な砲撃が続く間に、艦はしだいに水がたまって、下方の甲板から順番に水中に没してゆくだけである。完全に沈むまで、二十四時間もかかるかもしれず、その間に風で押し流されて、ロサスの砲台の下に座礁するかもしれない。今や、降伏するほかはない。自分と同じような立場におかれたほかのイギリスの艦長たちのことを思った。リアンダー号のトンプスン、スイフトシュア号の艦長や、アルヘシラス湾でソウマレズの旗下にあったあの不運な男——彼らも、圧倒的に優勢な敵を相手に長時間戦った果てに、旗を降ろして降伏した。

敵の二層艦から誰かがどなっていた。なにをいっているのかわからなかったが、降伏を要求しているのにちがいない。

「ウイ」彼がどなり返した。「ウイ」

返事のかわりに、また斉射が放たれて、木片が飛散し、下方からかんだかい悲鳴が聞こえてきた。

「なんということだ！」フッカーがいった。

ホーンブロワーは、自分が敵の質問を誤解したのにちがいない、と気づき、そう気づくと同時に解決策を思いついた。こわばった脚が許すかぎり懸命に走り、かつては自分の艦長室であった名状し難い破壊の跡へ下りて行った。砲手たちが動物のように無表情に見ている中で、残骸をかきまわした。ようやく捜していたものを見つけると、腕いっぱいに抱えて艦尾甲板へ上がって行った。

「さっ」クリスタルとハウエルに渡しながら、いった。「これを舷側に垂らしてくれ」

リャンサの砲台を欺くために作らせた三色旗であった。それを見ると、砲艦の連中が櫂を操って舷側へまわってきた。その間、ホーンブロワーは、むきだしの頭に陽光を浴びながら、彼らがくるのを待っていた。彼らは自分から名誉の剣を取り上げるであろう。もう一本の名誉をたたえる剣は、船舶用雑貨商のダディングストーンに抵当として預けてあるが、海軍士官としての経歴に終止符が打たれた以上、二度と受け出すことはできない。そして、打ち砕かれたサザランド号の艦体が、意気揚々とロサス砲台の下へ曳航されて行く――地中海艦隊が仇討ちにきて、艦を敵から奪い返すか、傷ついた敵艦とともに一挙に焼き払うまで、どれくらいの日時がかかるだろう？　それに、マリアは出産するが、虜囚の身でいる長い年月、自分はその子供に会うことができない。また、レディ・バーバラは、自分が捕虜になったことを新聞で知るにちがいない——降伏したことを、彼女はどう思うであろう？　しかし、頭に降り注ぐ陽光が暑く、疲れきっていて、それ以上は考えられなかった。

冒険小説

鷲は舞い降りた〔完全版〕
ジャック・ヒギンズ／菊池　光訳

チャーチルを誘拐せよ。シュタイナ中佐率いるドイツ軍精鋭は英国の片田舎に降り立った

鷲は飛び立った
ジャック・ヒギンズ／菊池　光訳

IRAのデヴリンらは捕虜となったドイツ落下傘部隊の勇士シュタイナの救出に向かう。

女王陛下のユリシーズ号
アリステア・マクリーン／村上博基訳

荒れ狂う厳寒の北極海。英国巡洋艦ユリシーズ号は輸送船団を護衛して死闘を繰り広げる

ナヴァロンの要塞
アリステア・マクリーン／平井イサク訳

難攻不落のナチスの要塞ナヴァロン。その巨砲を爆破すべく五人の精鋭が密かに潜入した

高い砦
デズモンド・バグリイ／矢野　徹訳

不時着機の生存者を襲う謎の一団——アンデス山中に繰り広げられる究極のサバイバル。

訳者略歴　英米文学翻訳家　訳書『影に潜む』『背信』パーカー，『烈風』フランシス，『鷲は舞い降りた　完全版』ヒギンズ，『クロッカスの反乱』ライアル（以上早川書房刊）他多数

HM=Hayakawa Mystery
SF=Science Fiction
JA=Japanese Author
NV=Novel
NF=Nonfiction
FT=Fantasy

海の男／ホーンブロワー・シリーズ〈6〉

燃《も》える戦列艦《せんれつかん》

〈NV87〉

一九七五年一月三十一日　発行
二〇〇九年十一月十五日　十七刷
（定価はカバーに表示してあります）

著者　セシル・スコット・フォレスター
訳者　菊《きく》池《ち》光《みつ》
発行者　早川浩
発行所　株式会社　早川書房
郵便番号　一〇一 - 〇〇四六
東京都千代田区神田多町二ノ二
電話　〇三 - 三二五二 - 三一一一（大代表）
振替　〇〇一六〇 - 三 - 四七七九九
http://www.hayakawa-online.co.jp

印刷・信毎書籍印刷株式会社　製本・株式会社川島製本所
Printed and bound in Japan
ISBN978-4-15-040087-3 C0197